Полное собрание стихотворений

Осип Мандельштам

我独自一人面对严寒

曼德尔施塔姆
诗歌全集

上

〔俄〕曼德尔施塔姆 著

郑体武 译

上海译文出版社

Полное собрание стихотворений
Осип Мандельштам

图书在版编目（CIP）数据

曼德尔施塔姆诗歌全集／（俄罗斯）曼德尔施塔姆著；
郑体武译. —上海：上海译文出版社，2022.10
 ISBN 978－7－5327－8943－6

Ⅰ. ①曼… Ⅱ. ①曼… ②郑… Ⅲ. ①诗集—俄罗斯
—近代 Ⅳ. ①I512.24

中国版本图书馆 CIP 数据核字（2022）第 170491 号

曼德尔施塔姆诗歌全集（上、下册）
［俄］曼德尔施塔姆　著　郑体武　译
责任编辑／刘晨　装帧设计／周伟伟

上海译文出版社有限公司出版、发行
网址：www.yiwen.com.cn
201101　上海市闵行区号景路 159 弄 B 座
上海盛通时代印刷有限公司印刷

开本 889×1194　1/32　印张 26.25　插页 12　字数 147,000
2022 年 12 月第 1 版　2022 年 12 月第 1 次印刷
印数：0,001—6,000 册

ISBN 978－7－5327－8943－6/I·5545
定价：138.00 元（上、下册）

译者前言

我在摇篮里瞌睡、摇晃，

我明智地一声不吭——

我未来的永恒不可逆转，

这是命运做出的裁定！

——曼德尔施塔姆

　　据友人阿达莫维奇回忆，曼德尔施塔姆给他讲过自己小时候遇到的一件事：有一天，曼德尔施塔姆家那幢楼地下室的洗衣店里，走出来一个素不相识的中国人，那人一见到曼德尔施塔姆，便莫名其妙地抓起他的一只手，接着又抓起另一只，手心朝上翻开端详一番，然后不知所云地用自己的语言兴奋地喊叫起来。后来才弄明白，无非是说这个孩子"吉人天相""福泽深厚"之类的。曼德尔施塔姆对此是否信以为真？详情不得而知。不过有一点耐人寻味，那就是在他第一本诗集出版时，以及行将告别人世时，均曾郑重其事地提起过此事，且语气中丝毫没有嘲讽之意。

　　事实上，曼德尔施塔姆一生坎坷，实在说不上"有福"。出道伊始即家道中落，从此穷困潦倒，四处漂泊，有时一日三餐都难以为继。楚科夫斯基证实说："他非但从来没有任何财产，而且居无定所——过着到处流浪的生活。……这是一个没有在自己周围营造任何日常生活的人，一个活在一切生活方式之外的人。"然而他穷且弥坚，生活越是窘困，创作欲越是旺盛，诗艺也日益精进，直至登峰造极。论生前身后的诗名，那位中国人的预言或可自圆其说，因为几经沉浮之后，诗人终究还是"不可逆转"地进入了不朽之列。曼德尔施塔姆的命运绝好地印证了中国的两句名言："文章憎命达"，"诗穷而后工"。

一

奥西普·埃米尔耶维奇·曼德尔施塔姆 1891 年 1 月 15 日（旧历 3 日）生于沙俄帝国治下的华沙，父亲是一名成功的皮货商人，母亲是一名音乐教师。曼德尔施塔姆满一岁时，全家迁往彼得堡近郊的巴甫洛夫斯克，1897 年又迁居彼得堡。

父母很重视孩子的教育，加上首都得天独厚的条件，曼德尔施塔姆从小就受到良好的人文教育。1899 年进入捷尼舍夫商科学校学习，时任校长兼教师瓦西里·吉皮乌斯是位象征派诗人。正是在该校就读期间，曼德尔施塔姆萌发了对戏剧、音乐和诗歌的爱好。

在吉皮乌斯的指点下，未来诗人的兴趣发生了转移。起初他喜欢纳德松的慷慨激昂，而后他痴迷象征派的扑朔迷离。对他影响最大的是勃留索夫和索洛古勃。由此不难理解，为什么曼德尔施塔姆最初的试笔之作总有些他们的影子。

1907 年商校毕业后，曼德尔施塔姆奔赴巴黎，旁听索邦大学的文学课程。在巴黎，曼德尔施塔姆迷上了法国中世纪史诗和著名诗人波德莱尔、魏尔伦、维庸的诗歌。1910—1911 年，诗人又到德国海德堡大学研读了两个学期的哲学，其间还游历过瑞士和意大利。1911 年接受了维堡卫斯理教会的洗礼。

曼德尔施塔姆曾这样概括他在商校读书和出国留学期间的精神探索：从柏拉图式的宗教追求到"对马克思学说稚气的痴迷"，通过"易卜生的净化之火"转向托尔斯泰、豪普特曼、汉默生。

由于家道中落，曼德尔施塔姆中止了留学。回国后，考入彼得堡大学文史系罗曼语专业。1911 年结识阿赫玛托娃和古米廖夫，并结下深厚友谊，被他们引为同道。

其实，游学欧洲期间，曼德尔施塔姆仍不时回到彼得堡，与当地文学界广泛交往。在象征派著名沙龙维雅切斯拉夫·伊万诺夫的"塔楼"上，他饶有兴致地聆听了这位理论家的系列报告。伊万诺夫家里，时常高朋满座，胜友如云，整个白银时代的精英如勃洛克、阿赫玛托娃、别尔嘉耶夫、沃洛申，定期聚会于此，交流思想和创作心得，朗诵尚未发表的新作，其中很多作品后来都成了经典作品。

1910 年，曼德尔施塔姆在《阿波罗》杂志上发表处女作，5 首抒情诗。1912 年，加入旨在与象征派分庭抗礼的阿克梅派。此外还参加了戈罗捷茨基和古米廖夫创立的"诗人车间"。极力与象征派保持距离，是"诗人车间"的主要宗旨之一。

二

1913 年，曼德尔施塔姆自筹经费，在阿克梅出版社出版了首部诗集《石头》。《石头》收入作者 1908—1911 年间的作品，虽不难看出象征派的影响，但已经摒弃了象征派的世纪末情调和彼岸思维。此时的曼德尔施塔姆已是以一个阿克梅派诗人面目出现。诗集的名称"石头"，具有明显的挑战意味，似乎是在宣示阿克梅派的诗学美学主张，即追求诗歌材料的"重量感"乃至"粗糙感"，以此来创造出美与和谐。按照曼德尔施塔姆后来归纳的口号就是："阿克梅主义产生于一种反感：'远离象征主义，活的玫瑰万岁！'"戈罗捷茨基指出：曼德尔施塔姆"沉重的词语为其重量感到骄傲，它们需要按照严格规则组合，就像组合成建筑物的石头一样"；曼德尔施塔姆"不是向魏尔伦和勃洛克，而是向巴黎圣母院的建筑师们学习写作"：

> 可是啊，坚实的圣母院大教堂，
> 我越是细究你怪兽一般的肋骨，——
> 越是经常在想：终有一天我也会
> 用凶险的重力创造出美的事物。

这种原则和追求在《海军部大厦》《圣索菲亚大教堂》等其他建筑题材的诗作中也有体现。在《阿克梅主义的早晨》

（1913，1919）一文中，曼德尔施塔姆断言，阿克梅主义就是一种"建筑精神"，并将这种精神与作为复杂有机体的诗歌形象结合起来，着力挖掘词语的内在含义。

古米廖夫指出：曼德尔施塔姆的诗向所有活在时间中而非仅仅活在永恒或瞬间中的生活现象敞开了大门。《石头》中的诗大多比较乐观豁达，如《疗养地的娱乐场》一诗。诗人通过"人生并不绚丽的色彩"看取世界，并大胆地在"俗世"之路上沿用象征派词汇：

> 我不崇拜先入为主的欢乐，
> 大自然有时——一片灰白。
> 借助轻微的醉意我注定要
> 领略人生并不绚丽的色彩。
>
> 大风吹着密布的乌云，
> 船锚被抛向大海深处，
> 心，屏住呼吸，悬挂在
> 可恶的深渊上方，像块画布。

尽管世界上危机四伏，使人不时有如临深渊之感，但要克服这一危机，就应该抓住具体可感的当下：

> 然而我喜欢沙丘上的娱乐场，

雾蒙蒙的窗外视野开阔，

一线阳光在揉皱的台布上停留。

我的周围环绕着碧绿的海水，

当水晶杯里的红酒灿若玫瑰——

我喜欢追踪那振翅高飞的海鸥！

值得注意的是，诗中出现了一个新的形象——娱乐场。娱乐场（казино）是西欧的舶来品，一般建在度假地和疗养地，设有餐厅和赌场，而将这一形象正面入诗，在俄罗斯诗歌中还是破天荒的。

画面感极强的《老人》《董贝父子》《天主教神甫》《路德教徒》《电影院》等诗，证明曼德尔施塔姆对细节和形象的造型性情有独钟，对怪诞手法驾轻就熟。曼德尔施塔姆诗中的怪诞元素来源于日常生活和历史文化不同层次的交集。然而，在曼德尔施塔姆笔下，阿克梅主义热情接受世界的主张是与历史时代的灾难预感联系在一起的，由此便产生了令人恐怖的深渊形象。

曼德尔施塔姆从创作伊始，就感觉自己是世界文化空间的一部分，并将之视为个人自由的一个表现。在这个想象的世界里，有普希金和但丁，有奥维德和歌德。诗人试图在不同时代之间建立起联系，将久远时代化为自己的创作资源。荷马的希腊和罗马帝国，中世纪天主教的欧洲，狄更斯的英国，法国古典主义戏剧，这一切仿佛万花筒，折射出不同时代和不同风格的嬗替。它们并非诗人的仿作材料（应该承认，他笔下的很多历史细节其实有失准确），而是文化史上那些能够与当代"合辙押韵"的瞬间，正如曼德尔施塔姆在《论词的属性》一文中所说的："风掀开那些经典作家的书页……于是它们在时代最需要的地方展开。"在艺术文本的多维空间里，一个词语若隐若现的隐蔽内涵，仿佛会透过另一个词语呈现出来（"斯卡尔德又编出一首别人的歌，唱起它，就像自己的一样"）。曼德尔施塔姆需要这种复杂和精致的"游戏"，以便追踪"时间的喧嚣和膨胀"。

《石头》的问世，为曼德尔施塔姆在诗坛赢得一席之地。1915 年，"极北"出版社又出版了该书的增补本。

三

1917 年十月革命前，曼德尔施塔姆多次前往克里米亚，拜访沃洛申。他在那里认识了茨维塔耶娃，并与之短暂坠入爱河。十月革命后，诗人在彼得堡工作一段时间，然后去了莫斯科。然而不久又因生计问题而不得不离开莫斯科，辗转于克里米亚、梯弗里斯之间。诗人在基辅结识了未来的妻子——娜杰日达·哈津娜。1920 年，曼德尔施塔姆与哈津娜一起回到彼得堡，两年后结为连理。

1922 年，曼德尔施塔姆第二本诗集《Tristia》在柏林问世，立即引起强烈反响，好评如潮。日尔蒙斯基写道："跟所有古典风格的诗歌一样，曼德尔施塔姆的诗乃是一种形式优美的创作。"墨丘利斯基盛赞："曼德尔施塔姆的诗集是安娜·阿赫玛托娃《Anno Domini》之后俄国文艺生活中最重大的事件。"

该书跟出版社签约时名为《新石头》，后听从库兹明建议，更名为《Tristia》。书中收入的诗均为第一次世界大战和十月革命期间所作。在这本诗集里，曼德尔施塔姆的诗歌世界的核心是古希腊风格，这种风格化为作者言语，表达了作者微妙的内心感受。"Tristia"是拉丁语，古罗马诗人奥维德使用过，意思是哀歌。跟《石头》一样，这里的诗作也是组诗性的，但彼此间的联系更为紧密。曼德尔施塔姆喜欢在诗中重复词语，同时赋予它们特殊的内涵。这期间看得出作者对词语和形象的态度更趋复杂，它们变得更加非理性。有意思的是，两个诗集存在明显的承续和呼应关系，《石头》的收官之作和《Tristia》的开篇之作，均以希腊神话人物淮德拉为主题。

同《石头》相比，《Tristia》的体裁调性发生了明显改变，告别热爱和习以为常的世界，由此带来的伤感和沉思取代了此前对世界和创造的高昂礼赞。司徒卢威认为，《Tristia》是《石头》的直接反题：《石头》讴歌的是相逢，而《Tristia》是离别。……《石头》研究的是表层世界，填补地平线或天空空白的人类伟大创造，《Tristia》则是下到通向死亡的致命欲望的阴间世界，摧枯拉朽的革命的世界，回忆的世界，遗忘所警示的、没有化作诗句的世界，未诞生的词语的世界。

借助神话和神话诗学传统，诗人在进行一场普世层面的诗歌谈话。沙俄帝国晚期华丽和庄严的彼得堡不时变成各种神秘剧上演的舞台。城市成为死亡的国度：

> 我们将在透明的彼得波利斯死去，
> 在这里，冥土王后主宰着我们。
> 我们呼吸的是一种致命的空气，
> 每时每刻都可能成为我们的祭日。

曼德尔施塔姆之所以需要神话，也是为了扩大历史概括的边际，将诗人的精神命运与整个俄国历史糅合在一起（《致卡桑德拉》《坐上铺垫着麦草的雪橇》）。走向深渊的时代之船所喻示的历史终结主题，与死后记忆的形而上学主题交织在一起：

> 我们会牢记，即便是在寒冷的忘川，
> 对我们而言，一片大地也抵得过十个天空。

复杂多变的联想进程，不合常理的词语形象，是《Tristia》一个突出的诗学特征。《Tristia》期间的创作，反映了诗人对诗语的态度更趋复杂。凭借诗语潜在的"能指"，"所指"本身成为特定文化语境的载体。在克里米亚组诗中，日常生活的具体性能够唤起意识中的希腊神话形象，而且是通过文学传统的棱镜（《金灿灿的蜂蜜从瓶子里流出》、《在匹埃利亚的石堡上》、《只要你高兴，可以从我掌中》等）。以这种方式植入的古希腊罗马，既是一种生活模式，也是理解作品所不可或缺的文化密码。丽雅·金斯堡说：《Tristia》试图在诗歌中创造出一种希腊化方言（曼德尔施塔姆诗学）。保留诗歌形象的感性温度，得见居于其中的灵魂——普叙赫，这就是曼德尔施塔姆的追求。为此，他要复活词语中隐藏的古意，创造新的联想系列，以此扩大词语的意义范围。

如此明显地遁入希腊生活模式，并将之作为一种独特的文化符码，显然与重大社会政治变革，尤其是十月革命有关。跟许多俄国知识分子一样，曼德尔施塔姆起初并不接受布尔什维克新政权，他甚至更倾向于克伦斯基政府，但他很快克服了世界观中的矛盾，最终接受了苏维埃政权（《自由的黄昏》）。

1923 年新诗集《第二本书》出版，这实际上就是《Tristia》的国内版，故称"第二本书"。这期间，诗人撰写了一系列文章，如《论词的属性》《人类之麦》等，探讨文化、历史和人文的一些重要问题。1925 年出版自传体散文《时代的喧嚣》。1926—1929 年，是曼德尔施塔姆诗歌创作的沉寂期，整整四年，几乎颗粒无收。这期间，他除了继续散文写作以外，还积极投身文学翻译活动，翻译了彼特拉克等一些欧洲经典作家的作品。应该说，在诗歌创作陷入低迷时，正是文学翻译工作给他提供了一个自我宣泄的渠道。他的翻译，同样是他文学遗产的组成部分。

1928 年，曼德尔施塔姆将此前出版的《石头》、《Tristia》与新作《1921—1925》合编，交国家出版社出版，名为《诗集》。这是诗人生前出版的最后一本书。其中的《1921—1925》

组诗，始终没有单独印行。在这里，对文化"考古"的痴迷已让位于当下生活题材，随处可见诗人的个人经历。抒情主人公"我"与作者的具体个性难以分开。但日常的繁琐和生活的平淡并没有妨碍曼德尔施塔姆的哲学诗学概括和他特有的悲剧感激情。组诗的核心作品是《页岩颂》，从此诗不难看出，曼德尔施塔姆的诗风在求新求变。在诗人看来，真正的艺术是经得住时间的磨砺的。颂歌的高雅语体与复杂的隐喻风格结合起来，仿佛是在有意展示这样一种创作追求，即打破时间、历史、语言的桎梏。隐喻纵横、富于哲思的《世纪》和《1924年元旦》，堪称"一个世纪儿的独特自白"，表达了诗人对历史坐标的"漂移"和个人将与世纪一同毁灭的存在体验。

四

　　1930年10月，曼德尔施塔姆游历了梯弗里斯和埃列温，沉寂多年的诗兴重新燃起。尤其是亚美尼亚，这个国家的历史和文化，给诗人留下深刻印象，令他痴迷，也在他的创作生涯中留下浓重一笔。组诗《亚美尼亚》就是此行结出的一个硕果。从亚美尼亚返回彼得堡后，曼德尔施塔姆临时借住在弟弟家后楼梯的一间斗室，脍炙人口的《列宁格勒》就是基于他当时的真实处境写成的：

　　　　我又回到了我的城市，

熟悉得无以复加的城市——

熟悉到眼泪，熟悉到青筋，
熟悉到孩子们浮肿的腮腺。

《列宁格勒》具有明显的转折意义，这一点至少从曼德尔施塔姆诗歌形象的变化上可见一斑：此前，他笔下最常见的是"空气""生命""罗马""太阳"；此后，他笔下出现最多的则是"土地""水""莫斯科""死亡"。

1934 年 5 月，曼德尔施塔姆因一首并未公开发表的讽刺诗而获罪被捕。幸得阿赫玛托娃、帕斯捷尔纳克和布哈林为之求情，才得以从轻发落——流放至北乌拉尔的切尔登市，随即又获准转到沃罗涅日。流放期间，在当地报社和电台做过临时工作，也给剧院当过顾问。

沃罗涅日三年，是曼德尔施塔姆诗歌创作的多产期。对于以"慢工出细活"的曼德尔施塔姆来说，每年"产量"两三百行属于常态，1930 年接近五百行已属绝无仅有，而 1937 年，竟火山喷发一般高达近千行！三册《沃罗涅日笔记》是曼德尔施塔姆的精神自白，也是诗人公认的巅峰之作。论曼德尔施塔姆对俄罗斯和世界诗歌的贡献，无疑要首推《沃罗涅日笔记》。阿赫玛托娃曾经赞赏："一个罕见的诗人，悲剧性人物，即便流放沃罗涅日，仍在继续写作具有难言之美和力量的作品。""令人惊异的是，曼德尔施塔姆诗中的旷远、开阔、深呼吸，就是在沃罗涅日期间，在他完全失去自由的时候出现的。"

《沃罗涅日笔记》收入诗人在沃罗涅日三年期间所作的 98 首诗，这个数量几近曼德尔施塔姆全部诗作的四分之一。如此旺盛的创作激情和多产，诗人此前还不曾有过。有人将曼德尔施塔姆的沃罗涅日三年，比作"波尔金诺的秋天"，只不过同普希金相比，曼德尔施塔姆不善于同时创作两种体裁，做不到诗歌与散文并驾齐驱。

《沃罗涅日笔记》中的诗，源自一种苦闷的悲剧性预感："平原郁郁寡欢，渴望奇迹已久，我们如何是好？""啊，这迟缓的、喘息的辽阔，让我厌烦到了极点。"时间的流淌非但缓慢，而且停止了，于是这时："我在世纪的心脏里，道路不明，而时间让目标渐行渐远。""我在天上迷了路——为之奈何？"在《沃罗涅日笔记》里，悲剧感和乐观精神相互交织，具有撼人的艺术感染力。

诗人运用诗歌独有的手法，将个人的内心感受寓于抒情主人公的形象之中。对作者而言，有一点至关重要，即抒情主人公的旅行不是限定于历时性框架，而是要穿越时空，因为诗人艺术世界里的现实被分割成"之前"和"之后"，"此处"和"彼处"。诗人与抒情主体"我"难分彼此，他在自己的诗中寻找自我，体察自己在世界中的位置。例如，在《黑土》一诗中，抒情主人公与世界的融为一体，景物描写饱含着对社会、对历史、对现在与未来的深沉关切：

在早耕的日子里黑到发青，

手无寸铁的劳作就立足其中——

被翻耕的传说的万千土丘：

或许，正是有限蕴含着无穷。

曼德尔施塔姆沃罗涅日时期的抒情诗中，风景往往作为悲剧性事件的背景出现，这一点与其早期抒情诗不同。早期沿袭丘特切夫传统，景物作为一种巨大的生命有机体，具有独立的活动能力。例如《在卡马河畔，眼睛觉得那么黑暗》一诗。这里的河流令人联想到诗人无可回避的坎坷命途。抑郁、苦闷、不安、感伤是抒情主人公最主要的心理特征。"我在那里顺流而下，关着窗帘，关着窗帘，脑袋在火中烘烤"。像这样的诗句，反映了个人的命运遭际，苦闷孤独。诗人渴望有人倾听他的声音。然而，不仅如此，被限定在自己的流放地，诗人更加痛彻地感受到，人所生活的世界——故乡、城市乃至国家，是那么伟大和美好。

何处天空辽阔，就到何处徜徉，

一种明媚的忧伤拉住我不放，

不让我离开尚年轻的沃罗涅日丘陵，

奔向全人类的托斯卡纳明丽山岗。

整体而言，曼德尔施塔姆的诗具有强烈的抒情张力和深刻的哲理内涵。具体现象与普遍人类和永恒密切相关。复杂的、充满深意的诗歌世界通过词语的多义性建构起来，只有在艺术语境下才能得到正确解读。格列勃·司徒卢威指出："对于成熟期的曼德尔施塔姆而言，只有一个手法是实有代表性的：执着地、执着地重复一些特定的词语形象。例如，在曼德尔施塔姆成熟期的诗中，经常可见他喜爱的一些特定词语形象——'燕子''星星''盐'等在一些极其出人意外的搭配中出现。这就是那些普叙赫词语，他自己说，它们自由自在地围绕着物体游荡，就像灵魂围绕着被遗弃的、但还没有被遗忘的身体。"在曼德尔施塔姆眼里，普叙赫，不光是一个形象，也是人的灵魂化身。属于沃罗涅日阶段这类"信号性词语"的有："盐""世纪""燕子""夜"等等。"盐"象征良心、义务（《夜间，我在户外洗漱》），并与牺牲母题密切相关。"世纪"一词创造的是一个非单一内涵形象，取决于具体语境（《我的世纪，我的野兽》）。而"燕子"创造的概念令人联想到艺术、创作、思想和言论自由（《我忘记了我要说的话》《幽灵般的舞台依稀闪烁》）。

第三册中的《无名士兵之歌》，是《沃罗涅日笔记》的总结性之作，或许也是曼德尔施塔姆的纲领性之作。曼德尔施塔姆特有的主题、思想、情节在此达到了水乳交融的程度。生与死，是诗人运思的两极，可见其手笔之大。死亡不是一个抽象概念，诗人与自己的同时代人一道，亲身经历过不止一次残酷战争，对什么是"不可收买的战壕的天空，大量批发死亡的天空"有着切肤之痛，他比谁都清楚"冷酷、虚弱的人们"能干出什么事情——"互相残杀，忍饥受冻"。生与死的冲突在不同时空层次上展开，彼此间有着复杂的相互交集和相互作用。在此，过去、现在和未来并行不悖。隐喻将变成战壕的天空与大地捆绑在一起，在新的光明照临世界之前，上演了血流成河的"昨日之战"。

《无名士兵之歌》还触及到曼德尔施塔姆始终关注的一个主题：艺术乃活力之源。但艺术的创生力量需要诗人付出自愿毁灭的代价换取。该诗的结尾极具震撼力，在注定毫无意义地死去的人们中间，低徊着一个声音——不是假定的抒情主人公，而是诗人自己的声音：

> 我握紧模糊不清的生年，
> 张开没有血色的嘴巴，
> 同一大批同年生者一道
> 悄声说：
> ——我生于一八九一年
> 一月二日深夜，三日清晨，
> 那是无望的一年，诸世纪
> 用烈火将我重重包围。

《无名士兵之歌》理解起来难度极大，曼德尔施塔姆专家列克曼诺夫宣称，《无名士兵之歌》是圣杯上的宝石，也是检验曼德尔施塔姆研究者的试金石。尽管很多人跃跃欲试，对此诗做了一些有趣的考察和解读，但整体而言，该诗依旧还存在许多未解之谜。

《沃罗涅日笔记》在诗人生前未能发表，由诗人遗孀冒着生命危险将手稿和抄稿保存下来，直到 1992 年才得以正式出版。

1937 年，流放解除后，曼德尔施塔姆被允许回首都居住，但一年后再次被捕，并被判处 5 年劳改。常年的颠沛流离，使得曼德尔施塔姆贫病交加，身体极度虚弱。1938 年 12 月 27 日，曼德尔施塔姆没能熬过冬季，最终在符拉迪沃斯托克近郊劳改营医院的隔离病房里，悄无声息地离开了人世。

五

曼德尔施塔姆逝世后，于 1956 年和 1987 年分两次得到彻底平反。他的作品也在被封禁 20 年后，逐渐回归读者视野。由妻子和亲友保留下来的大量诗歌、散文、回忆录手稿和抄稿，也陆续公开发表。娜杰日达·曼德尔施塔姆后来所写的两卷本回忆录，成了复原曼德尔施塔姆诗歌文本和创作语境的重要文献。联合国教科文组织将 1991 年命名为"国际曼德尔施塔姆年"之后，诗人的国际声望和影响迅速扩大。如今，曼德尔施塔姆研究在俄罗斯已成为一门显学，各种版本的诗人作品目不暇接，有关诗人生平与创作的论著层出不穷，与此同时，曼德尔施塔姆也是目前作品被翻译最多的俄罗斯诗人之一，由此可见其影响和魅力。

阿赫玛托娃说过：在勃洛克之后，曼德尔施塔姆就是二十世纪的头号诗人。司徒卢威写道："从文学史的视角来看，这位曲高和寡的诗人，在革命前夕拼命反对象征派、反对未来派的诗人，倒很有可能是一位将晚近俄国文学三大主要流派——象征主义、未来主义和阿克梅主义最大限度集于一身的集大成者。"他力求以极简约的笔墨，表达最复杂最丰富的含义，也就是我们所说的"以少少胜多多"，在这方面，曼德尔施塔姆所达到的高度，在俄罗斯诗人中鲜有出其右者。为此，他最大限度地调动了词汇、音响、修辞和诗学手段。他的诗，熔传统形式与现代技巧于一炉，用语不拘常理，想象收放自如。菲利波夫说："虽然曼德尔施塔姆的魔性词语是在意义和情节联系之外流淌，句子的逻辑结构始终是可以还原的，尽管有时要花点力气，一如贡戈拉、马拉美和贺拉斯。跟他们一样——曼德尔施塔姆不是可以轻松阅读的诗人。"米尔斯基写道："（曼德尔施塔姆）诗歌中最本质的因素仍为他的形式，以及他强调形式、使形式变得可感的手法（无论他的历史观如何有趣）。他实现这一目标之手段，即运用各种引起矛盾联想的词汇，他那里既有已很少使用的庄严崇高的古词，亦不乏很少入诗的日常生活用语。他的句法更是一种奇异混成，充满修辞色彩的段落与纯口语句式相互争斗"。他并断言："曼德尔施塔姆那些以语汇和节奏为基础的斐然文采，很难翻译。"

曼德尔施塔姆的诗，是对世界文化的一种缅怀，也是基于个人经历的一种秘写。这种普世神话与个人神话纵横交错的秘写风格，制造了无处不在的阅读障碍和意义陷阱，异常复杂和艰涩，只有反复阅读，不断揣摩，方可登堂入室，即便如此，有时仍可能力有不逮，"似是而非"。而对译者而言，纵使已经了然于胸，窥得堂奥，如何传达其妙又是一大考验，虽然大多情况下功夫不负有心人，但这毕竟是多种条件因缘际会的结果，踌躇旬月而不得，无奈退而求其次者，在所难免。据说曼德尔施塔姆夫人对七十年代出自名家之手的曼德尔施塔姆德译本，颇有微词，抱怨德译者在形式上未能"曲尽其妙"，而形式又恰好是曼德尔施塔姆极为看重且用力最勤的。说的是德译，但问题具有普遍性。德语较之汉语，与俄语在渊源上更为相近，德译尚且如此，汉译难度可想而知。

形神兼备，两全齐美，固然是诗歌翻译应当全力追求的理想目标，但在"形"与"意"难以兼顾的情况下，就不得不有所取舍。尽管深谙翻译之道的曼德尔施塔姆声称"译者是作者的强有力阐释者。他实际上不受监督"，但严谨负责的译者却不应该天马行空，肆意妄为，他至少应该有自我监督的自觉，力求做到在艺术性与学术性、作者与读者之间"左右逢源"。正如诗人兼翻译家扎鲍洛茨基所言："译者的天平有两个托盘，一个属于原作，一个属于译作的读者。要保持天平的平衡。这意味着要学会取舍，应该求大舍小，而不是因小失大。何为大何为小？诗歌的要害在于思想，在于作者的世界观，在于他的形象建构，译者无权进行破坏。非但无权，还有责任用自己的语言来表达出作者的形象建构，最大限度地接近作者的风格、气质。这里会产生一系列冲突，如何解决这些冲突，取决于译者的天赋。好的译者本身就是诗人，他能凭直觉把握自己的权限。"扎鲍洛茨基警告说，诗歌翻译要避免两个极端：一是削足适履式地移植形式，二是根据自己的风格和趣味对原作任意发挥。对于扎鲍洛茨基的真知灼见，译者深有同感，在翻译曼德尔施塔姆的过程中，也努力贯彻和追求这样的目标和意图。

六

本书的编辑架构、篇目和版本，主要依据《诗库丛书》中的《曼德尔施塔姆诗全集》（*O. Мандельштам, Полное собрание стихотворений*, Санкт-Петербург, 1995），并参考梅茨编的三卷本《曼德尔施塔姆文集和书信集》（*Осип мандельштам, Полное собрание сочинений и писем* в трех томах, составитель А. Г. Мец. Москва, 2009–2011）和司徒卢威、菲利波夫合编的四卷本《曼德尔施塔姆文集》（*O. Э. Мандельштам. Собрание сочинений* в четырех томах. Под редакцией Г. П. Струве и Б. А. Филиппова. Москва. 1991）；注释除参考上述三种版本外，还参考了列克曼诺夫、阿梅林合编的《曼德尔施塔姆诗集》（*Осип Мандельштам, Собрание стихотворений 1906–1937*, составители Олег Лекманов и Максим Амелин, Москва, 2017），个别注释为译者所加。

本书收入曼德尔施塔姆一生所作诗歌，不算异稿，凡590首；翻译诗歌考虑到再次转译的意义不大，未予收录（作者生前编入特定诗集的4首彼特拉克十四行诗和一首法国中世纪史诗片段《埃蒙之子》除外）。就目前掌握的全部原创诗歌而言，称

"全集"，也算得上名副其实。

译者三十余年前译过曼德尔施塔姆的一组诗，收入《俄国现代派诗选》，后来又做了大幅度增补，编进三卷本的新版《俄国现代派诗选》，此次翻译全集，既是一次再学习再提高的机会，也是一场持续的挑战和博弈。在此，译者要感谢俄罗斯文学专家叶莲娜·鲍尔蒂列娃教授和安娜·季节科娃副教授，在差不多一年的时间里，她们随时为我答疑解惑，日复一日，不厌其烦，尽管有时也会见仁见智，但分歧和多样对译者开阔思路、权衡取舍大有裨益；感谢我的博士研究生阿丽莎·鲍里索娃，她爱好写诗，我也时常向她求教。没有她们的无私帮助，这部全集的翻译工作就不可能如期完成。

今年适逢诗人诞辰 130 周年，这部《曼德尔施塔姆诗歌全集》的出版，因而也就多了一个意义。

郑体武
2021 年深秋于沪上

目录

石头

1921—1925

第三册

石　　头

1. "一颗果实从枝头坠落……"

一颗果实从枝头坠落，

发出小心和轻微的响动，

林中深沉幽远的寂静

绵延着亘古不绝的歌吟。

1908 年

2. "森林里的圣诞枞树……"

森林里的圣诞枞树

闪耀着金箔的光芒；

灌木丛中的玩具狼

瞪着吓人的眼睛张望。

我的悲伤啊，未卜先知，

我的自由啊，悄然无声，

那了无生机的苍穹

始终挂着笑容的水晶！

1908 年

3. "要读就读儿童读物……"

要读就读儿童读物，
要留就留赤子之心，
一切宏大的远远地驱散，
于深深的忧伤振奋精神。

我已致命地厌倦生活，
不会再从生活中接受什么，
但我爱我这贫瘠的土地，
因为别的土地我没有见过。

我在远方的花园中
荡着简陋的木制秋千，
我在迷雾般的梦呓里
回忆高大茂盛的云杉。

1908 年

4."比柔嫩更柔嫩……"

比柔嫩更柔嫩
你的脸，
比白皙更白皙
你的手，
离整个的世界
你很远，
你所有的一切
命中注定。

命中注定——
你的忧伤，
不会冷却的
你的十指，
永不凋零的
你的细语
呢喃
和你双眸中的
那个远方。

1909 年

5. "在浅蓝色的珐琅上……"

在浅蓝色的珐琅上，
可以想见那是在四月，
白桦树提起枝头，
不知不觉中暮色四合。

精致细微的花纹，
凝结了一层薄膜，
瓷盘上绘出的这幅画
何以如此令人叫绝，——

当可爱的画家将它画到
坚硬的玻璃上那一刻，
通过对瞬间力量的捕捉，
通过对悲哀死亡的忘却？

1909 年

6. "有一种纯洁的魔法……"

有一种纯洁的魔法:
高亢的音调,深邃的世界;
我所创造的土地神们
距太空的竖琴实在太远。

在细心清洗过的壁龛旁,
在聚精会神的落日时分,
我倾听着我的家神们
那始终令人振奋的安静。

这尊旋制的躯干像
和这些冰凉易碎的身体
在划定怎样胆怯的规则,
和怎样的玩具领地啊!

不必赞美别的神祇:
他们并不高你一等,
不妨将他们小心移开,
换个地方重新摆放。

1909 年

7. "上天赐予我身体，我如之何……"

上天赐予我身体，我如之何——
这完整的身体，我的身体？

可以呼吸和活着，为这份幸运，
请告诉我，我该感谢何人？

我是园丁，我也是花朵，
在世界的牢狱里我并不孤单。

永恒的玻璃上已经留下
我的呼吸，我的体温，

上面将铭刻出一个图案，
未过多久即已无法辨认。

任凭瞬间的浊水无情流逝，
可爱的图案谁也不能抹去！

1909 年

8. "一种不可言喻的哀愁……"

一种不可言喻的哀愁
睁开它那硕大的眼睛，
一只花瓶从梦中醒来，
泼出清澈透明的水晶。

好似一股甜甜的药味
在整个的房间中弥漫——
如此之小的一个王国
吞下如此之多的梦幻。

来上少许的红葡萄酒，
来上少许五月的灿烂——
白净如玉的纤纤手指
掰开一块薄薄的饼干。

1909 年

9. "什么都用不着谈论……"

什么都用不着谈论，

什么都用不着教导，

野兽般的阴暗灵魂

那么悲伤，那么美好：

它并不想教会什么，

它根本就不善辞令，

它好像年幼的海豚

在人世漩涡中浮沉。

1909 年

10. "当敲击与敲击相遇……"

当敲击与敲击相遇，
厄运不知疲倦的钟摆
在我头顶不停摆动，
想要成为我的主宰，

急切地走，又粗暴停下，
命运的纺锤从天而降——
再无可能相遇，约定，
也无可逃避，躲藏。

那些尖头图案彼此纠缠，
越来越快，越来越快——
彪悍的野人们手中
涂了毒的长矛就要飞来。

1910 年，1927 年

11. "雪的蜂群更加缓慢……"

雪的蜂群更加缓慢，
窗玻璃更加透明，
一块深绿色的面纱
被随意丢在桌子上。

自我陶醉的织锦
被阳光轻柔地爱抚，
体会着夏天的意味，
似乎未被冬天触及；

假如说永恒之严寒
在冰的钻石中流淌，
生命短暂的碧眼蜻蜓
则在这里奋力振翅。

1910 年

12. SILENTIUM①

她还没有出世，
她是音乐，是言语，
因而也是一切有生之物
彼此间牢不可破的联系。

大海的胸脯平稳地起伏，
可白昼，发疯般明亮。
浪花那苍白的丁香
在蓝色的花瓶里开放。

我的嘴唇将会获得
一份源自太初的静默，
仿佛结晶的音符，
那种与生俱来的纯洁！

保持浪花本色吧，美神②，
回归音乐吧，言语，

---

① 拉丁语：沉默。
② 希腊神话中的美神阿芙洛狄忒，即罗马神话中的维纳斯，诞生于浪花。

心啊，为心感到羞愧吧，

同生命的始基融为一体！

1910 年

13. "灵敏的听觉——绷紧帆……"

灵敏的听觉——绷紧帆，
扩大的视野空旷无人，
午夜鸟群低徊的合唱
穿越一片寂静。

我像大自然一样贫穷，
我像天空一样单纯。
我的自由飘忽不定，
好似午夜鸟群的嗓音。

我看得见死寂的月亮
和比画布更惨淡的苍穹；
你的世界，病态而奇怪，
我接受你啊，虚空！

1910 年

14. "似一片突如其来的云影……"

似一片突如其来的云影
迎面飞来一位海上女客，
在慌乱的岸边一掠而过，
一路发出窸窣的响声。

一张巨帆严格地翱翔，
苍白而又致命的波涛
向后退去——不敢
再次触摸海岸；

一叶小舟，劈波斩浪，
如飒飒树叶，——远了……
为了接受宿命之风，
心灵张开了自己的帆。

1910 年

15."我从恶毒的泥潭中长出……"

我从恶毒的泥潭中长出，
摇动芦苇发出簌簌之声。
我狂热、倦怠、温柔，
呼吸着被禁止的人生。

我，无人在意，只得
遁入冰冷泥泞之处栖身，
秋天的一个个短暂时刻
用飒飒之声把我欢迎。

无情的凌辱使我幸福，
在如梦似幻的生活中
我偷偷地嫉妒每一个人，
又偷偷地爱慕每一个人。

1910 年

16. "巨大的深坑黑暗而又透明……"

巨大的深坑黑暗而又透明，
一扇闪着白光的怠惰窗棂；
心儿啊，为何跳得如此缓慢，
如此执拗，且变得愈发沉重？

忽而以全部重量走向水底，
因为它思念可爱的淤泥，
忽而像一根草秸绕过深处，
毫不费力地在水面上浮起。

故作柔情地站在枕畔吧，
自己哄睡自己的整个生命，
沉湎于那些无端的烦恼吧，
怀着骄傲的寂寞保持温存！

1910 年

17. "马儿们迈步多么缓慢……"

马儿们迈步多么缓慢，
路灯的火苗多么恍惚！
陌生的人们大概清楚
他们在把我送往何处。

而我信任他们的关心。
我感觉冷，恹恹欲睡，
他们把我丢在街角，
前方唯见一束星辉。

发热的脑袋摇来摆去，
他人之手似柔软的冰，
一棵棵幽暗的云杉——
我还不曾见过的剪影。

1911 年

18. "贫瘠的光，以冰冷的尺度……"

贫瘠的光，以冰冷的尺度，
在潮湿的森林中播撒光明。
我在内心怀着哀伤，就像
把一只灰色的鸟怀在胸中。

我该如何对待受伤的鸟儿？
苍天死了，默不作声。
不知是谁从雾蒙蒙的钟楼上
卸下了一口口铜钟，

于是这无言的高楼
兀自独立，孤苦伶仃——
仿佛一座空空的白塔
笼罩着云雾和寂静。

柔情缱绻的清晨，——
似睡非睡，似醒非醒，
挥之不去的昏昏沉沉——
含混的思绪交相呼应。

1911 年

19. "阴沉的空气湿润、嘈杂……"

阴沉的空气湿润、嘈杂；
林中很是宜人，并非可怖。
独自散步的轻十字架
我要再一次顺从地背负。

责难如一只野鸭腾空而起，
再一次指向冷漠的故土：
我在迷惘的人生中感受到
那种一对一的孤独！

一声枪响。沉睡的湖水上方
野鸭的翅膀此刻变得沉重，
那些松树的躯干迷醉于
水中倒映出的双重生命。

暗淡的天空奇怪地失去光泽——
一种隐约的世界之痛——
啊，允许我也变得隐约吧，
允许我不对你用情太深！

1911 年

20. "今天是糟糕的一天……"

今天是糟糕的一天：
蚂蚱的合唱没了声音，
幽暗的礁崖投下的阴影
比墓地的石碑更阴沉。

闪烁的指针的滴答声，
先知先觉的乌鸦的叫吼……
我正在做一个糟糕的梦，
瞬间一个接一个地飞走。

移开现象的边界吧，
打破尘世的牢笼
并唱响愤怒的赞歌——
叛逆的秘密的青铜！

啊，灵魂的钟摆严酷——
摆动着，执拗，无声，
厄运狂热地敲击着
我们那扇禁入的门。

1911 年

21. "黑色的风呼呼作响……"

黑色的风呼呼作响，

翻卷着躁动不安的叶片，

一只瑟瑟发抖的燕子

在阴暗的天空画着圆圈。

在我垂死而柔情的心中

正在降临的黄昏

与即将燃尽的夕辉

正悄然进行一场论争。

向晚的森林上空

升起了黄铜般的月轮；

为何音乐这般稀少，

而寂静这般深沉？

1911 年

22."灵魂何以如此激越……"

灵魂何以如此激越?

可爱的名字何以如此之少?

昙花一现的节奏只是偶得,

只是出人意料的北风之神?

他掀起尘土的烟云,

他震响纸张的树叶,

他一去不复返——或者

回来时已完全变成另一个。

啊,奥尔弗斯①辽阔的风,

你要离去,去往天涯海角——

我爱抚着尚未造就的世界,

我忘却了百无一用的"自我"。

我迷荡于现象的丛林,

我发现了一个蔚蓝的山洞——

---

① 又译奥菲斯、俄耳甫斯,希腊神话中的色雷斯诗人和歌手,善弹竖琴,
琴声可使猛兽俯首,顽石点头。曾随伊阿宋觅取金羊毛。

莫非我真的名副其实

且死神的确就要来临？

1911 年

23. 贝壳

夜啊，或许，你并不
需要我；从世界的深渊
犹如一枚无珍珠的贝壳
我，被抛在了你的岸上。

你淡定地泛起浪花朵朵，
你不容辩驳地歌唱；
然而你会爱上，会珍视
无用的贝壳的谎言。

你跟她并排躺在沙滩上，
你会为她穿上你的法衣，
你会让波涛的那口大钟
与她建立不可分割的联系；

贝壳那不堪一击的墙壁
好似一间无人居住的心屋，
你会为之装满泡沫的细语，
装满风，装满雾，装满雨。

1911 年

24. "把一根根丝线……"

把一根根丝线
缠上珍珠贝做的梭子，
啊灵巧的手指，请开始
你令人痴迷的讲课！

双手的潮涨潮落——
一成不变的动作，
你无疑是在念咒，以此
驱除阳光下的某种恫吓，——

当一只宽大的手掌
燃烧着，如一只贝壳，
忽而熄灭，被引向黑暗，
忽而进入粉红的烈火！

1911 年

25."天空啊，天空，我将梦见你……"

天空啊，天空，我将梦见你！

要你完全失明，那不可能，

白昼燃尽了，如一张白纸：

少许的烟雾和少许的灰烬！

1911 年

26. "我冻得浑身发抖……"

我冻得浑身发抖——
我多想哑然失声！
可金子在天上舞蹈——
命令我放声歌唱。

烦恼吧，躁动的乐手，
去恋爱、回忆和啜泣，
被抛离暗淡行星的你啊，
快抓住那只轻轻的球！

于是她就成了与神秘世界
名副其实的联系纽带！
怎样的惆怅啊，令人压抑，
怎样的大祸啊，已经临头！

会怎样呢，假如那颗
始终闪烁的星星
不正常地抖动了一下，
用生锈的别针将我刺痛？

1912 年

27. "我讨厌这一成不变的……"

我讨厌这一成不变的
单调乏味的星光。
你好啊，拔地而起的钟楼——
我那久远的梦想。

石头，成为一块花纹吧，
成为一张蛛网：
用一根细长的钢针
刺进虚空的胸膛。

我的时辰将至——我能
感觉到振动的翅膀。
如此——可那支活跃的
思想之箭会射向何方？

或许，一旦穷尽自己的
道路和时限，我会还乡：
在那儿——我欲爱不能，
在这儿——我爱之彷徨……

1912 年

28. "我在雾中触摸不到……"

我在雾中触摸不到
你飘忽不定的痛苦形象。
"主啊!"——我脱口而出,
这句错话我都不曾思量。

神的名,好似一只大鸟,
倏地飞出了我的胸膛。
前方——浓雾翻卷,
后面——笼子空空荡荡。

1912 年

29. "不，不是月亮，而是闪光的刻度盘……"

不，不是月亮，而是闪光的刻度盘

辉耀着我，——我何罪之有，

假如我能触摸到羸弱的星河？

巴丘什科夫的傲慢令我反感：

人们在这里问他：现在几点？

而他这样回答好奇的人们：永恒！

1912 年

30. 徒步旅行者

我抑制不住心惊胆战，
面对这神秘的崇山峻岭。
我满意于天上的银燕，
我喜欢钟楼的高耸入云！

似乎，我是古代的徒步者，
在拱桥上，在深渊上空
倾听着雪团的快速膨胀
和石钟上敲响的永恒。

但愿如此！可我并非那位
穿梭于发黄书页间的旅行人，
我心里有实实在在的哀伤在低吟。

确实，山上容易遭遇雪崩！
我的灵魂整个托付给了钟声，
但音乐并不能使人绝处逢生！

1912 年

31. 疗养地的娱乐场

我不崇拜先入为主的欢乐，
大自然有时——一片灰白。
借助轻微的醉意我注定要
领略人生并不绚丽的色彩。

大风吹着密布的乌云，
船锚被抛向大海深处，
心，屏住呼吸，悬挂在
可恶的深渊上方，像块画布。

然而我喜欢沙丘上的娱乐场，
雾蒙蒙的窗外视野开阔，
一线阳光在揉皱的台布上停留。

我的周围环绕着碧绿的海水，
当水晶杯里的红酒灿若玫瑰——
我喜欢追踪那振翅高飞的海鸥！

1912 年

32. 皇村

——给格奥尔吉·伊万诺夫

我们去皇村吧！

那里，每当骠骑兵们

酒足饭饱飞身上马，

女市民个个笑容可掬……

我们去皇村吧！

处处是兵营、公园和宫殿，

树上还有柳絮纷飞，

"您好！"问候山呼海啸，

回复："你们好，小伙子们！"

处处是兵营、公园和宫殿……

一栋栋单层的普通住宅，

住着执著一念的将军们，

他们喜欢读《乡土》① 和大仲马，

以此驱遣疲惫的人生……

都是别墅——哪里是普通住宅！

———————————————————

① 一种颇受欢迎的周刊，创刊于 1869 年，以市民阶层为主要读者对象。

火车头鸣笛……大公来了。

玻璃厢房①里一众随从！……

一名自命不凡的军官提着军刀，

盛气凌人地走了出来，——

毫无疑问——大公来了……

一驾四轮轿式马车回家了——

当然是回到礼仪王国，

载着骷髅一样的白发女官，

令人不寒而栗——

一驾四轮轿式马车回家了。

1912 年

---

① 指始建于 1895 年的皇村火车站御用候车厅，位于主体建筑两侧，装有大
  扇的玻璃窗。

33. 金币

一整日，我在苦闷和躁动中
呼吸着秋天潮湿的空气；
想吃晚饭，黑乎乎的钱包里
刚好还有几枚星形金币！

黄色的雾霭令我心惊胆战，
我颤巍巍，溜进一家地下餐厅；
这样的餐厅我还从没见过，
也没见过聚在此处的各色人等！

都是些小公务员、日本人，
盯着别人财产的理论家……
还有一个，在柜台后面摸索着
金币——他们全都烂醉如泥。

"劳您大驾，给我破开，"
我请求他，语气透着坚定，
"不过千万别给我纸币——
三卢布的大票我厌恶透顶！"

闹哄哄的一群酒徒，无奈。

上帝啊，我怎么到了这里？

既然我有这个权利——

给我破开吧，我的金币！

1912 年

34. 路德教徒

散步的时候，遇到出殡，
礼拜日，在一座新教教堂附近，
我这漫不经心的过路人，发觉
那些信众中间有种肃穆的激动。

异族的语言我听不太懂，
但见一副精致的马具闪闪发光，
这条节日的人行道暗哑地
反弹着懒惰的马蹄铁的声响。

充满悲伤的四轮轿式马车，轻柔的
幽暗中一位虚情假意的妇人端坐，
无语无泪，连打个招呼也不舍得，
秋天的玫瑰做的胸花一闪而过。

这些外国人如一条黑带延伸着，
女士们徒步而行，满脸泪痕，
难掩面纱下的腮红，倔强的马车夫
固执地紧贴着她们，向远方驰奔。

不管你是谁，安息的路德教徒，

你已被轻易地草草下葬。

体面的眼泪确实为你流过了，

教堂的钟声也曾克制地为你鸣响。

于是我想：不必因此大做文章。

我们不是先知，甚至不是先驱，

我们不爱天堂，也不害怕地狱，

我们在惨淡的正午燃烧，有如蜡烛。

1912 年

35. 圣索菲亚大教堂①

圣索菲亚大教堂——上帝判定

万民和诸王要在此驻足！

因为你的圆顶，据目击者说，

就像用链子高悬于天幕。

查士丁尼大帝②是万世典范，

当时，以弗所的狄安娜③允许

为异教诸神建造教堂劫走

一百零七根绿色的大理石柱。

可你慷慨的建造者是何用意，

当他以崇高的灵魂和志向

设置这些半圆的穹顶和壁龛

并为它们指明西方和东方？

沐浴在和平中的教堂真美，

---

① 在今土耳其伊斯坦布尔，为查士丁尼大帝于公元 532 年下令所建。曾是
世界上最大的教堂。
② 查士丁尼大帝（483—565），即查士丁尼一世，东罗马（拜占庭）帝国
皇帝（527－565 年在位）。
③ 罗马神话中的生育和贞洁女神，也即希腊神话中的阿尔忒弥斯。

四十扇大窗——光明的胜算；
圆顶之下斗拱之上的四位
大天使——更是美轮美奂。

这无比智慧的球形建筑，
寿命胜过万民和所有的世纪，
六翼天使们响亮的哭声
并不会使你深色的镀金翘起。

1912 年

36. Notre Dame[①]

当年罗马法官审判异族之地
耸立着一座长方形的柱廊大厅，
第一个十字拱，轻巧而愉快，
如亚当，在此炫耀肌肉，舒展神经。

然而隐秘的设计从外部道破天机：
勒紧马肚带的拱门将压力分解，
不能让沉重的石头摧毁了墙体，
攻城槌对大胆的穹顶也徒唤奈何。

自发力的迷宫，不可知的森林，
哥特式灵魂的理性深渊，
埃及的强大和基督教的懦弱，
苇茎与橡树并立，处处王者——垂直线。

可是啊，坚实的圣母院大教堂，
我越是细究你怪兽一般的肋骨，——
越是经常在想：终有一天我也会
用凶险的重力创造出美的事物。

---

① 法语：巴黎圣母院。

37. 老人

天已微明，塞壬
在清晨六点钟歌唱。
现在是你的时辰了啊，
酷似魏尔伦的老人！

眼睛里闪烁着狡黠
或稚气的绿色火苗；
脖颈上系着一条
带土耳其花纹的围巾。

他亵渎神灵，嗫嚅着，
语无伦次；
他想忏悔——
但首先还是要胡作非为。

是一位大失所望的工人
或一位痛心疾首的挥霍者——
那只在黑夜深处被打坏的眼睛
似一道彩虹绽放。

而家里——厉害的妻子

正气得脸色发白，

她冲着喝醉的苏格拉底

不容分说地破口大骂！

1913 年

38. 彼得堡诗行

————致尼·古米廖夫

在黄色的政府大厦上空
浑浊的暴风雪久久不去，
一位法学家又坐上雪橇，
用双手使劲地裹紧大衣。

汽轮都在冬眠。太阳地里
船舱厚厚的玻璃如火点燃。
俄罗斯这个庞然大物吃力地
歇息着，像船坞里的巡洋舰。

而涅瓦河两岸是海军部大厦，
太阳，宁静，半个世界的使馆！
国家结实的紫红色皇袍
像苦行僧的粗衣一样寒酸。

北方的假绅士负担沉重——
那是奥涅金古老的悲伤；
议会广场上尽是积雪的浪涛、
篝火的青烟和刺刀的寒光……

渡轮在汲水，而一群海鸥

正在造访装着麻绳的库房，

那是只有歌剧中的庄稼汉们

兜售热蜜水和小面包的地方。

川流不息的汽车驰入雾中；

富于自尊的谦虚的步行人——

怪客叶甫盖尼——囊中羞涩，

边呼吸汽油味，边诅咒命运！

1913 年

39. "午夜的少女们的大胆……"

午夜的少女们的大胆，
疯狂的群星的跳跃，
一个流浪汉纠缠不休，
强行索要收留过夜。

告诉我，何人用葡萄
变乱了我的意识，
假如清醒是彼得大帝的创造，
是青铜骑士和花岗石？

我听得见要塞传来的信号，
我看得出来有多温暖。
炮击声传进了每一间
地下室，显而易见。

星空、清醒的谈话，
涅瓦河吹来的西风
无疑要深刻得多，
比起头脑发炎痴人说梦。

1913 年

40. 巴赫

这里的信众乃尘土之子，

还有那些代替圣像的黑板，

这里用粉笔写出数字来标识

塞巴斯蒂安·巴赫的赞美诗。

怎样的人声鼎沸和嘈杂

在狂放的酒馆和礼拜堂里，

而你欣喜若狂，如同以赛亚①，

啊理性得登峰造极的巴赫！

崇高的论辩者啊，莫非

在为子孙演奏你的合唱曲时，

你其实是要在证据中

寻找精神的支柱②？

何为声音？十六切分音，

管风琴多音节的呐喊——

①《狂喜吧，以赛亚》，婚礼仪式上演唱的合唱曲。
② 曼德尔施塔姆主张以"意义、逻辑、证据"来对抗象征派的"音乐"，
   他写道："对我们而言，逻辑联系乃是……带管风琴和合唱队的交响
   乐……巴赫的音乐多么令人信服啊！多么强有力的证据！"

不过是你的牢骚，别无其他，
啊不容辩驳的倔老头！

一位路德教的布道者
在自己黑色的讲经台上
硬是将自己的话语同你的声音，
怒不可遏的对谈者，混在一起。

1913 年

41. "在悠闲自在的城市近郊……"

在悠闲自在的城市近郊，

清洁工们正用铁铲除雪；

而我，一个过路人，

同一些大胡子粗人走在一起。

围头巾的妇女们不时闪现，

不听话的看门狗汪汪吠叫，

一枝枝茶炊的红玫瑰

在酒馆和人家里灼灼闪耀。

1913 年

42. "我们不能容忍紧张的沉默……"

我们不能容忍紧张的沉默——

灵魂的不完美终归令人遗憾！

慌乱之中一个演员自报家门；

"来一个！"观众兴奋地叫喊。

我自然清楚，谁无形地在场！

一个人梦魇般朗诵《尤娜路姆》①。

意义即虚妄，言语乃噪音，

一旦语音成了六翼天使的奴仆。

竖琴吟唱爱伦·坡厄舍的老屋②。

发疯者饮水，清醒了，一声不吭。

我在街上。秋天的丝绸劈啪作响……

令人发痒的丝绸围脖温暖着喉咙……

1913 年

---

① 爱伦·坡的诗歌名篇。
② 出自爱伦·坡的著名小说《厄舍老屋的倒塌》。

43. 海军部大厦①

落满尘埃的白杨在北方之都烦恼，

透明的刻度盘②迷失在树叶里，

绿树掩映中有艘巡洋舰③或是卫城

在远处闪耀，海水和天空的兄弟。

空中的飞船和高不可及的桅杆，

为彼得的后继者们充当敞篷马车，

他教导：美不是半神的挑剔，

而是普通细木工凶猛的目测。

四种元素的统治对我们友好，

但一个自由人创造了第五元素。

这艘建造得如此纯洁的方舟

难道不是在否定空间的优势？

暴躁任性的美杜莎们④吸附着，

---

① 海军部建筑群为彼得堡地标之一，历史文化名胜。诗中所写是海军部
  主楼。
② 主楼中心塔四面装有时钟。
③ 指中心塔塔尖上的船形风向标。
④ 主楼正面入口上装饰有美杜莎塑像。

船锚如丢弃的犁铧，锈迹斑斑；

看啊，那些三维的绳索断开了，

全世界的海洋正在敞开怀抱！

1913 年

44. "一帮小偷在酒馆里……"

一帮小偷在酒馆里
通宵玩多米诺骨牌。
老板娘送来煎鸡蛋；
僧侣们饮着葡萄酒。

塔顶上的怪兽饰在争吵：
她们中谁才是丑八怪？
而清晨有一位灰衣传教士
招呼人们走进一个个货篷。

市场上在售卖宠物犬，
钱币商在哗啦啦地开锁。
什么人都可以偷窃永恒，
可永恒却多如恒河沙数：

它会从四轮大车上散落——
用尽所有麻袋也装不下——
一个修士，心怀不满，
说起过夜之事谎话连篇！

1913 年

45. 电影院①

电影院。三条长凳。

感伤的迷狂。

一个贵族小姐和富家女

陷入恶毒的情敌布下的网。

控制不住飞翔之爱：

她没有丝毫过错！

自我牺牲，爱兄弟一般

爱着一名海军中尉。

而他在荒漠上漂泊，

这白发伯爵的私生子，

美丽的伯爵夫人的浅陋小说

往往就是这样开始。

一怒之下她两手一摔，

就像一个吉卜赛人。

分手。中了毒的钢琴

---

① 据学者考证，此诗中讲的电影是指《女间谍》。

发出疯狂的声音。

轻信和软弱的胸中
一丝勇气尚存，
她要劫持送往敌方
司令部的重要文件。

令人恐怖的汽车
在栗树林荫道上飞奔。
胶片吱吱作响，心儿
更加惶恐和快乐地跳荡。

穿上赶路衣服，拎着手提箱，
才下汽车又上火车，
胆战心惊地躲避追缉，
干枯的幻影让她受尽折磨。

怎样苦涩的荒诞啊：
为了目的不择手段！
他——继承了父亲的遗产，
而她——被判处终身监禁！

1913 年

46. 网球

在粗制滥造的别墅中间，
有台手摇风琴四处转悠，
一只小球飞来飞去，
好像一个神奇的诱饵。

这是谁，按捺住暴躁，
身披高山之雪，
跟一个活蹦乱跳的少女
进行着一场奥林匹克对决？

竖琴的琴弦太萎靡不振：
这永葆青春的英国小伙
将金色球拍上的网线
调紧并丢进世界！

他在创造运动的仪式，
如此轻便的武装，
就像雅典的战士，
对敌人情有独钟！

五月。携着暴雨的云片。

萎靡不振的草木在凋敝。

没完没了的汽车和鸣笛——

丁香花散发汽油的味道。

快乐的运动员用长柄勺

喝了几口泉水；

接着战争又开始了，

他亮出赤裸的臂肘。

1913 年

47. 美国女郎

这年方二十的美国女郎，
一时兴起，要远赴埃及，
她忘了泰坦尼克号的忠告——
阴森森的墓穴就睡在海底。

汽笛声声，在美国拉响，
红色摩天楼的粗大烟囱
将烟熏火燎的嘴唇
伸向一团团冰冷的乌云。

卢浮宫里，大海的女儿
似一株白杨楚楚动人；
为了捣碎雪白的大理石，
她像松鼠一样潜入卫城。

尽管一窍不通，她却要
在火车上阅读《浮士德》，
她不胜惋惜，究竟为何
路易十四不能再统治法国。

1913 年

48. 董贝父子

当比口哨还刺耳的英语

不由分说传入我的耳朵——

在堆积如山的账簿旁边

我看见了奥利佛·退斯特①。

去问查尔斯·狄更斯吧，

那时的伦敦都有些什么：

老城里董贝的事务所

和颜色发黄的泰晤士河。

雨和泪。头发淡黄的

柔弱男孩——董贝之子。

他孤独无助，听不太懂

职场上寻开心的双关语。

办公室的椅子皆已损坏，

先令和便士账目一清二楚；

数字如蜂箱里飞出的蜂群，

① 狄更斯长篇小说《董贝父子》（又名《雾都孤儿》）中的主人公。

经年累月地在眼前狂舞。

龌龊的律师们毒如蛇蝎，
喷云吐雾中强词夺理，——
看，又有破产者上吊了，
挂着的尸体如风干的树皮。

法律总是站在敌人一边：
无论何人都爱莫能助！
女儿抱着他的花格裤子，
撕心裂肺地嚎啕恸哭。

1914 年

49. "粮食有毒，空气被污染……"

粮食有毒，空气被污染：

疗治创伤怎么如此之难！

被拐卖到了埃及的约瑟①

从未遭受过这样的熬煎。

那些贝都因人在星空之下，

闭着眼睛也能信马由缰，

挥写自由不羁的英雄史诗，

吟唱惶恐不安的往日时光。

要得到天启，所需无多：

何人在沙漠丢失了箭囊，

何人换得了一匹骏马，——

世事浮沉，如过眼云烟。

歌，纵使唱得货真价实，

鼓起胸腔，放开喉咙，

---

① 雅各的儿子，犹太人十二列祖之一，曾被兄弟们卖给以实玛利人，后者
  又转卖给埃及人。

一切终归要灰飞烟灭——

唯天空、星斗和歌手长存！

1913 年

50. 女武神

女武神①在骑行，琴弓齐鸣——
一场笨重的歌剧接近尾声。
穿着沉重棉皮袄的跟班们
在大理石台阶上等待主人。

台上的大幕就要完全垂下，
顶层楼座的一个蠢货还在鼓掌，
马车夫们围着篝火手舞足蹈……
"四轮马车！"各自回家。散场。

1914 年

---

① 本诗所述场景为瓦格纳歌剧《女武神》片段。

51. "朗朗月球上……"

朗朗月球上

寸草不生;

月球上所有人

都在制作箩筐——

用麦草编制

轻巧的箩筐。

月球上半明半暗,

比家还整洁;

月球上没有房子——

只有鸽子窝,

蓝色的房子——

奇妙的鸽子窝……

1914 年

51. "朗朗月球上……"（异稿）

关于月球，此处所言皆是无中生有，
这样的胡言乱语大可不必相信，
关于月球，此处所言皆是无中生有……

朗朗月球上
寸草不生，
月球上所有的人
都在制作篮筐，
用麦秸编织
轻巧的箩筐。

月球上半明半暗，
房子更加整洁，
其实那不是房子，
只不过是鸽子窝，
蓝色的房子，
神奇的鸽子窝。

月球上没有路，
到处都是长凳，

人们从高高的喷壶里

倒出来的是沙子——

走路一步一跳跃，

一跳越过三个长凳。

在我的月球上

有黄澄澄的鱼儿，

但他们在月球上

却不能游动，

月球上没有水，

且鱼儿都会飞！

1914 年—1927 年

52. 阿赫玛托娃

半侧着身——啊，悲哀！——

目光扫过冷漠的人们，

伪古典披肩从肩头垂下，

变得跟石头一样坚硬。

不祥的噪音——苦涩的醉意——

为灵魂深处松绑：

拉舍尔①就曾经这样站着，

跟愤怒的淮德拉一样。

1914 年

---

① 艾丽莎·拉舍尔·菲利克斯（1821—1858），法国女演员，曾出演拉辛名
剧《淮德拉》女主角。

53."马蹄的蹬踏一再表明……"

马蹄的蹬踏一再表明

时间简单而又粗暴，

更夫们裹着沉重的皮袄，

在长条木凳上睡觉。

铁门外响起敲门声，

懒惰的看门人脸色阴沉，

他站起身，野兽般的哈欠

暴露了他的形象，西徐亚人。

当奥维德①怀着萎靡的爱，

在歌中将罗马和雪相混合，

在粗野的四轮马车行进中

他歌唱的其实是四轮牛车。

1914 年

---

① 奥维德（公元前 43—17 年），古罗马诗人。著有《爱的艺术》《变形记》等。

54.“柱廊的半圆延伸到广场上……”

柱廊的半圆延伸到广场上，

从而变得无拘无束——

主的圣殿平躺在那里，

好似一只轻盈的十字圆蛛。

可建筑师并非意大利人，

而是罗马的俄国人；这又何妨！

每次你都是作为异国来客，

穿越这密林般的回廊：

这巨人，如同整块山岩

被无助地摁倒在地，

相形之下，圣殿小小的身躯

无疑具有百倍的活力！

1914 年

55. "森林里有黄莺，元音的长度……"

森林里有黄莺，元音的长度
在重音诗体里乃是唯一的格律。
然而这长度一年只有一次漫溢于
自然界，如同在荷马的格律里。

仿佛这一天就是诗句中的一个停顿：
清晨伊始即是安静和难过的冗长；
牧场上的犍牛们，还有金色的怠惰——
懒得从芦苇中提取整个音符的财富。

1914 年

56.“'冰激凌！'太阳。空气蛋奶饼干……”

“冰激凌！”太阳。空气蛋奶饼干。
盛着冰水的透明杯子。
幻想飞进牛奶的阿尔卑斯山，
飞进流光溢彩的巧克力世界。

然而，轻敲一下调羹，很乐意瞧见——
在拥挤的亭子里，落满尘土的金合欢中间，
满怀好感地从面包店的佳人手中
接受一份装在奇异碗盏中的易碎美味……

手摇风琴的女友，流动冰窖
花里胡哨的顶盖突然间出现——
一个男孩全神贯注地注视着
装满了奇妙冷气的柜子。

连诸神都不知道——他会拿什么：
钻石般的奶油还是带馅儿的华夫饼干？
然而，这神性的冰在阳光照射下
很快就会消失在引火柴下面。

1914 年

57. "大自然就是那个罗马并映现其中……"

大自然就是那个罗马并映现其中。

我们看得见它公民力量的形象

在蓝色马戏场一样清澈的碧空，

在丛林的方阵里，在田野的集会上。

大自然就是那个罗马！我们似乎

依旧没有理由徒劳地打搅诸神——

有供奉的祭品，可供问卜战争，

有奴隶可供沉默不语，有石头可供建造新城。

1914 年

58. "尽管那些繁华的城市之名……"

尽管那些繁华的城市之名
悦耳动听，盛极一时：
不是罗马城活在世代中间，
而是人在宇宙中的位置。

众王企图将之握于掌中，
神职人员为战争寻找口实；
没有罗马，那些宫殿和祭坛
如同可怜的垃圾，一钱不值！

1914 年

59. "我没听过莪相的故事……"

我没听过莪相①的故事，

没品尝过古老的佳酿；

为何我依稀见到那林中草地

和苏格兰血红的月亮？

乌鸦与竖琴之声交相呼应，

在不祥的寂静中令人惊愕；

侍卫们脖子上系的围巾

在风中飘摆，在月光下闪烁。

我得到一笔无上幸福的遗产——

异国歌手的飘忽不定的梦；

显然，我们可以随意鄙视

我们的亲族和乏味的邻人。

或许，从子孙到子孙，

可以传承的不止一个宝藏；

---

① 又译奥西安、奥西恩，凯尔特神话中的古代苏格兰英雄和诗人。

斯卡尔德①又编出别人的歌曲,

唱起它，就像自己的一样。

1914 年

---

① 斯卡尔德，为斯堪的纳维亚人作歌的古代歌手。

60. 欧罗巴

仿佛一只地中海的螃蟹或一颗海洋之星，

最后一块大陆被海水抛出；

看惯了广阔的亚细亚，看惯了亚美利加，

大洋日渐虚弱，冲刷着欧罗巴。

她生动的岸线如刀削斧凿，

她那些半岛也塑造得异常轻盈；

那些海湾的轮廓稍显阴柔：

比斯开湾、热那亚湾成一条慵懒的弧形。

作为征服者们的原始土地，

欧罗巴穿着神圣联盟的破衣烂衫；

西班牙的脚踵，意大利的海蜇，

还有柔弱的波兰，那儿没有国王；

专制君主们的欧罗巴！自从

梅特涅①的鹅毛笔对准了波拿巴，——

---

① 梅特涅（1773—1859），奥地利帝国首相，著名外交家，任内组织"神圣
同盟"和"四国同盟"，反对民族主义、自由主义和革命运动。

一百年间，我亲眼所见，

你神秘的地图第一次发生改变！

1914 年

61. 权杖

我的权杖啊，我的自由——
生命的核心，
是否我的真理很快
将成为人民的共识？

在找到自我之前，
我并不朝拜大地；
我满心欢喜地拿起权杖，
向遥远的罗马走去。

乌黑田埂上的积雪
永远不会消融，
我的家人们的哀愁
跟从前一样陌生。

悬崖上的积雪会融化——
我们用真理的太阳烧灼……
人民是对的，把权杖
交给了见识过罗马的我！

1914 年

62. 贝多芬颂

心儿有时会这般严酷，
纵使爱，也别碰它！
贝多芬，即便失聪，
他阴暗的房间也有灯火。
我无法理解你，啊施虐者，
你那过分的欢乐——
演奏者已经丢下那个
已经烧成灰的笔记本。

…………

…………

…………

这位令人惊奇的旅行者是谁？
他一手握住绿色的礼帽，
走起路来迅疾如风，
…………

…………

跟谁在一起，可以酣畅淋漓地
将柔情的杯酒一饮而尽；

谁能更加热烈地燃烧，

将意愿的努力上升为神圣；

弗莱芒人之子，谁能以农民方式

邀请全世界前来聆听前奏，

并始终不肯结束这场舞蹈，

只要纵酒狂欢的场面还未出现？

啊酒神，像一个丈夫，天真

而又懂得感恩，像一个孩子，

你经受了你那奇特的命运，

有时怒目以对，有时一笑置之！

你怀着怎样无声的愤怒

从王公们手上收租

或是怎样心不在焉地

前去上一堂钢琴课？

那一间间僧室对你而言

乃是世界欢乐的避难所，

火的崇拜者沐浴着

先知的欢愉，为你而歌；

火在人的体内燃烧，

没有人能够把它消除。

希腊人不敢直呼你的名字，

但敬奉你，无名之神！

啊，庄严牺牲的火焰！

大火烧遍了半个天空——

我们头顶的皇家圣庙，

它织锦的顶盖被撕成了碎片。

就在灼热的间隔地带，

我们什么都看不见的所在，——

在国王的金銮大殿里

你指明了白色荣耀的胜利！

1914 年

63."烈焰烧毁……"

烈焰烧毁
我干枯的生命，
如今我歌唱木头，
而非石头。

木头，轻且粗糙；
区区一块木头
可做大船的核心，
可做渔夫的桨。

把桩打得牢固些，
敲击吧，锤子们，
歌唱木头的天堂，
那里一切都那么轻。

1915 年

64. "迄今为止阿索斯山上……"

迄今为止阿索斯山①上

仍生长着一棵奇树，

在一个陡峭的斜坡上

它唱诵着神的名。

每一个单间僧室里

赞名派②修士们都自得其乐：

词语——是纯粹的欢愉，

能治疗苦闷和寂寞！

黑衣修士们受到了

雷鸣般众口一词的责难，

但我们不应该回避

这个出类拔萃的异端。

每一次，当我们萌生爱意，

我们就会再次深陷其中。

---

① 在希腊恰尔基迪半岛东部，濒爱琴海，山势奇伟。世界上最大的东正教
　隐修中心即在此地。行政上归希腊，宗教上归君士坦丁堡普世牧首管辖。
② 阿索斯修士伊拉里昂领导的一个教派，断定"上帝的名和耶稣的名就是
　上帝本身"，被东正教最高会议定为异端，并于1913年被讨伐队镇压。

曼德尔施塔姆诗歌全集

无名的爱连同有名的爱

我们会一并扼杀于无形。

1915 年

65. "'我就站在这里——我别无选择'……"

"Hier stehe ich—Ich kann nicht anders ..."①

"我就站在这里——我别无选择";

那座蒙昧的大山不会变得明朗——

敦实的路德,他那瞎眼的魂

盘桓在彼得大教堂圆顶的上方。

1915 年

---

① 马丁·路德的名言:"我就站在这里——我别无选择……"

66. 天主教神甫

啊，不朽名著的同行者，

福楼拜和左拉的天主教神甫——

被烈日晒得棕红的长袍

和帽子上那圆形的帽檐；

他依旧打旁边经过，

贴着田间地界，穿行于

正午的雾和成熟的大麦中间，

拖曳着罗马帝国威权的残余。

保持着沉默和体面，

他应该与我们同吃同饮

并把亮堂堂的剃发头顶的荣誉

藏进世俗的外表。

他坐在绒毛褥子上

昏昏欲睡地读着西塞罗①：

古时候鸟儿就是这样

用自己的拉丁语祈祷上帝。

---

① 西塞罗（公元前 106—公元前 43），古罗马著名政治家、哲人、演说家和
法学家。

我向他鞠了一躬，他

彬彬有礼地颔首回礼，

并与我交谈，断言：

"您死时会是个天主教徒！"

然后叹了口气："现在可真热！"

说完，感觉累了，

便朝公园的栗树林走去，

进了那座他吃过午饭的城堡。

67. "从礼拜二到礼拜六……"

从礼拜二到礼拜六，
横亘着一片沙漠。
啊，漫长的往来飞行！
七千俄里——一箭之地。

成群的燕子，当它们
沿水路飞往埃及，
整整四天悬在天上，
翅膀滴水未沾。

1915 年

68. "守着烛光怀想……"

守着烛光怀想
前所未有的自由，惬意。
"你要先和我相处一阵。"
——忠诚在夜间哭泣。

"只是我要把我的皇冠
戴在你的头上，
希望热恋的你服从自由，
就像服从法律一样……"

"我跟自由订了亲，
如同跟法律结了缘，
因而我永远都不会
摘下这顶轻松的皇冠。"

我们被抛弃在旷野，
命中注定将会死去，
可是该由我们为忠诚
和美好的恒久而惋惜?!

1915 年

69. "失眠。荷马。绷紧的帆……"

失眠。荷马。绷紧的帆。

我把战船的名册读到一半：

这长长的一窝，这仙鹤的车队

曾经升起在爱拉多斯①海面。

就像插入敌人防线的鹤形楔子，——

诸神的浪花在国王们头上飞溅，——

你们这是去哪儿？若不是海伦②，

一个特洛伊算啥，亚该亚③勇汉？

大海，荷马——一切靠爱情推动。

我该听谁的？荷马不发一言，

黑色的大海涛声阵阵，能言善辩，

携着沉重的轰鸣声走近枕畔。

1915 年

---

① 希腊语中对希腊的称谓。

② 海伦，传说中的斯巴达女王，据荷马史诗《伊利亚特》记载，似乎特洛伊战争由她引起。

③ 亚该亚人，居住在帕萨里亚的古希腊主要部落之一。荷马史诗中对希腊军队的集体称谓。又译阿卡亚人。

70.“牲口在牧场吃草，快乐地嚎叫……”

牲口在牧场吃草，快乐地嚎叫，

山谷染上一层罗马的铁锈；

古典的春天那干枯的金黄

被一条清澈的时间激流带走。

秋日里，双脚踩在橡树叶子上——

它们厚实地铺满荒凉的小径，

我想起恺撒俊美的面容——

这女人样的剪影，鼻梁高挺！

远离卡皮托利丘①和集会场，

大自然凋零，竟会不动声色，

我听得见奥古斯都②和大地边缘

如威严的苹果般滚动的岁月。

我老来的悲伤将是明快的：

我生在罗马，如今它又回到我身旁；

---

① 罗马城的七座山之一。
② 盖约·屋大维·奥古斯都（公元前 63—公元 14），罗马帝国第一任
　皇帝。

善良的秋天对我好似一匹母狼，

八月冲我微笑——那是恺撒的月亮。

1915 年

71. "我看不到大名鼎鼎的《淮德拉》了……"

我看不到大名鼎鼎的《淮德拉》①了，

在有多层座位的古老剧院，

在熏黑了的高高的楼座，

在点点游移的烛光中间。

演员们在收集热烈的鼓掌，

我对他们的忙碌反应冷淡，

我听不见那面向舞台的

点缀着双重韵脚的诗句：

——这些幕布着实令人厌烦……

拉辛②的戏剧啊！强劲的大幕

把我们同另一个世界分开；

幕布横亘在它和我们之间，

深深的褶皱激荡我们的心怀。

古典的披肩纷纷从肩头垂下，

---

① 淮德拉，希腊神话中克里特王弥诺斯之女，忒修斯之妻，爱上了前夫之子希波吕托斯，遭拒绝后自杀。拉辛著名悲剧《淮德拉》即以此为题材。又译费德拉、费德尔。
② 让·拉辛（1639—1699），法国剧作家，古典主义代表之一，与高乃依和莫里哀齐名。

痛苦炼就的嗓音变得坚强，

经过悲伤的淬火，那愤怒

铸成的音节变得更加铿锵……

拉辛的节日啊，我来迟了……

又一次，腐烂的海报哗哗作响，

散发出甜橘皮淡淡的清香；

邻座的仿佛从百年昏睡中

醒来，打着哈欠，对我讲：

"受够了墨尔波墨涅①的疯狂，

我呀，只求生活中诸事平和；

我们得离开，趁观众胡狼

还没过来承受缪斯的折磨！"

何时希腊人能看到我们的演出……

1915 年

---

① 墨尔波墨涅，希腊神话中的缪斯之一，专司悲剧。

TRISTIA

72. "'这些盖布和这些用具……"

"这些盖布和这些用具

如此奢华,我愧不敢当!"

"一场名闻遐迩的灾难

将在石城特洛曾①降临,

奢华台阶的阶梯

将羞愧得周身通红,

…………

…………

乌黑的太阳将会升起,

为了堕入情网的母亲。"

"啊,但愿仇恨在我胸中沸腾——

可是,你们瞧,我已脱口供认。"

"淮德拉燃烧着黑色火焰,

在光天化日之下。

阴间的火炬冒着青烟,

---

① 特洛曾:古希腊特里松省主要城市,位于伯罗奔尼撒半岛阿尔戈里达东南部。

在光天化日之下。

提防母亲吧，希波吕托斯①：

黑夜淮德拉在保护你，

在光天化日之下。"

"我用黑色的爱情玷污了太阳!

来自纯净之坛的死亡冷却了我的热忱。"

"国王有难，我们害怕，

我们不敢贸然相助。

被忒修斯②刺伤的黑夜

给了他致命的一击。

而我们，要用葬礼的歌声

护送死者们回家，

我们将制服那个

野性和不眠欲望的黑太阳。"

1915 年

---

① 雅典王忒修斯和希伯吕忒之子，阿尔忒弥斯的崇拜者。忒修斯的第二个
妻子淮德拉勾引他，被拒，便诬告他欲行强奸。忒修斯偏信，遂诅咒他。
希波吕托斯随后死于波塞冬派来的巨兽之手。
② 希腊英雄，雅典王埃勾斯和埃特拉之子。曾自告奋勇去克里特，入迷宫
斩杀弥诺陶洛斯。归国时本应挂白帆以示胜利，反而挂起黑帆，埃勾斯
以为忒修斯死了，悲愤投海自尽。

73. 动物园

备受凌辱的世纪之初
备受排斥的词语"和平";
洞穴深处的明灯
和高山之国的空气——以太;
我们还没学会
也不愿意呼吸的以太。
毛茸茸的芦笛又一次
发出了山羊的叫声。

每当羊羔和犍牛们
在乌云笼罩的牧场放养,
友好的雄鹰们便坐在
沉睡的山岩的肩膀上,——
日耳曼人喂饱了鹰,
狮子臣服于不列颠人,
高卢的头冠出现了,
用雄鸡的头毛做成。

现如今,一个野蛮人掌握了
赫拉克勒斯的圣槌,

乌黑的大地干涸了，

跟从前一样不知感恩。

我抓起一根枯木棍，

我要从中取火，

让那些被我惊扰的野兽

遁入无声的夜幕！

雄鸡与狮子，一脸阴沉的鹰

和温柔的熊——

我们为战争制造牢笼，

我们为兽皮加热保暖。

而我要歌唱四季的美酒——

意大利语的源泉，

以及古雅利安摇篮中

斯拉夫和日耳曼的亚麻！

意大利啊，你可会懒得

唤醒罗马的战车，

携着家禽的咕哒声

飞越篱笆？

还有你，女邻居，不要

追索了——鹰直立起来，穷凶极恶：

会怎么样，如果冰冷的石头

对你的投石器毫无用场?

把动物园的动物全关起来,
这样我们好久都不必担心,
伏尔加河的水会更加丰沛,
莱茵河的激流会更加清澈——
一个大彻大悟之人
不由得对外来者毕恭毕敬,
就像在那些大河的岸上
以疯狂的舞蹈敬奉半神。

1916 年

74. "坐上铺垫着麦草的雪橇……"

坐上铺垫着麦草的雪橇,

身上盖一张不祥的蒲席遮风,

从麻雀山到熟悉的小教堂,

我们在巨大的莫斯科城中穿行。

孩子们在乌格里奇①玩羊拐子,

烤面包的香味飞出了烤炉。

雪橇拉着没戴帽子的我走街串巷,

小教堂里闪耀着三根蜡烛。

那不是三根蜡烛,而是三次会晤——

其中一次我还得到上帝的祝福——

不会有第四次会晤②,而罗马更远,

且上帝从不肯对罗马稍加眷顾。

---

① 伏尔加河沿岸古城。伊凡雷帝死后,有王位继承权的幼子德米特里随母
　一起,于 1584 年被同样具有王位继承权的异母兄费奥多尔送往远离莫斯
　科的乌格里奇,并派人暗地里严加监视。1591 年 5 月 15 日,年仅八岁的
　德米特里被割喉抛尸于宫廷的院子中,这一惨剧的真相至今扑朔迷离。
　据说,最有嫌疑谋害小王子的是大贵族鲍里斯·戈东诺夫。乌格里奇市
　民因而发动起义,但遭到镇压。俄罗斯历史上的混沌时期由此开始。
② 对费洛菲修士关于莫斯科是第三罗马这一观点的回应。

雪橇在起伏的路面时出时没，
一大群人从游乐场乘兴而返。
干瘦的男人和凶恶的婆娘们
在大门口推推搡搡，挤作一团。

鸟群使潮湿的远方显得更暗，
被捆绑的双手又麻又酸：
王子坐着雪橇，身体完全冻僵——
坐垫上的麦草也被偷偷点燃。

1916 年

75. "我觉得冷。透明的波浪……"

我觉得冷。透明的波浪

为彼得波利斯①披上一件绿绒，

然而，涅瓦河的波涛却像海蜇

引起我些许反感。

北方之河的沿岸街上

奔驰着汽车的萤火虫，

飞舞着钢铁的蜻蜓和瓢虫，

闪烁着群星的金色大头针，

然而，无论怎样的星空

都杀不死海水沉重的翡翠。

1916 年

---

① 即彼得城、彼得都会之意。是彼得堡的希腊化称谓，这种叫法在 19 世纪
俄罗斯诗歌中很流行。

76. "我们将在透明的彼得波利斯死去……"

我们将在透明的彼得波利斯死去，

在这里，冥土王后主宰着我们。

我们呼吸的是一种致命的空气，

每时每刻都可能成为我们的祭日。

海的女神啊，威严的雅典娜，

摘下你强大的石盔吧。

我们将在透明的彼得波利斯死去，——

统治这里的不是你，而是冥土王后。

1916 年

77. "不信复活的奇迹……"

不信复活的奇迹，

我们在墓地漫游。

"你可知道，大地处处

令我想起那些山丘

…………

…………

俄罗斯在那里止步，

在黑色和无声的海边。"

一片开阔的草地

在修道院的斜坡上铺开。

我实在是不想去南方，

离开辽阔的弗拉基米尔。

可是，跟这样一位修女

留在这阴暗的、木头的

和丑陋的村镇——

无疑是大难临头。

我亲吻着晒黑的臂弯

和蜡黄的一小块额头，

我深知：它依旧还是白的，

在一缕晒黑的金发后面。

我亲吻她的手，腕上的手镯印

显得愈加白皙。

塔夫利达火热的夏天

在创造这样的奇迹。

这么快你就变得黝黑，

你来找可怜的救世主，

你不停地亲吻着，

在莫斯科你可高傲得很。

我们剩下的只有名字：

神奇的声音，长久受用。

我捧起满满一抔沙，

请你收下。

1916 年

78."这一夜无可挽回……"

这一夜无可挽回，
而你们那儿依然亮堂！
耶路撒冷城门旁
升起一轮黑色的太阳。

黄色的太阳更加可怕——
睡吧，宝贝，睡吧——
明亮的犹太圣殿里
正为我的母亲举行葬礼。

不曾沐浴圣恩，
也无神职人员到场，
明亮的犹太圣殿里
正为一个妇人做安魂祈祷。

那些以色列人的声音
在母亲遗体上方回荡。
我在摇篮中醒来，
被黑色的太阳照亮。

1916 年

79.“战争将希腊人聚集在……”

战争将希腊人聚集在
美丽的萨拉米斯岛①上——
它，已落入敌人之手②，
从雅典海湾即可看出。

而现在，岛民朋友们
在给我们的船提供补给——
从前，英国人不大喜欢
这片甜美的欧洲土地。

啊欧洲，年轻的爱拉多斯，
请保护卫城和比雷埃夫斯③！
我们不需要岛上来的礼物——
一片不请自来的舰队森林。

1916 年

---

① 希腊爱琴海萨洛尼卡湾内的一个岛屿，历史上著名的萨拉米斯海战就爆
  发在这里。
② 暗指一战期间英法联军在比雷埃夫斯登陆并炮击卫城。
③ 希腊城市，濒爱琴海，为希腊主要港口之一。

80—81. 索洛明卡①

一、"当你，索洛明卡，在宽敞的
　　　卧室不能入睡……"

当你，索洛明卡，在宽敞的卧室不能入睡，

你这不眠者，期待着，庄重和高挑的天花板

以一种从容不迫的重力——也许这更令人伤心——

垂落在你敏感的眼睑上，

响亮动听的麦秸啊，晒干的麦秆，

你将整个死亡一饮而尽，并变得更加温柔，

可爱的麦秆被折断了，失去了活力，

不，不是莎乐美，准确些说，是一根麦秆。

在不眠时刻，物体会显得更加沉重，

似乎小于它们——这样的寂静，——

枕头在镜子中闪现，略微发白，

一张床在圆形的漩涡中映现。

---

① 莎乐美·尼古拉耶芙娜·安德罗尼科娃（1888—1982），格鲁吉亚公爵小
　　姐，诗人普列谢耶夫的侄孙女。索洛明卡一词在俄语中有"麦秆"之意。

不，不是索洛明卡，在庄重的缎被里，

在黑色涅瓦河畔一个巨大的房间中，

十二个月在吟唱死亡时刻，

空气中流动着淡蓝色的冰。

庄严的十二月散发着自己的气息，

似乎沉重的涅瓦河就在房间里。

不，不是索洛明卡——丽姬娅①，死亡，——

我学会了你们啊，这些万福的词语。

二、"我学会了你们啊，这些万福的词语……"

我学会了你们啊，这些万福的词语：

莱诺尔②、索洛明卡、丽姬娅、塞拉菲塔③。

宽大的房间里是负重的涅瓦河，

从花岗岩中淌出的是蓝色的血。

庄严的十二月在涅瓦河上方闪耀。

十二个月在吟唱死亡时刻。

不，不是索洛明卡在庄严的缎被里

品尝慢吞吞的恼人的安宁。

---

① 爱伦·坡同名小说中人物。
② 爱伦·坡诗歌中的人物。
③ 巴尔扎克神秘小说《塞拉菲塔》主人公。

十二月的丽姬娅活在我的血液中，

她幸福的爱情安息在石棺之中。

而那位索洛明卡，或许是莎乐美，

被怜悯所杀，永远不再回来。

1916 年

82. 十二月党人

"多神教元老院可以作证——
这些事业当长留天地！"
他猛吸一口烟袋，敞开睡袍，
而旁边有人在对弈。

在西伯利亚的深山老林，
他把虚荣的梦换成木墙，
一张毒嘴，衔着精致的烟杆，
道出了悲惨世界的真相。

日耳曼橡树第一次哗哗作响，
欧罗巴在捕兽网中垂泪。
一驾驾黑色的双轮四套马车
在凯旋门的转弯处竖起前蹄。

曾经，蓝色潘趣酒在杯中闪耀。
莱茵河的女友，
这把热爱自由的吉他，
与茶炊辽阔的喧哗轻言细语。

"那些活着的喉咙还在

为公民的甜蜜自由而焦虑!"

但盲目的天空不想要献祭:

劳动与恒常才更为可靠。

全都乱了套,无人相告:

一切都在慢慢冷却,

全都乱了套;无人幸福地重复:

俄罗斯,忘川,罗累莱①。

1917 年

---

① 德国传说中的恶女妖,常坐于莱茵河的一块岩石上,以美貌和歌声引诱
船夫使舟触礁。

83. "金灿灿的蜂蜜从瓶子里流出，流得那么……"

金灿灿的蜂蜜从瓶子里流出，流得那么
黏滞和缓慢，让老板娘有时间把话说完：
"在这忧郁的塔夫利达，命运安排的地方，
我们丝毫不觉得寂寞。"她回头瞥了一眼。

到处是巴克斯的衙门，似乎世界上只有
司阍和狗，——路上见不到一个人。
平静的日子滚动着，如沉重的酒桶：
远处的窝棚传出人语——不懂，无从回应。

喝罢茶，我们走进一个褐色的大花园，
窗户上挂着深色的卷帘，好似睫毛。
穿过一些圆柱我们起步去看葡萄，
那里沉睡的山岗被一层透明玻璃笼罩。

我说：葡萄，如古老的战役，活着，
那里头发蓬乱的骑士头绪紊乱地决斗，
在乱石嶙峋的塔夫利达，希腊的科学——
还有那赤褐色的田畴，金子般稀有。

白色房间里，静若织女。有股混合气味，

那是地下室的酸醋、染料和新鲜红酒。

可记得，在希腊人家里：人见人爱的娇妻——

不是海伦——是另一个①——刺着绣，等了你多久？

金羊毛啊，你在哪里，金羊毛？

沉重的波涛一路上喧闹不断，

远行的奥德修斯在海上历经艰险，如今

终于下船归来，满载时间和空间。

1917 年

---

① 指珀涅罗珀，奥德修斯的妻子。

84. "阿福花①透明的灰色春天……"

阿福花透明的灰色春天

依然遥远，

确实，此时依然听得见

沙滩的窸窣，波涛的喧腾。

可我的灵魂，如珀耳塞福涅②，

在此进入一个轻松的圆圈；

亡灵之国并不存在

晒得黝黑的迷人手臂。

我们为何要把骨灰瓮的重量

交付给一只小船，

并在紫晶般的水面上

举办黑玫瑰的节日？

我的灵魂向往着那方，

雾蒙蒙的梅加农角③那边，

从那里，将有一面黑帆

返回，在葬礼之后！

---

① 阿福花，古希腊的服丧花。据希腊神话，人们将阿福花原野视为死者灵魂的栖居地。

② 希腊神话中的冥后。

③ 克里米亚半岛上的一个海角，在阿卢什塔和科克捷别尔之间。

滚滚乌云如此急速地

掠过缺乏光照的田畦，

黑色玫瑰的絮状物

在月亮风车之下旋舞。

死亡和哀哭之鸟，

往事的一面大旗

有如服丧的边饰

尾随在柏木船尾。

以往岁月的悲伤之扇

哗的一声全部打开——

向着一片沙地，一件辟邪物

连同一种神秘战栗埋在那里；

我的灵魂向往着那方，

雾蒙蒙的梅加农角那边，

从那里，有一面黑帆

返回了，在葬礼之后！

1917 年

85. 致卡拉塔舍夫[①]

长期以来，作为一名年轻的圣殿助祭，
在神职人员中间，他一直担任早班警卫。
在他的头顶，犹太的夜色越来越浓，
被摧毁的圣殿在复建，神情抑郁。

他说："黄色天空乃不祥之兆。
看，幼发拉底夜幕沉沉，快跑，神甫们！"
然而长老们心想：这可不是我们的错；
瞧这暗黄的天光，瞧这犹太人的欢乐。

他与我们同在，当我们在河边
将安息日裹进珍贵的亚麻褓褓，
并用沉重的七支烛台照亮
耶路撒冷的黑夜和虚无的烟霾。

1917 年

---

① 安东·弗拉基米罗维奇·卡拉塔舍夫（1875—1960），彼得堡宗教哲学活动
家，曼德尔施塔姆密友谢尔吉·普拉东诺维奇·卡布鲁科夫的熟人之一。

86."你那奇妙的发音……"

你那奇妙的发音——
猛禽发出的滚烫呼哨；
我是否该说：这是某种丝绸电光
留下的鲜活印象。

"什么"——脑袋发沉。
"啥么"——这是我在呼唤你！
远处传来窸窣之声：
我也活在大地之上。

任凭人们说：爱情会飞，
死亡会飞百倍；
灵魂仍在奋力挣扎，
而我们的唇却飞向死亡。

如此多的空气、丝绸和风
在你的喃喃细语里，
好似两个盲人，你我在漫漫长夜中
啜饮着缺少阳光的混合物。

1917 年

87. "为何蚂蚱闹钟要唱歌……"

为何蚂蚱闹钟要唱歌，

寒热病低声喧嚷，

干燥的炉膛劈啪作响——

那是红丝绸在燃烧。

为何老鼠要用嘴巴

挖掘生命的薄底——

那是燕子和女儿

解开了我的小舟。

为何屋顶细雨呢喃——

那是黑丝绸在燃烧。

然而即便是在海底，

稠李树也会听到：别了。

因为死亡是无辜的，

人们对此无能为力，

在夜莺的热狂中

心，依旧是热的。

1917 年

88. "当我们慢慢失去理智……"

当我们慢慢失去理智，

在广场上，在僧室的寂静中，

残酷的冬天会为我们提供

莱茵葡萄酒，甘冽而纯正。

寒冷用一只银桶为我们献上

瓦尔加拉宫①的白葡萄佳酿，

它让我们不由得想起

北方男人的光辉形象。

但北方的行吟诗人很粗野，

不懂得快乐游戏的秘诀，

且北方的侍卫尤其喜欢

琥珀、大火和夜宴笙歌。

他们只会梦见南方的空气——

异域天空的神奇魔力，

---

① 斯堪的纳维亚神话中供阵亡将士灵魂游憩的一座豪华宫殿。

固执己见的女朋友究竟

还是会拒绝做一次尝试。

1917 年

89. 致卡桑德拉①

在那些开花的瞬间我没有去寻找

你的眼，卡桑德拉，你的唇，

但在十二月——隆重的彻夜祈祷——

对往事的回忆折磨着我们！

在一九一七年的十二月

我们因爱而失去了一切：

一个被人民的意志打劫，

另一个自己将自己劫掠……

终有一天，在放肆的首都，

在西徐亚人的节日上，在涅瓦河滨，

借着可恶透顶的舞会噪音，

美丽的脑袋上会被扯去围巾……

但假如这生活就是必要的谵妄，

造船的林木就是高楼大厦，——

---

① 希腊神话中特洛伊公主，普里阿摩斯和赫卡柏的女儿，由于得到阿波罗
帮助，能卜吉凶，阿波罗向其求爱遭拒后，发出诅咒，使得人们不再相
信她的预言。

飞吧，残缺不全的胜利，

极北地区的疫病！

在满是装甲车的广场上，

我见到一个人：他

正用木炭取火，驱赶狼群——

自由、平等、法律！

1917 年

90. "那一晚，管风琴矢状的森林没有鸣响……"

那一晚，管风琴矢状的森林没有鸣响，

给我们唱的是舒伯特——亲切的摇篮曲！

风车在喧哗，在风暴的歌声里

音乐的蓝眼之酒挂着盈盈笑意。

老歌儿的世界——无论褐色的，绿色的，

但有一条：永远都是年轻的，

在这里，森林之王怒不可遏地

摇撼着夜莺的菩提树的深沉树冠。

深夜归来的一种可怕力量，

那首黑葡萄酒一样的野性之歌：

那是一个双面人——空虚的魅影——

无谓地注视着一个冰冷的窗口。

1918 年

91. "在可怕的高空游荡的火焰啊……"

在可怕的高空游荡的火焰啊，

难道说星星就是这样闪耀？

一颗透明的星，一团游走的火，

你的兄弟，彼得波利斯啊，奄奄一息。

可怕的高空燃烧着尘世的梦，

一颗绿色的星辰熠熠生辉。

啊，假如你这颗星，是水和天空的兄弟，

你的兄弟，彼得波利斯啊，奄奄一息。

可怕的高空有艘面目狰狞的船

在拍打着翅膀狂奔——

一颗绿色的星，在美好的赤贫中

你的兄弟啊，彼得波利斯，奄奄一息。

黑色涅瓦河上方那明澈的春天

完结了。不死的蜡烛化了。

啊，假如你这颗星，——彼得波利斯，你的城，

你的兄弟啊，彼得波利斯，奄奄一息。

1918 年

92. "当莫斯科狂热的集会场……"

当莫斯科狂热的集会场

在温暖的夜里没了声响，

剧院的大嘴把人群吐出

并还给一座座广场——

夜间的葬礼复活了，

沿着奢华的街道行进：

从某种神性的深处

涌出阴郁又快乐的人群。

这是被演出唤醒的庶民

在埋葬夜间的太阳，

他们伴着马蹄无声的踏步

从子夜的宴会上返回。

仿佛新的赫尔库拉努姆①拔地而起，

这月光朗照的沉睡之都：

---

① 意大利城市，公元 79 年维苏威火山喷发，该城与庞培、斯塔比亚两座古
城一同被火山灰埋于地下。

简陋的茅舍的寒酸市场，

还有强大的陶立克式圆柱①。

1918 年

---

① 指大剧院。

93."让我们，兄弟，讴歌自由的黄昏……"

让我们，兄弟，讴歌自由的黄昏，

讴歌伟大的黄昏之年！

沉重的捕兽网的森林

已经放进滚沸的夜间之河。

你正在升入荒凉的岁月——

啊太阳，法官，人民！

让我们讴歌厄运的负担，

人民领袖含泪将它扛在肩头。

让我们讴歌权力的负担，

它愁惨的压迫实在难以承受。

时间啊，有心者当能听见

你的巨轮正走向深渊。

我们用一只只燕子

组成一个个军团——于是

太阳不见了；整个自然界

都在啁啾，运动，生机盎然；

透过密实的黄昏之网

看不见太阳，而大地在游动。

怎么样，让我们试试：让方向盘

来个笨拙的、吱呀作响的急转。

大地在游动。鼓起勇气吧，男子汉。

仿佛用犁铧将海洋分割，

我们会牢记，即便是在寒冷的忘川，

对我们而言，一片大地也抵得过十个天空。

1918 年

94. TRISTIA①

通过不戴帽子的夜间抱怨,

我掌握了分别的学问。

犍牛在嚼草,漫长的等待,

城市夜巡的最后一个时辰。

我敬奉那个雄鸡之夜的仪式,

当满是泪痕的双眼望着远处,

女人的哭泣与缪斯的歌吟混合,

提起道路哀伤的重物。

谁能知道,分别一词意味着

我们将面临怎样的生离死别?

当卫城里火光冲天,

雄鸡的啼叫向我们昭示什么?

某种新生活的黎明到来之际,

当犍牛在树荫下慵懒地咀嚼,

为何雄鸡,新生活的代言人,

要在城墙上扇动翅膀?

---

① 拉丁语:哀歌。

我喜欢平淡无奇的编织：

梭子往来穿梭，纱锭嗡嗡作响。

看：仿佛天鹅的羽毛，

赤足的德里亚①朝我们迎面飞来！

啊，我们的生命的贫乏基础！

欢乐的语言又是何其匮乏！

一切一如从前。一切周而复始。

我们感到甜蜜的只有辨认的瞬间。

就这样吧：透明的人形

在一只干净的陶盘上躺卧，

犹如一张铺展开来的松鼠皮，

一个少女在蜡的上方俯望。

希腊的混沌非我们可以揣测，

对妇女是蜡，对男儿就是铜，

我们的命运只能在战斗中决定，

而他们注定在揣测中死去。

1918 年

---

① 古希腊神话中狩猎、丰产和月亮女神阿泰密斯的别名。罗马诗人提布鲁
斯的恋人以及他一系列哀歌的女主人公也叫这个名字。

95. "在匹埃利亚的石堡上……"

在匹埃利亚①的石堡上

缪斯们跳起第一支环舞，

为了让蜜蜂，那些盲歌手，

将伊奥尼亚的蜂蜜②馈赠我们。

于是突出的少女的额头

散发出一丝崇高的凉意，

好让群岛温情的棺椁

为遥远的后世子孙开启。

春天跑去践踏爱拉多斯③的草地，

为萨福④穿上多彩的靴子，

知了挥舞着小锤，打造宝石戒指，

就像民歌中唱的那样。

强壮的木匠建起一幢高楼，

为了婚礼所有的鸡都被宰杀，

笨手笨脚的鞋匠拿出

五张牛皮来赶制矮靿皮鞋。

---

① 古希腊色雷斯的一个省。
② 古希腊抒情诗中蜂蜜是诗的象征。
③ 古希腊对其他国家的自称。
④ 公元前 7—前 6 世纪古希腊女诗人。

竖琴的乌龟动作迟缓，

无手无脚，勉强在地上蠕动。

自管仰面朝天，亮出肚皮，

闷声晒着伊庇鲁斯①的太阳。

嗨，谁在爱抚这个家伙，

谁将给瞌睡中的它翻过身来——

它在梦中等待泰尔潘德罗斯②，

预感到那些干枯手指的偷袭。

清冽的泉水灌溉着橡树，

没戴帽子的草丛飒飒作响，

肺草的清香给黄蜂带来欣喜。

啊，你们在何处，神圣的岛屿，

那里不吃掰碎的面包，

那里只有蜂蜜、葡萄酒和牛奶，

唧唧喳喳的劳作不会使天空变暗，

车轮的转动也轻松愉快。

1919 年

---

① 马其顿的一个省。
② 公元前 7 世纪古希腊诗人。

96. "怎样的峭壁，在清澈的漩涡中……"

怎样的峭壁，在清澈的漩涡中！
锡耶纳的群山为我们说项，
发疯的巉岩如一座座多刺的教堂
悬挂在羊毛般寂静的半空。

一台管风琴，一座圣灵的堡垒，
牧羊犬兴奋的吠叫和善意的凶猛，
牧人们的羊皮袄和士师们的权杖
从先知和诸王的悬梯上徐徐下行。

就这片静止的土地，我和它一起
啜饮基督教凉爽的高山空气，
虔诚的"我信"和赞美诗的间歇，
各使徒教堂的圣水泉和褴褛衣。

该用怎样的线条，才能表达
加固的天空里那崇高音符的水晶，
从基督教的群山降下的神恩，

在惊异的旷野中，如帕勒斯特里那①的歌。

1919 年

---

① 约翰·帕勒斯特里那（约 1525—1594），意大利杰出的作曲家，为赞美诗谱曲，改革天主教教堂音乐。葬于罗马圣彼得大教堂，墓碑上刻有"音乐之王"字样。

97. "沉重和轻柔，一对姐妹，特征相同⋯⋯"

沉重和轻柔，一对姐妹，特征相同。
工蜂和黄蜂吮吸着沉重的玫瑰。
人终有一死。晒热的黄沙终会冷却，
人们用黑色的担架抬走昨天的太阳。

啊，沉重的蜂房和轻柔的罗网，
搬起石头，易于重复你的名字！
在这人世间我只剩下一种顾虑：
黄金顾虑——如何解除时间重负。

我啜饮变得浑浊的空气，如饮黑水，
时间被犁铧翻耕，玫瑰即是土地。
在徐缓的漩涡中，沉重与轻柔
将沉重轻柔的玫瑰编成双重花环。

1920 年

98.“回到乱伦的怀抱吧……”

回到乱伦的怀抱吧，
利亚①，你就来自那里，
相比伊利翁②的太阳，
你更偏爱黄色的朦胧。

去吧，没人会碰你，
纵使那位乱伦的女儿
在寂然无声的夜里
将头枕在了父亲的胸口。

但生死攸关的转变
在你身上，势必发生：
你将是利亚，而非海伦，
这样称呼你并非因为

皇家血脉在血管里
比其他血脉流得艰难，——

---

① 《圣经·旧约》中雅各的第一个妻子。
② 特洛伊的名称之一。

不，你会爱上一个犹太人，

消失在他体内——上帝保佑你。

1920 年

99.“威尼斯的生活，暗淡而无谓……”

威尼斯的生活，暗淡而无谓，
对我而言，意义却显而易见：
她面带冷冷的微笑
凝视着破旧的蓝色玻璃①。

空气般轻薄的皮肤。青筋。
白雪。绿色的锦缎。
所有人都被抬上柏木担架，
暖和的熟睡者被从披风中拽起。

蜡烛在篮子里燃烧、燃烧，
好像鸽子飞进了方舟。
在剧院，在空洞的市民大会上
有一个人正在死去。

一旦堕入情网和恐惧，便无药可救：
土星光环重于白金！
盖着黑色天鹅绒的断头台

———————————
① 指威尼斯玻璃。

和那张美丽的脸庞。

威尼斯啊，你的装饰厚重，

一面面明镜镶着柏木镜框。

天空经过了打磨。破旧的

蓝色玻璃的群山在卧室里融化。

只是手中的玫瑰或玻璃瓶——

绿色的亚得里亚海，别了！

你为何沉默不语，告诉我，威尼斯女郎，

如何逃离这穿着节日盛装的死亡？

黑金星①在镜中闪烁。

一切都会过去。真理模糊不清。

人会诞生。珍珠会死。

苏珊娜②必须等待那些长老。

1920 年

---

① 即傍晚的金星。金星会在日出稍前和日落稍后出现在空中，在中国，日
　出前出现的金星叫做"启明星"，日落后出现的金星叫做"长庚星"。
② 《圣经》中一位品行端正的妇女，商人之妻，有一次在池塘沐浴，被长老
　们偷窥，并受到恶意诽谤。

100. 费奥多西亚①

被高耸连绵的冈峦环绕，
你似羊群跑下山坡，
你在干燥透明的空气中闪耀，
似一块块粉红的、白色的石头。
海盗的三桅小帆船摇摇晃晃，
土耳其旗帜的罂粟花赫然入目，
细瘦的桅杆，波涛柔韧的水晶
和缆绳上吊着的救生艇。

"小苹果"② 被通宵达旦地唱着，
以所有的调式，令所有人哀伤。
风儿把金色的种子带走——
不知所终，再也不会回来。
而在街头巷口，天一擦黑，
乐手们便弓着身子胡乱地弹琴，
他们三三两两，笨手笨脚，
弹着自己不可思议的变奏曲。

---

① 克里米亚半岛上的城市，位于黑海东南沿岸。
② 指十月革命期间流行于士兵中间的民谣《小苹果》，其开头的歌词为：
　"哎，小苹果，你要滚到何处去？"

啊，高鼻梁的朝圣者的身影！

啊，地中海快乐的动物园！

戴头巾的土耳其人好似公鸡，

在一家家小宾馆附近徘徊。

他们用牢笼般的载货马车运狗，

干燥的马路上尘土飞扬，

从巡洋舰上下来的魁梧的大厨

面对市场上的泼妇堪称冷血。

我们要去那里，领略一番

五花八门的学问和手艺——

那里有烤羊肉串和羊肉馅饼，

有画着芜菁的招牌，

给予我们关于人的全新概念。

男式燕尾服——无脑袋的追求，

理发师上下翻飞的小提琴

和麦斯麦①式的熨斗——天国的

洗衣女工出场——重力的微笑。

这里戴着头饰渐渐老去的少女们

处心积虑地琢磨些奇装异服，

----

① 弗朗兹·麦斯麦（1734—1815），奥地利医生，以"动物磁液"的心理
暗示开创催眠术治疗先河。麦斯麦的名字也因而成了催眠术的代名词。

戴着硬挺的三角制帽的海军上将

令人想起山鲁佐德的梦。

远方透明。少许的葡萄。

清新的风一成不变地吹拂。

距士麦那①和巴格达不远，

但很难泅渡，而星星哪儿都一样。

1919 年—1920 年

---

① 土耳其城市，伊兹梅尔的古称。

101. "当生命普赛克尾随珀耳塞福涅……"

当生命普赛克①尾随珀耳塞福涅②

降到一片半透明树林,去找鬼魂,——

一只瞎眼的燕子扑到她脚下,

衔着斯提克斯③的青枝和柔情。

鬼魂们纷纷奔向这位女难民,

用哭诉迎接新来的女伙伴,

在她面前揉搓着无力的双手,

脸上挂着困惑和胆怯的期盼。

有拿镜子的,有拿香水瓶的,

喜欢这些小物件,毕竟女人心!——

干巴巴的抱怨如一场细雨

淋湿了清澈歌喉的无叶森林。

在柔弱的拥挤中不知所措,

灵魂辨认不出透明的密林,

---

① 据希腊神话,普赛克是灵魂的化身。
② 珀耳塞福涅,冥土王后。
③ 斯提克斯,冥河,围绕下界的九曲河流,水黑难渡。斯提克斯也是冥河
女神的名字。

它朝镜子喷一口气①，迟迟不肯

在雾气弥漫的渡口多付一块铜饼②。

1920 年

---

① 在古代，为了确定临死的人是否还活着，人们会拿来一面镜子贴近他的
嘴巴，如果镜子变模糊，证明还没断气。
② 指用于冥河摆渡的银钱。古希腊人会将一枚银币放进死者的棺材，作为
付给冥河摆渡之神卡隆的摆渡费用。

102. "我忘记了我要说的话……"

我忘记了我要说的话。

瞎眼的燕子将驾一双断翅

返回鬼魂宫殿，同苍白的鬼魂玩耍。

夜的歌在失忆状态下唱响。

听不见鸟叫。蜡菊未开。

夜间马群的鬃毛清晰可见。

干枯的河里驶来一只空船。

言语在一群蚂蚱中间陷入昏厥。

缓慢地生长，仿佛帐篷或圣殿：

忽而像疯狂的安提戈涅①苏醒，

忽而像一只死燕子扑到脚下，

衔着斯提克斯的绿树枝和柔情。

啊，真希望有视力的手指的羞惭

和辨认的突出欢乐能失而复还：

---

① 底比斯王俄狄甫斯和伊俄卡斯忒的女儿，波吕尼刻斯和厄忒俄克勒斯的
妹妹。父亲双目失明后，为父亲导盲。因违抗新王克瑞翁禁令，埋葬阵
亡的哥哥波吕尼刻斯而被拘禁在墓穴里。克瑞翁的儿子海蒙与她相爱，
赶来营救时，发现她已自缢身亡。

我多么害怕阿俄涅斯①们的哭嚎，
害怕那雾，那叮当声和万丈深渊！

而爱和辨认的权力赋予了凡人，
对他们而言，声音也能流进指间！
可我忘记了我要说的话，——
抽象的思想将返回鬼魂的宫殿。

透明的思想总是言不及义，
总是——燕子、女友、安提戈涅……
而在唇上，仿佛黑色的冰块，
燃烧着冥河叮叮当当的回忆。

1920 年

---

① 即缪斯，九位司艺女神。

103. "我们将在彼得堡重逢……"

我们将在彼得堡重逢，

好像我们把太阳葬在了那里①，

我们第一次从口中说出

那个万福的、无意义的词语②。

在苏维埃之夜的黑丝绒里，

在世界虚空的黑丝绒里，

万福的妇人亲切的眼眸还在歌唱，

不朽的花朵还在绽放。

首都像只野猫弓起身子，

一支巡逻队在桥上执勤，

只有凶恶的汽车在幽暗中驰过，

布谷鸟般发出咕咕的啼声。

我不需要夜间通行证，

我不惧怕站岗的哨兵，

---

① "太阳"指普希金。原定在以撒大教堂为普希金举行的安魂祈祷仪式，因故未能举行。

② 有可能是对古米廖夫诗学观点的回应，亦即此处的"词"是《圣经》中的"言"即"道"的意思。参见古米廖夫的名诗《言》。另据勃洛克日记，这一观点可以归纳为："太初有言（道），言（道）生思想，生已经不像言（道），但来源于言（道）的诸词语；且一切终于言（道）——一切都会消失，只剩下言（道）。"

为了那个万福的、无意义的词语

我得在苏维埃之夜祈祷神明。

我听见剧院轻微的簌簌，

少女"啊"的一声惊叫——

还有库普律斯①手上

那一大捧不朽的玫瑰。

我们要围着篝火取暖，排遣寂寞，

或许，百年匆匆而过，

万福的妇人们至亲的手

将收拾起那一堆轻灰。

某处田畦般的红色池座，

包厢里配有豪华的小橱柜，

一只带发条的军官人偶——

不是送给黑心肠和伪君子……

也罢，也罢，熄灭我们的蜡烛吧，

在世界虚空的黑丝绒里，

万福的妇人们拱起的肩膀还在歌唱，

而你见不到夜间的太阳。

1920 年

---

① 阿芙洛狄忒的别名。

104."幽灵般的舞台依稀闪烁……"

幽灵般的舞台依稀闪烁，

鬼魂的合唱有气无力，

墨尔波墨涅用丝绸

把她宫殿的窗户遮得严严实实。

四轮轿式马车列队如黑色营地，

室外的严寒劈啪作响，

一切都毛茸茸的：人和物，

热的雪发出咯吱咯吱的声音。

仆役们慢条斯理地

整理着一堆熊皮大衣。

一只蝴蝶不知所措地飞着。

人们用皮大衣护住玫瑰花。

五光十色的时髦杯子和小蚊子，

剧院里特有的那种微热，

而马路上灯碗一闪一闪，

沉重的水蒸气一团团生起。

马车夫叫得筋疲力尽，

黑暗呼哧呼哧地喘着粗气。

没什么，亲爱的欧律狄刻①，
我们这儿的冬天就这么寒冷。
对我来说我的母语
比唱歌一样的意大利语更美，
因为里面有外来竖琴的泉水
发出神秘莫测的淙淙之声。

可怜的羊肉串冒着青烟。
雪堆让马路显得更黑暗。
从安闲的爱唱歌的岗哨
朝我们飞来不死的春天；
为了让咏叹调永远回响：
"你将回到那青青的草场"，——
一只活生生的燕子
坠落在滚烫的雪地上。

1920 年

---

① 欧律狄刻，俄耳甫斯的妻子。

105. "我梦见佝偻的梯弗里斯……"

我梦见佝偻的梯弗里斯①，

萨兹②乐师们在低声吟唱，

一大群人聚拢在一座桥上，

整个首都如同一块壁毯，

而库拉河在下面哗哗流淌。

库拉河边上小酒馆一字排开，

那里有葡萄酒和喷香的炒饭，

两腮红扑扑的酒馆老板

会给客人们摆上酒杯——

随时为你效劳，如你所愿。

卡赫奇亚③香浓的葡萄酒

最好到酒窖里去品尝，——

那里安静，那里凉爽，

开怀畅饮、两人对饮吧，

不要一个人黯然神伤！

---

① 即今第比利斯，格鲁吉亚首都。
② 外高加索、伊朗、阿富汗、土耳其等地的一种三弦或四弦拨弦乐器。
③ 当地产的一种酒的牌子。

即便在最不起眼儿的酒馆

受骗上当也是轻而易举，

只要你开口问"捷利安尼①"——

梯弗里斯就会在雾里悬浮，

而你则会在酒瓶之中漂移。

人总有老迈体弱的时候，

羊羔也会长大，变得强健，

干瘦而硬朗的月镰下面

伴着一团粉红的葡萄酒蒸汽

升起一股烤肉串的青烟……

1920 年，1927 年，1935 年

---

① 格鲁吉亚一种有名的红葡萄酒，因产地在卡赫奇亚的捷利安尼而得名。

106. "很可惜，现在是冬季……"

很可惜，现在是冬季，

室内听不见蚊子嗡鸣，

倒是你自己提醒了我，

关于那根轻浮的麦秆。

蜻蜓们在蓝天中飞舞，

时尚盘旋，好似燕子，

头上顶的可是一只小篮筐——

抑或一首辞藻华丽的颂诗？

我不想给人什么建议，

支吾搪塞于事无补，

但打松的凝乳永远可口，

橙子核的气味始终还在。

你发表议论不假思索，

事情也并未因此变坏，

奈何最富温情的智慧

全都摆在了明处。

你试图用气恼的调羹

搅拌蛋黄，

蛋黄变白了，疲惫不堪了——

但毕竟还残存少许。

确实，这不是你的错——

这些评价和颠覆又是何必，——

你仿佛就是为了

啼笑皆非的吵架而降到人世。

你身上的一切都诱人，都悦耳，

仿佛意大利的华彩经过句，

一张樱桃小嘴

在索要一粒干葡萄。

既如此，不必努力变得更聪明，

你身上的一切太多变，太挑剔。

你的帽子投下的阴影

是一副半裸的威尼斯面具①。

1920 年

---

① 威尼斯狂欢节上戴的一种面具。

107. "只要你高兴，可以从我掌中……"

只要你高兴，可以从我掌中

拿走少许阳光和少许蜂蜜，

就像冥后的蜂群吩咐的那样。

没系缆绳的小船无法解开。

穿毛皮靴的影子无法听见。

茂密生活中的恐惧无法克制。

我们剩下的只有亲吻，

毛茸茸的，像小小的蜜蜂，

一旦飞出蜂箱，就会凶多吉少。

它们在夜的透明的丛林中沙沙作响，

它们的故乡是昴宿二的密林，

它们的食物是时间、肺草和薄荷……

只要你高兴，可以拿走我野性的礼物——

一根不起眼的、干巴巴的项链，

它是用把蜂蜜化为太阳的死蜜蜂做成！

1920 年

108. "就因我不善于握住你的双手……"

就因我不善于握住你的双手，

就因我出卖了温柔咸涩的嘴唇，

我须在水泄不通的卫城等待天明。

那些会哭的古老木墙真让我痛恨。

亚该亚勇士们在黑暗中备马，

獠牙一般的锯齿咬住围墙；

血液的干闹怎么也无法平息，

且你不可名状，没有声响。

我怎么能想你会回来，怎么敢想！

为何我与你过早地天各一方！

黑暗还未消散，雄鸡尚未报晓，

滚烫的斧头还未劈开木障。

松脂在墙上如晶莹的眼泪流淌，

城市木质的肋骨感到疼痛难忍，

但血已溅向云梯并发起猛攻，

勇士们三次梦见那迷人的面影。

可爱的特洛伊何在？王宫和少女的家何在？

它将被毁掉，宏伟的普里阿摩斯鸟笼①。

一大片箭矢从空中坠落，如木制的干雨，

另一片箭矢则在地上成长，如胡桃树林。

最后一颗残星无病无痛地陨落了，

早晨如一只灰色的燕子敲打窗棂，

缓慢的白天，如草堆上醒来的犍牛，

在因漫长的梦而变得凌乱的广场上蠕动。

1920 年

---

① 指特洛伊城。

109. "当城市的月亮降临到广场……"

当城市的月亮降临到广场，
茂密的城市被她缓缓照亮，
夜在膨胀，充满了凋敝和青铜，
动听的蜡对粗鲁的时间拱手相让，

布谷鸟在它的石塔上啼泣，
苍白的割麦女到死寂的人间造访，
她悄悄挪动影子的硕大辐条，
将之像黄色麦秆一样丢在木地板上……

1920 年

110. "我想服侍你……"

我想服侍你,

请对我一视同仁,

我想为你占卜,

用我因嫉妒而干枯的嘴唇。

言语无法消解

我枯干的口舌,

离开你,对我而言,

茂密的空气会重新变得稀薄。

我再也不会妒火中烧,

但我想要得到你,

我把自己拱手奉上,

一如为刽子手献祭。

我不会将你唤作快乐,

也不会将你唤作爱情,

我的血统被偷换了,

偷换成野蛮的异族血统。

还有那么一个瞬间,

我偏要对你直言:

我在你身上得到的
不是欢乐，而是苦难。
而且，仿佛是犯罪，
你深深地把我吸引，
我痴迷你的樱桃小嘴，
惊慌失措中咬破的芳唇。

快快回到我身边吧，
离开你我寝食难安，
从来没有这般强烈——
我对你的这份情感，
我想要得到的一切
皆不是梦中所见。
我再也不会妒火中烧，
但我要将你召唤。

1920 年

111. "鬼魂们踩踏着柔软的草地，跳起环舞……"

鬼魂们踩踏着柔软的草地，跳起环舞，
我喊着一个动听的名字，混了进去……
但一切都融化了——唯有微弱的声音
留存于模糊不清的记忆。

起初我以为这名字是六翼天使，
羞于面对她那轻盈的身体，
没过几日，我就与她难分彼此，
安全融化在她可爱的影子里。

再一次，苹果树失去野性之果，
一个神秘面影向我依稀闪烁，
她亵渎上帝，她诅咒自己，
她一口吞下了妒忌的炭火。

而幸福如一枚金戒指滚落，
我满足了他人的意愿，
你用手掌劈开空气，
追赶步履轻盈的春天。

命中注定，我们走不出

那个被施了魔法的圆圈；

处子般的大地起伏的冈峦

裹着严实的襁褓，横亘在眼前。

1920 年

1921—1925

112. 火车站上的音乐会

呼吸困难，大地挤满蛆虫，
没有一颗星星开口说话，
然而，上帝圣明，我们头顶有音乐，——
火车站在缪斯的歌声中发抖。
被火车头的呼啸撕碎的空气
与小提琴的空气重新融为一体。

巨大的编组场。玻璃球式的车站。
钢铁世界又一次如醉如痴。
车厢隆重地驶入
声音的宴会，朦胧的乐土。
孔雀的啼叫和钢琴婉转的乐音。
我来迟了。我害怕。这是梦。

我走进车站的玻璃森林，
不知所措的小提琴泣不成声。
黑夜大合唱的狂野开端，
腐烂温室里的玫瑰气味，
在那里，在玻璃天幕之下，
至亲幽灵在流动的人群中过夜。

我感觉：置身于音乐和泡沫中的

整个钢铁世界在瑟瑟发抖，如同乞丐。

我无意间走进玻璃连廊。

你往何处去？至爱幽灵的安魂弥撒上

最后一次，音乐为我们而奏响。

1921 年

113. "夜间，我在户外洗漱……"

夜间，我在户外洗漱——
夜空闪耀着粗糙的群星。
星辉——好似斧头上的盐，
装满的水桶结了一层冰。

院门已经上了锁，
凭良心说，大地神色阴沉。
未必能找得到什么素材
比空白画布的真实更纯净。

一颗星好似盐在桶中融化，
结了薄冰的水颜色更深，
死亡更纯，灾难更咸，
大地更真实，也更骇人。

1921 年

114. "冬天，有人视为阿拉克酒，蓝眼潘趣酒……"

冬天，有人视为阿拉克酒，蓝眼潘趣酒，

有人视为配了肉桂的红酒，馨香浓烈，

有人视为一道指令：将残酷星空的

盐监衙门搬进一间没有烟囱的农舍。

少许余温尚存的鸡粪

和笨头笨脑的绵羊的体温；

为生活我愿奉献所有——我这么需要关心，——

即便是一根火柴也能温暖我身。

看一眼吧：我手里只有一个瓦罐，

星星的唧唧叫声刺激着耳膜，

然而透过这微不足道的绒毛不能不

爱上草的枯黄和壤土的温热。

轻轻抚摸这绒毛，翻动这麦秸，

如冬天的苹果树，衣衫褴褛，饥饿难耐，

满怀柔情地惦记着一个陌生人，

在一无所有中四处搜索，耐心等待。

任凭阴谋家们如羊群在雪地上疾走，
任凭雪面上的冰层吱嘎作响，
冬天，有人视为艾蒿，宿营地的烟火，
有人视为伤口撒盐，雪上加霜。

啊，假如能用一根长棍挑着灯笼，
在群星的白盐下，一路牵着狗同行，
带着瓦罐里的公鸡去女巫家问卜。
可白雪，白雪吞食眼睛，疼痛难忍。

1922 年

115. "柔软的唇边带着疲惫的粉红泡沫……"

柔软的唇边带着疲惫的粉红泡沫

一头公牛在愤怒地刨挖绿色的波涛,

呼哧呼哧打着响鼻,不喜欢搂划——这好色男

背上不习惯负重,不懂得劳动的伟大。

不时地会有海豚的轮子跳出来,

还会有海里的刺猬出现。

欧罗巴柔软的双手啊,把一切都拿走!

你在何处能找到更心仪的枷锁?

欧罗巴痛苦地聆听着强劲的拍水声,

云雾笼罩的海水在四下汹涌澎湃,

显然,油亮的海水把她吓坏了,

她恨不得从嶙峋的峭壁上溜走。

啊,多少次,她更喜欢桨叉的吱嘎声,

前胸开阔的甲板,成群的绵羊

和高高的船尾后面时隐时现的鱼群!

有了她,无桨船手会划得更远。

1922 年

116."一股寒气袭上头顶……"

一股寒气袭上头顶，
表白突然变得不可能——
时间销蚀着我，
就像消磨你的鞋跟。

生命克制着自己；
声音渐渐融化；
始终感觉少点什么，
没有闲暇诉诸回忆。

毕竟从前要好些，
大概，也无从比较，
血液啊，簌簌作响，
现在仍一如既往。

显然，嘴唇的翕动
不会徒劳无功，
游手好闲的树巅
注定要被砍伐。

1922 年

117. "犹如面包的酵母在膨胀……"

犹如面包的酵母在膨胀，
起初很美，
善于持家的灵魂一遇热
便暴跳如雷。

犹如面包的索菲亚大教堂
从司智天使的桌子上
将热气铸就的一个个圆顶
冉冉升起。

为了用力量或抚爱
挤出奇妙的水分，
时间——威严的牧人助手
捕捉着词语的小圆面包。

诸世纪干硬的继子——
先前抽出的面包
正在缩水的添称——
总能找到自己的位置。

1922 年

118. "我不知道这首歌谣……"

我不知道这首歌谣

是从何时开始传唱的——

小偷的牢骚和蚊子公爵的嗡鸣

莫不就是根据它的曲调?

我真想再说几句话,

纵使是言之无物,

呲的一声划燃火柴,

用肩膀推醒黑夜。

把干草垛一个个抛开——

这让人难受的空气帽子;

把装着土茴香的口袋

扯开,撕它个稀巴烂。

就为了这干草的飒飒声响,

这粉红色的血缘关系,

这被偷走的东西,百年之后

还能找回,通过干草房和梦。

1922 年

119. "我扶着一架单梯……"

我扶着一架单梯，

爬上散乱不堪的干草房，——

我呼吸着银河系的碎屑，

呼吸着宇宙空间的纠发病。

我想：何必唤醒

那一串拉长的乐音，

在这永恒的纠纷中捕捉

埃奥利亚人①美妙的调性？

大熊星座的勺子里有七颗星。

人世间良善的情感有五种。

黑暗在膨胀，嗡鸣，

然后再膨胀，再嗡鸣。

一辆卸载的大货车直立着

横在了宇宙中间。

干草房的古老混沌

---

① 古希腊主要部落之一。

刺得人发痒，飘落似雪片……

我们不是靠鳞片发出声响，
我们逆着世界的喜好歌唱，
我们调音定弦，仿佛我们
急于长出一身蓬松的羊毛。

红额金翅雀从窝巢坠落，
割草者会送归原处；
我从燃烧的队列中挣脱，
还是要回到自己的音列。

为了让粉红的血缘关系
与干草手臂的飒飒之声
两相分开：一个克制自己，
另一个做着莫名其妙的梦。

1922 年

120. "风为我们带来慰藉……"

风为我们带来慰藉,

我们察觉到,碧空中

飞翔的蜻蜓的亚述式翅膀①

和弯曲的黑暗奏出的滑音。

阴暗苍穹的最低一层

变暗了,似战争的风暴来临,

那些六只手臂的飞行物

组成一片长着蹼的云母森林。

蓝天里有个偏僻的角落,

一颗不祥的星始终

在那些蒙福的正午瑟瑟发抖,

仿佛浓浓夜色的一个暗示。

阿兹拉伊洛斯②披着残缺的

两翼鳞片艰难地前行,

---

① 指飞机。

② 穆斯林的死亡天使。

他伸手扶起被征服的大地，

置于自己的庇护之下。

1922 年

121. 莫斯科的小雨

莫斯科的小雨相当吝啬，
只带来一些短暂的凉意——
少许给我们，少许给树木，
少许给货郎担上的樱桃。

黑暗中沸水声渐大——
那是煮茶的轻微噪音，——
仿佛空中的蚂蚁窝
在绿树浓荫中欢宴；

落满清新水珠的葡萄园
在茂密的嫩草中翕动，——
仿佛清冽的发源地
在掌形的莫斯科开张！

1922 年

122. 世纪

我的世纪，我的野兽，谁能
瞥一眼你的瞳孔
并用自己的血液
将两个世纪的脊椎黏合？
作为建设者的血液喷涌而出，
从尘世之物的咽喉，
不劳而获者只能瑟瑟发抖，
在崭新时代的门口。

世间万物只要有生命，
就应该始终挺直脊背，
起伏的波涛无时不在
炫耀那副看不见的脊椎。
婴儿般的大地的世纪，
仿佛孩子柔嫩的软骨，——
生命的头颅就像羔羊
再次成为祭坛上的贡物。

为了让世纪挣脱禁锢，
为了开启新的世界，
骨节粗大的岁月的膝盖

要用长笛的乐音来包裹。
这是世纪掀起狂澜，
将人的苦闷漫天挥舞，
这是草丛中的蝰蛇
把握着世纪的黄金尺度。

幼芽还会长大，
植物还会泛出新绿，
但你的脊柱被打断了啊，
我美好而又可怜的世纪。
你，残酷而又虚弱，
仿佛曾经身手敏捷的野兽
带着毫无意义的微笑
回望自己的爪子留下的痕迹。

建设者的血液汹涌澎湃，
从陆地之物的咽喉夺路而出，
如同一条滚烫的鱼，
朝海岸掷出温暖的软骨。
而从湿漉漉的湛蓝巨物，
从高空那张鸟群织成的网
一种淡漠的态度倾泻而下，
倾泻在你致命的创伤之上。

1922 年

123. 拾到马蹄铁的人

我们凝视着森林并说道:

就这片可以造船、造桅杆的木材林,

这一棵棵的红松,一直到顶

都摆脱了那些枝繁叶茂的负担,

它们恨不得迎着暴风雨吱嘎乱吼一阵,

就像那些孤独的松云,

在暴怒的没有森林的空中。

铅锤,极力适应着手舞足蹈的甲板,

在腥咸的海风的脚下,保持着垂直,

一位航海家,

怀着按捺不住的对空间的渴望,

背负着几何学家易碎的仪器穿越水上的坎坷,

将凸凹不平的海平面

与陆地的引力两相比照。

而呼吸着

从船上护板渗透出来的松脂泪的气息,

不是像伯利恒的木匠,而是另一个人——

一位旅行之父、航海家的知己,

端详着

铆紧和做成隔墙的木板，

我们说道：

它们也在

驴背般不舒服的陆地上站立过，

就像树巅会忘记树根，

在一座有名的山地，

它们在无味的大雨下哗哗作响，

徒劳地想要用自己的贵重货物

跟天空换一小撮盐。

从何处开始？

一切都在劈啪作响，摇摇晃晃。

空气因比喻而悸动。

没有一个词优于另一个词，

大地鸣响一个隐喻，

轻便的两轮车

由五颜六色的密集鸟群全力拉着，

在与打着响鼻的竞技场宠儿们的比赛中

摔得粉身碎骨。

三度有福了，谁把名字植入歌曲；

有名字装点的歌曲

相比其他的歌，生命力更长久——

在女伴们中间，她有个标志——额头上系着布带，

这布带能使她避免晕眩，远离使人昏厥的刺鼻气味，

即便那意味着一个男人的靠近，

或者一个强大的野兽身上的味道，

或者不过是揉搓手掌产生的芳香。

空气有时是黑色的，就像水，且所有活物

都像鱼儿一样在其中遨游，

用鱼鳍分开一片

密实的、起伏的、稍微被晒热的天地，——

水晶玻璃，里面可以行车和走马，

涅埃拉①每夜都要用叉子、三叉戟、锄头和犁

重新翻耕一遍的湿黑土地。

空气搅拌得跟土地一样浓：

没办法从中走出来，也很难走进去。

一阵沙沙的响声如绿色的棒球掠过树巅。

孩子们在用死掉的动物脊骨玩打拐子。

不牢靠的公元纪年接近尾声。

谢谢，为曾经有过的一切：

我自己搞错了，糊涂了，混淆了数字。

纪元嗡嗡作响，如一只金色的球，

---

① 海洋女神，赫利俄斯的情人。

中空的，铸造的，无人举得起来，
每次触碰它，都回答"是"和"不"。
孩子就是这样答话的：
"我给你苹果"或"我不给你苹果"，
他的脸是说出这句话的嗓音的精确复制。

声音还在响，尽管声音的理由消失了。
马儿躺在尘土中，在泡沫中打着响鼻，
然而它的脖子的急转弯姿态
还保留着对撒开四蹄狂奔的回忆——
其实，那时已不是四只蹄子，
而是跟路上已经更新了四次的石头
同样的数量，
跟喷着热气的溜蹄马的蹬踏
同样的数量。

如此
拾到马蹄铁的人
吹掉上面的泥土
并用毛刷细心揩拭，
直至把它擦亮。
然后

他会把它挂在门槛上①，

以便它得到休息，

它再也不用被迫钻燧取火。

再也无话可说之人的嘴唇

保留着说出的最后一个词语的形态，

并且手上还存留着对重力的知觉，

虽然罐中的水在送回家途中洒了一半。

我此刻所说，非我所说，

而是从地下掘出，一如变硬的麦种。

有的人

在硬币上刻狮子，

有的人

则在硬币上画人头。

躺在地下的金币、红铜币和青铜币

各式各样，拥有的荣耀并无不同。

世纪张开血口，恨不得将它们一一咬碎。

时间销蚀着我，像销蚀一枚硬币，

我啊，已经丧失了自我。

1923 年

---

① 据民间传说，捡到马蹄铁的人，会交好运；将捡到的马蹄铁挂在门楣上，可以辟邪。

124. 埃蒙之子①

(据中世纪法国史诗)

长相各异的四兄弟来到一座

天花板很高的椋鸟笼大宫殿。

他们那么干瘦，那么黝黑，

以致乌鸦都嫌弃他们："走开!"

一位夫人惊讶地抬起了眉毛。

"你们，各位男爵老爷，骑士朋友，

想必是迷途知返的自家兄弟。

想要什么随便拿吧，我们的库房里

有牛肉和鱼肉，还有毛织的衣服。

我很乐意热情接待你们，

我们的施舍是给上帝的，不是给凡人。

愿他保佑我的孩子们太平无事，

快十年了，我从未停止对儿子们的思念!"

"竟有这样的事?"天庭饱满的查理说。

"我自己也不清楚，先生，怎么就犯了糊涂。

我把他们送去巴黎，那里人说话彬彬有礼;

---

① 本诗取材于法国中世纪史诗梅昂斯系列之《埃蒙四子》，可以说是改写，
但也有学者认为此诗堪称"准确的翻译"。诗中讲述埃蒙的四个儿子——
阿拉特、雷诺、吉沙尔、里夏尔与查理大帝的恩怨故事。

发现他们有骑士血统，查理国王喜出望外。

国王的侄子①也是一表人才，

可一听到年轻人受夸奖，就气得脸色煞白。

想必是妒忌吧，扰乱了他的心智，

他表面说切磋棋艺，暗地里欲加害四兄弟。

四兄弟忍无可忍，一怒之下闯了大祸：

他们狠狠教训公爵，直打得他一命呜呼。

然后他们悄悄上马，逃进丛林，

追随他们的，还有外面的七百骑士。

他们死里逃生，蹚过阿登地界②的梅乌萨河③，

在悬崖上建起一座坚固的城堡。

查理将他们逐出法兰西，逼得他们流落四方，

埃蒙跟他们一刀两断，还割须剃发明志。

他斩钉截铁地立下誓言，

说余生只有一个心愿：

只要他还有一口气，

不砍下四个混球的脑袋决不罢休。"

雷诺听了，打了个哆嗦，低下头，

公爵夫人则把自己的舌头咬得生疼，

全身的热血蚂蚁窝般涌上脸颊。

---

① 指贝尔托雷。
② 法国东北部山区。
③ 法国北部的一条河。

公爵夫人听到了古老血液的沸腾，

雷诺的脸红一阵白一阵，似融化的蜡烛，

他在一场比武游戏中得到一个烙印，

那是花剑给年轻人留下的幼稚标记。

母亲高兴得心脏突突地抖个不停：

"你是雷诺吧，如果我的感觉没错，

求求你，以钉痕累累的救世主名义，

你是雷诺就别瞒我，或者索性继续骗我。"

雷诺听罢，差不多弯腰及地，

公爵夫人认出他了，从头到脚确定无疑，

认出了他那夜莺一样的嗓音，

还有其余的三个——也是她的儿子。

他们好似三棵白桦树，等待着大风袭来。

她开口说话了，颤颤巍巍嗫嚅道：

"孩子们啊，你们怎么都成了叫花子，

大概仆人也没了，没人照顾你们。"

"我们有四个朋友呢，都是烈性子，

身上长满铁锈斑，四条腿强壮有力。"

公爵夫人明白，凭她的直觉，

他叫来马夫，一个叫伊利亚的男孩。

"那边拴着雷诺的马，还有另外三匹，

挑几个宽敞明亮的马厩，把它们牵进去，

再给它们喂些上等的金燕麦草料。"

曼德尔施塔姆诗歌全集

伊利亚一听说马，好似一只陀螺，

眨眼间从绿孔雀石楼梯上飞了下来。

就像吹号角的罗兰①，这大嗓门的男孩

毫不吝惜喉咙，冲着男爵们大声喊：

"四位爵爷，这里无事劳驾你们，

我们这里有饲料，管保喂好各位的坐骑。"

仿佛慈祥的莱卡狗妈盯着还未睁眼的狗崽，

公爵夫人艾雅仔细端详着四个小公爵。

毛茸茸的松鸡和鸽子的脆骨咯吱作响，

翅膀被扯成碎片，但闻噼里啪啦；

喝着森林养蜂场采来的蜜和苹果酿制的酒，

还有浓酽的黑葡萄酒，旧时岁月的私生子。

就在这时，埃蒙疾风暴雨似的赶回来了，

随从们都牵着勒着皮带的猎犬，

被咬死的驯鹿被抬进了厨房，

流着眼泪的驼鹿，一身血污和泥土。

埃蒙回来了，用橡树棍把地面敲得震天响，

他看见了他的四个儿子，坐在自家餐桌旁。

乞丐的身体闪着金光，好似圣徒的金身，

上帝鞣了它们的皮并将这些赤身裸体者放进世界。

炒熟的坚果看上去并不太黑，

---

① 暗指《罗兰之歌》当中的一个片段。

呢绒外衣有如蛛网，挂在他们肩上——

哪里有痣，哪里有斑——一清二楚。

1922 年

125. 页岩颂

> 我们单凭听力即可断定
>
> 那里有过抓挠，有过争斗……

星星与星星——强力碰撞，

老歌里唱的乱石嶙峋的道路，

石头与空气的语言，

燧石与水，宝戒与马蹄铁，

在云彩柔软的页岩上

一幅牛乳样的石笔画——

不是大千世界的学步，

而是绵羊半睡半醒的呓语。

我们站着睡觉，在浓黑的夜里，

在温暖的羊皮帽子下面。

泉水淙淙，流回杂草丛生之地，

如一条链子，一层凝皮和言语。

恐惧在此书写，铅青色的牛乳搅拌棒

在此书写，

活水的学生们的草稿

在此酝酿。

那些陡峭的山羊的城市，

岩石那强有力的分层，

无论如何还有纵横的阡陌——

那些绵羊般的教堂和村镇！

垂直线①在向它们布道，

水在教导它们，打磨着时间——

空气那清澈的森林

早已经被大家喂饱。

仿佛蜂窝旁的一只死胡蜂

绚烂的白昼带着耻辱暮色四合，

而夜的鹰隼带来灼热的白垩

并喂养石笔。

从圣像破坏运动的木板上

抹去白日的诸多印象，

并像抖落一只雏鸟那样从手上

抖落那些已经透明的幻影。

果实可采摘了。葡萄成熟了。

白昼汹涌澎湃如常：

打羊拐子的温情游戏，

———————————
① 在曼德尔施塔姆笔下，"垂直线"象征建设、建造。

正午时凶恶牧羊犬的皮袄；
仿佛结冰的高处滚下的垃圾——
一幅幅绿色形象的背面——
饥饿之水翻腾着奔流而下，
好似一头幼兽在尽情玩耍。

好似一只蜘蛛朝我爬来——
每一次接触都溅上了月光，
在惊讶不已的陡坡上
我听到了页岩的尖叫声。
我挖掘黑夜，灼热的白垩，
用于坚硬的瞬间记录，
我把喧哗换成箭雨的歌唱，
我把音调换成愤怒的颤音。

我是谁？不是直率的泥瓦工，
不是屋顶工，不是造船工——
我是个两面派，怀有二心，
我是黑夜的朋友，白昼的尖兵。
有福了，谁把石头
称作活水的学生！
有福了，谁在坚实的土壤上
为山脚扎上一条皮带！

我如今在学习

页岩夏天的疤痕日志，

石头与空气的语言，

黑暗与夹层，光明与夹层，

而且我想要将手指伸进

老歌中唱的乱石嶙峋的道路①，

就像伸进伤口，将之缝合——

燧石与水，宝戒与马蹄铁。

1923 年

---

① 此句是对《福音书》中关于多疑的多马将手指伸进基督伤口中以验证耶稣复活真伪这一典故的套用。

126."鹅卵石的语言在我比鸽鸣更明白……"

鹅卵石的语言在我比鸽鸣更明白,

这里,石头即鸽子,房屋即鸽巢,

马蹄铁的故事如清澈的小溪淙淙流淌,

沿着诸城市的曾祖母那响亮动听的路面。

这里,成群的孩子们——时间的乞讨者,

成群的受到惊吓的巴黎麻雀——

匆忙啄食着铅青色的残羹剩饭,

弗里基亚老奶奶①撒下的豌豆……

空气中悬浮着一粒被遗忘的无核葡萄干,

记忆里存留着一只柳条编筐,

拥挤的房屋依序而立,如孪生子,

如老年人牙床上的一排乳牙。

这里,人们像给猫仔一样给月份取外号②,

用乳汁和血腥喂养狮子柔弱的幼崽,

而一旦它们长大——用不上一年半载

脖子上的大脑袋就会零落异处!

---

① 这里暗指弗里基亚高筒帽的希腊来源;在古希腊,解放的奴隶曾经戴这
　 种帽子。
② 暗指 1793 年法国颁布的月份更名法令。

这些大头狮子——在那里举起手臂,

如沙地上挥拍击球,立下铮铮誓言①。

我很难说:我什么都没看见,

可我还是要说:我记得那么一个;

它举起一只爪子,像举起一朵红玫瑰,

还像孩子一样,给大家看上面的刺,

没人听它说话:车夫们只顾嬉笑,

手摇风琴声中,孩子们在啃食苹果,

人们在张贴海报,安放捕鼠器,

哼唱小曲,翻炒栗子,

茂密的树林里冲出一驾马车,奔驰在

笔直的林间通道一般明亮的马路上。

1923 年

---

① "大头狮子",喻指法国大革命时期的革命家。据有关资料,米拉波和丹东外表有个共同特征:脑袋大如狮头。"铮铮誓言",指 1789 年 6 月 20 日,第三等级代表和一些下层僧侣、激进贵族在凡尔赛宫室内网球场首次公开集会,立下革命誓言。

127. "仿佛一个小小的躯体……"

仿佛一个小小的躯体
翻转翅膀，与太阳同向，
一块小小的可燃玻璃
起火燃烧，在九重天上。

好似一群小小的蚊虫
在头顶上呜咽，嗡鸣，
悄悄地，有如步行虫唱歌，
扎进碧空的刺苦不堪言：

"别忘记我：可以绞死我，
但请给我一个名字，一个名字：
要知道，有了名字，在受孕的
蓝天深处，我会好受些。"

1923 年

128. 1924 年元旦

谁亲吻过时间痛苦不堪的头顶——

日后，他会怀着儿子的柔情

回想起，时间是如何一头

扎进窗外的麦堆，酣然入梦的。

谁抬起世纪病恹恹的眼睑——

两只硕大的沉睡的苹果①，——

他就总能听见喧嚣，当假意

和沉闷的时间河流发出吼叫。

世纪主宰的两只沉睡的苹果

和一张陶土的美丽嘴巴，

但行将就木时，他会跪下亲吻

衰老的儿子那只麻木的手。

我知道，生命的气息日渐微弱，

用不了多久——那首关于

陶土的屈辱的朴素的歌

就会戛然而止，嘴唇就会被铅封。

---

① 俄语"苹果（яблоко）"一词也有"眼球"之意。

啊陶土的生命！啊世纪的死亡！

我担心，只有那个人会理解我，

他面带一个

失去自我之人的无助微笑。

怎样的疼痛——寻找失落的词语，

抬起生病的眼睑，

血液中掺着石灰，为不相干的部族

收集黑夜的百草。

世纪。病儿血液中的石灰层

在硬化。莫斯科在酣睡，如一只木箱，

休想逃离世纪主宰……

雪，一如从前散发苹果味。

我想要逃离我的门槛。

往何处去？街上黑黢黢的，

良心在我面前闪闪发白，

好似有人在往石板路上撒盐。

并非远行，所以未多做准备，

奔行于小街深巷，椋鸟笼般的木屋之间，——

我，一名普通乘客，披一件鱼皮大衣，

一直在努力扣上车毯。

穿过一条又一条街道，

雪橇寒冷的声音犹如苹果被碾碎，

冻僵的手指不听使唤，

风纪扣怎么也系不上。

冬天的夜在莫斯科穿街走巷，

大声兜售着铁制的各色小五金用品，

忽而如一条冻鱼活蹦乱跳，忽而如

粉红色茶室银鲤般的热气夺门而出。

莫斯科还是莫斯科。我对它说："你好啊！

请勿见怪，如今还不算坏，

依照古风，我十分敬重

三尺严寒与审判狗鱼的兄弟情分。"

雪地上药房的马林果在燃烧，

不知何处传来安德伍德打字机的咔嚓声；

马车夫的后背和半俄尺厚的雪：

你还要什么？不会碰你，不会杀你。

冬天美人儿，群星璀璨的山羊皮天空

散落成缤纷的碎片，像牛奶一样燃烧，

整个车毯颤抖着，呼呼响着，

仿佛马鬃擦到了结冰的滑道。

每条小巷都点起了煤油灯，

吞食着雪、马林果、冰。

当它们回首一九二〇年，

一切都褪色了，似苏维埃小奏鸣曲。

向第四等级①做出的美好承诺

和令人落泪的铿锵誓言

难道我会出卖给那无耻的诽谤？——

严寒重又散发出苹果的味道。

你还要杀死谁？还要赞美谁？

你还能杜撰出怎样的谎言？

那是安德伍德②的软骨：快拔出一个字键——

你会由此找到狗鱼的骨头；

病儿血液中的石灰层

在膨胀，幸福的笑容会闪现……

但打字机那简单的小奏鸣曲

不过是那些雄壮奏鸣曲的影子。

1924 年

---

① 此处指平民知识分子。
② 指安德伍德打字机。

129. "不，我从来不是谁的同时代人……"

不，我从来不是谁的同时代人，
这样的荣耀对我并不适合。
啊，我那么厌恶与我同名者——
那不是我，那是另外一个。

世纪主宰的两只熟睡的苹果
和一副陶制的美丽嘴巴，
可他行将就木时，却跪下亲吻
老去的儿子的麻木的手。

我与世纪抬起病恹恹的眼睑——
两只硕大的熟睡的苹果，
隆隆作响的河流为我讲述
世人纷争聚讼正酣的进程。

一百年前，那张轻巧的折叠床上
一对枕头闪着白光，
一具黏土的遗体直挺挺地躺着——

世纪的第一场豪饮①宣告收场。

在劈啪作响的宇宙进程中间
这是一张怎样轻便的卧榻啊！
无奈，既然我们锻造不出另一个，
就让我们与这个世纪共生共存。

在燥热的房间里，在车篷和营帐里
一个世纪消亡了，而后——
角质圣饼上两只熟睡的苹果
如羽状的火焰灼灼闪耀。

1924 年

---

① 指拿破仑战争时期。

130. "你们，低矮的房屋，有着方形的窗户……"

你们，低矮的房屋，有着方形的窗户，

你好，你好，彼得堡不太寒冷的冬天！

还未冻僵的敞篷马车呆立，如狗鱼撑起肋骨，

各家昏暗的门厅里，冰鞋依旧在闲置。

就在不久前，陶器工还拉着一船烧好的货品，

沿运河一路，直接从花岗岩台阶上售卖！

灰色的高勒套靴在百货商场附近往来穿梭，

柑橘一律不用剥，皮会自动脱落。

烘焙好的袋装咖啡，直接从外面带回家：

金色的摩卡，用电磨碾成粉，质地细腻。

低矮的房屋，红砖砌的，像巧克力一样，

你好，你好，彼得堡不太寒冷的冬天！

每家客厅都摆放钢琴，待客人在沙发上坐定，

医生们便拿出一摞摞旧《乡土》① 款待他们。

---

① 一种颇受欢迎的周刊，创刊于 1869 年。

洗完澡去听歌剧，听完歌剧——去哪儿都行，——
反正有轨电车稀里糊涂，总是有余温残留！

1924 年

131."今夜，我不会撒谎……"

今夜，我不会撒谎，

我从一个陌生的小站出发，

一路蹚着齐腰深的开化的积雪。

忽见一间农舍，我走进外屋：

几个修士在伴着盐喝茶，

一个茨冈女人在跟他们调情……

茨冈女人在枕边

不断地挤眉弄眼，

她的言语也着实凄惨；

一直坐到天要放亮，

她还在央求："给我块披肩吧，

随便什么，哪怕一块帕子。"

过去的，追不回来，

橡木桌，盐瓶里的刀，

大肚子的刺猬代替了面包；

他们想唱歌——唱不了，

想站起来——只能弯着腰

通过窗户跳进高低不平的院子。

就这样过去了半小时，

马咯吱咯吱地咀嚼着

一升升的黑燕麦草料；

天亮时院门吱嘎开了，

修士们在院子里备马；

手掌慢慢暖和起来。

粗麻布般的朦胧变得稀薄。

尽管徒劳，寂寞

还是四处喷洒拌水的白灰，

透过透明的粗麻布

牛乳般的白昼凝视着窗内，

患结核病的白嘴鸦忽隐忽现。

1925 年

132. "我将辗转于昏黑街道的营盘……"

我将辗转于昏黑街道的营盘，

追随着黑色弹簧四轮马车中的稠李树枝，

追随着雪的风帽，风车永不停歇的喧哗。

我只记住了一缕缕脱落的发梢，

被苦涩烟熏——不，是带着蚂蚁的酸味；

它们将琥珀的干燥留在了嘴唇上。

在这样的时刻，我觉得空气都是褐色的，

瞳孔的四周也镶上了明亮的边饰；

还有我对苹果和玫瑰肌肤的了解……

然而载客雪橇的滑板依旧吱嘎作响，

带刺的群星凝视着粗布编织物，

马蹄在结冰的键盘上敲打出舒朗的字迹。

唯一的光，来自这带刺的星星的谎言！

而生命会一掠而过，像剧院风帽的泡沫，

且无人相说："从昏暗街道的营盘……"

1925 年

新　　诗

133."好害怕啊，我和你……"

好害怕啊，我和你，
我的大嘴巴同仁！

我们的烟草好碎啊，
坚果迷、傻瓜、友人！

本可效仿椋鸟，任意挥霍生命，
吃掉它，如吃掉一块杏仁点心——

不过，显然，此路不通……

1930 年 10 月

134—145. 亚美尼亚

像一头威风的六翼公牛

劳动显现在世人面前，

入冬前的玫瑰花绽开了，

喝足静脉的血液长大。

一、"你摇晃哈菲兹的玫瑰……"

你摇晃哈菲兹①的玫瑰

照看那些幼兽般的孩子，

你耸起教堂的八棱肩膀，

像粗野的公牛一样呼吸。

你装点着嘶哑的赭石，

整个隐藏域山后的远处，

而这里，但见一幅图画

从盛着水的茶碟中涌出。

二、"嗨，我什么都看不见，
###　　可怜的耳朵也聋了……"

嗨，我什么都看不见，可怜的耳朵也聋了，

---

① 沙姆斯·哈菲兹（1320—1389），波斯大诗人。

所有的色彩于我——只剩铅丹和嘶哑的赭石。

不知为何我开始梦见亚美尼亚的早晨，
想必我是要看看，山雀在那里过得怎样，

与面包玩捉迷藏的面包铺老板怎样
弓着身子从炉中取出油汪汪的面包皮……

埃里温①啊，埃里温！或许是鸟儿描画了你，
或许是彩色铅笔盒里孩提般的狮子装点了你?

埃里温啊，埃里温！我喜欢的不是你这个城市，
状如炒核桃，而是你大嘴街道弯弯曲曲的线条。

我用唾沫弄脏了糊涂的生活，像毛拉弄脏了《古兰经》，
我冻结了我的时间，也没有抛洒一腔热血。

埃里温啊，埃里温，我别无他求，
我不想要你那颗冰冻的葡萄！

三、"你希望自己色彩斑斓……"

你希望自己色彩斑斓——

---

① 亚美尼亚首都。

于是会画画的狮子
伸出爪子，从铅笔盒里
取出半打铅笔。

颜料店时常起火的国家，
死寂的陶土平原的国家，
你在石头和泥土中间
忍受着红胡子长官的欺凌。

在远离船锚和三叉戟之处，
栖息着一块干硬的陆地，
你见过所有热爱生命的人们，
也见过所有嗜血的国王。

女人们在此翩然走过，
将狮子般的美赏赐给路人，
她们像儿童画一样淳朴，
却不能让我热血沸腾。

我多么喜欢你不祥的语言，
喜欢你那些年轻的坟茔，
在那里，字母就是锻工夹钳，
每一个词语都是一把卡尺……

四、"裹住嘴，就像裹住湿润的玫瑰……"

裹住嘴，就像裹住湿润的玫瑰，

双手捧着八棱的蜂巢，

整个岁月的早晨你都站在

世界边缘，默默吞咽泪水。

你怀着羞愧和哀痛转过身去，

背对那些蓄着长须的东方城市——

你躺在颜料店的床榻上，

人们从你脸上揭下死后的面模。

五、"请用手帕把手包住，然后勇敢地伸进……"

请用手帕把手包住，然后勇敢地伸进

戴着头冠的蔷薇花丛，伸进

这赛璐珞的荆棘，直到发出咯吱声……

让我们徒手摘取玫瑰，不用剪刀！

不过得注意，别让它马上凋零——

这玫瑰垃圾——薄洋纱——所罗门的花瓣，

还有既不出油，也无香味

不适合做果酱的野苹果。

六、"石头会吼叫的国家……"

石头会吼叫的国家——

亚美尼亚啊,亚美尼亚!

号召沉闷的群山拿起武器——

亚美尼亚啊,亚美尼亚!

始终飞向亚洲银色号角——

亚美尼亚啊,亚美尼亚!

将波斯的太阳金币慷慨相赠——

亚美尼亚啊,亚美尼亚!

七、"不是废墟——不是!是强大的
　圆形森林采伐场……"

不是废墟——不是!是强大的圆形森林采伐场,

是兽性和寓言的基督教那些倒伏的橡树锚墩,

是柱头上石质呢料的卷筒——好似抢来的多神教店铺商品,

鸽子蛋大小的葡萄粒,螺旋形的羊角装饰,

长着一对猫头鹰翅膀、竖起羽毛的鹰,尚未被拜占庭玷污。

八、"雪地上的玫瑰感觉冷……"

雪地上的玫瑰感觉冷:

塞凡湖上的雪厚达两米……

山里渔夫拖出蓝色彩绘雪橇,

饱足的淡水鲑蓄着胡须

像执勤的警察一样

在石灰岩的湖底巡逻。

而在埃里温，在艾奇米亚金①，

一座大山喝干了全部空气，

真想吹响奥卡利那陶笛，引诱一下它，

或者用一支笛子驯服它，让雪在口中融化。

雪啊，雪，稻草纸上的雪，

大山游向嘴唇。

我冷。我兴奋……

九、"怎样的奢侈，乞丐般的村镇……"

怎样的奢侈，乞丐般的村镇

竟有水的毛发层的音乐！

这是什么？纺纱？声音？警告？

离我远点！灾难近在咫尺！

在湿润的长歌的迷宫里

如此憋闷的烟霭喋喋不休，

仿佛水的少女来了，

到地下钟表匠家里做客。

十、"一匹农民的小马磕磕绊绊……"

一匹农民的小马磕磕绊绊，

---

① 亚美尼亚第二大城市。

砰砰冲撞着紫红的花岗岩，

当它踏上铿锵的国家墓碑

那光秃秃的基座。

它身后跟着几个库尔德人，

提着奶酪，上气不接下气，

他们将奶酪平分给魔鬼与上帝，

以此实现了双方的和解。

十一、"蓝天和泥土，泥土和蓝天……"

蓝天和泥土，泥土和蓝天。

你还想要什么？赶快眯缝起眼睛，

就像近视眼的国王盯着绿松石宝戒，——

盯着高亢的黏土之书，书的泥土，

盯着化脓的书，像音乐和词语一样

让我们备受折磨的黏土之路。

十二、"我再也不会与你相见……"

我再也不会与你相见，

目光短浅的亚美尼亚天空，

再也不会眯缝起眼睛，

打量一下阿拉腊①的旅行帐篷，

———————————

① 阿拉腊山，即大阿勒山。

再也不会在图书馆里

打开陶艺师们撰写的那部

妖娆土地的空心巨著——

初民们当年研习的经书。

                  1930 年 10 月 16 日—11 月 5 日

146. "在警察局专用的直纹纸上……"

在警察局专用的直纹纸上

黑夜饱食了多刺的梅花鲈。

群星活着——办公室的鸟儿们

书写着、书写着各自的循环花纹。

不管他们想要眨多少次眼睛，

他们都可以递交声明——

对于闪烁、书写和腐烂

上面随时会准予更新。

1930 年 10 月

147. "不要告诉任何人……"

不要告诉任何人，
忘记你见到的一切——
鸟儿、老妇、监狱
或者还有别的什么……

或许你刚一张嘴，
针叶林的微颤
就会将你攫住，
在白昼到来的时候。

你会想起别墅的黄蜂，
想起孩子的文具盒
或者是你从未采过的
森林中的黑果越橘。

1930 年 10 月

148. "阿拉腊山谷带刺的言语……"

阿拉腊山谷带刺的言语，
野猫一样的亚美尼亚语，
土筑的诸城凶猛的语言，
饥肠辘辘的砖块的言语。

而近视眼国王的天空——
生来眼瞎的绿松石——
终归读不透那本空心的
黑血烧就的陶土之书。

1930 年 10 月

149. "我多么喜欢被固定在……"

我多么喜欢被固定在

这片土地上的人民，

奋力活着，一年当作百年，

生育、睡觉、呐喊。

你边境线上的耳朵——

什么声音都觉得动听，

黄化病、黄化病、黄化病

在该死的芥菜地深处！

1930 年 10 月

150. "一只野猫——亚美尼亚语……"

一只野猫——亚美尼亚语

折磨着我，抓伤我的耳朵。

哪怕是在隆起的床上稍躺——

啊寒热病，啊狠毒的衰竭！

萤火虫从天花板上坠落，

苍蝇在发黏的床单上爬动，

长腿的鸟儿以排为单位，

在黄色平原上列队行进。

税吏好可怕——脸似床垫，

再找不到更卑微、更荒诞的嘴脸。

上面派来的——真他妈行！——

不带驿马使用证就闯进亚美尼亚草原。

滚远点吧，听说，你劣迹斑斑，

对于你，人人避之唯恐不及，

该死的老税吏啊，你是见钱就抢，

昔日的近卫军啊，你真恬不知耻。

门口可还会响起那句熟悉的

"呀，是你吗，老朋友!"怎样的嘲笑!

我们还要在墓地边缘往来多久，

采蘑菇的那位乡村少女如今可好？……

我们生而为人，却变得禽兽不如，

一切上天注定——等级不同而已——

我们胸中与生俱来的刺痛

和埃尔祖鲁姆①成串的葡萄。

1930 年 10 月

---

① 土耳其东北部城市，历史上曾隶属亚美尼亚（亚美尼亚名称为卡林），先
后落入波斯人、阿拉伯人和土耳其人之手。

151."人像野兽一般嚎叫……"

人像野兽一般嚎叫，

野兽像人一样胡闹……

古怪的税吏，没带驿马使用证

便被派往监狱，推什么独轮车，——

去埃尔祖鲁姆途中有家酸酒馆，

他在那儿品尝了黑海龙王的神酿。

1930 年 10 月

152. 列宁格勒

我又回到了我的城市，
熟悉得无以复加的城市——

熟悉到眼泪，熟悉到青筋，
熟悉到孩子们浮肿的腮腺。

你回来了，赶快吞吃
列宁格勒沿河街灯的鱼肝油，

赶快品尝十二月的白昼，
那里不祥的焦油混合着蛋黄。

彼得堡啊，我还不想死！
你手上存有我的电话号码。

彼得堡啊，我还保留着地址，
据此可以觅得亡者的声音。

我住在后楼梯，连着血肉
扯下的门铃击打我的太阳穴。

我彻夜不眠，等待贵客来临，

不断起身去拨动门栓的镣铐。

1930 年

153. "我们到厨房里小坐吧……"

我们到厨房里小坐吧，
白色煤油的气味好闻。

锋利的刀和大圆面包……
愿意，就给煤油炉添油，

要不然就找来些绳子——
天亮前将篮筐捆扎好，

这样便可去往火车站，
不让任何人找到我们。

1931 年 1 月

154."救救我，主啊，让我挨过今夜……"

救救我，主啊，让我挨过今夜，

我替一条人命担心，替你的女仆担心……

住在彼得堡——仿佛睡在棺材里。

1931 年 1 月

155.“我与威权世界只是保持一种幼稚的联系……”

我与威权世界只是保持一种幼稚的联系，

我害怕牡蛎，皱着眉头望着那些老手——

我的内心对它没有一星半点儿亏欠，

无论我照别人的样子怎样折磨我自己。

我从来不曾站在银行的埃及柱廊下，

戴着海狸皮法冠，眉头紧锁，一本正经，

也从来没有一个茨冈女人为我翩翩起舞，

在柠檬色的涅瓦河畔，伴着百元大钞的响声。

预感到死期将至，我逃离骚乱的嚎叫

奔向黑海，向涅瑞伊得斯①求助，

从当年那些美人儿，多情的欧罗巴女郎那里

我接受了多少难堪、伤害和痛苦！

可这座城市为何凭着古老的资格

至今仍令我的思想和情感称心如意？

一次次火灾和冰冻反倒使它更加放肆，

———————————————————

① 希腊神话中的海神。

这自恋、可恶、空虚、显年轻的城市。

莫不是因为我在一幅童画上见过

这位长发披肩的戈迪瓦夫人①，

我还是要暗自悄声重复一遍：

别了，戈迪瓦夫人！我不记得，戈迪瓦……

1931 年 2 月

---

① 英国传说中的女英雄，切斯特伯爵（11 世纪）夫人，曾请求丈夫取消加
在考文垂居民头上的重税。伯爵怀疑她的请求有诈，要求她赤身穿过城
市以示她对民众的同情是真，她做到了。

156.“午夜过后，心儿开始直接……”

午夜过后，心儿开始直接

从手中窃取被封存的静寂。

它悄声活着——尽情胡闹，

你爱——不爱——无与伦比……

你爱——不爱，理解了——捉不住……

莫不是因为午夜之心大摆宴席，

紧紧咬住那只银光闪闪的老鼠①，

你才像一个弃儿一样不停地战栗？

1931 年 3 月

---

① 此形象来源于沃洛申《阿波罗与老鼠》一文。据沃洛申说，老鼠在阿波罗崇拜中象征稍纵即逝的瞬间。

157．"我要以最后的直率……"

我要以最后的直率

告诉你：

一切不过梦呓，雪梨白兰地①，

我的天使。

在那里，在美照耀

希腊之处，

一个个黑洞向我

显现耻辱。

希腊人沿着海路

劫走海伦，

而我——只能用腥咸的浪花

涂抹嘴唇。

虚空将圣油涂在

我的唇上，

贫穷严厉地向我做出一个

---

① 即核列斯酒，产于西班牙的一种烈性酒。此处意为胡说八道。

轻蔑的手势。

无论阴晴，无论圆缺，

全都一样。

玛丽天使啊，喝杯鸡尾酒吧，

畅饮葡萄酒！

我要以最后的直率

告诉你：

一切不过梦呓，雪梨白兰地，

啊我的天使。

1931 年

158."睫毛如刺。泪水在胸中沸腾……"

睫毛如刺。泪水在胸中沸腾。

我无畏地预感到，雷雨将至。

有个怪人催促我赶快忘记什么。

透不过气——可还是想活到死。

城堡之上，曙光初升，囚徒

在铃声中从板床上翻身跃起，

困倦而又惊恐地环顾四周，

嘴里哼着一支走了调的小曲。

1931 年 3 月 4 日

159."从前有个犹太乐师……"

从前有个犹太乐师，

名叫亚历山大·赫尔佐维奇①，——

他演奏起舒伯特，

如纯净的钻石无懈可击。

心满意足，从早到晚，

一首雷打不动的奏鸣曲②

被他背得滚瓜烂熟，

不看乐谱他也能驭付自如……

喂，亚历山大·赫尔佐维奇，

外面黑吗？

得了，亚历山大·谢尔采维奇③，

管他呢！都一个样！

但愿那有位意大利女郎，

坐着一辆窄小的雪橇

---

① 诗人弟弟合租房的邻居。
② 指舒伯特小夜曲。
③ 父称谢尔采维奇与赫尔佐维奇谐音，在俄语和德语中皆为"心"的意思。

飞也一般来听舒伯特，

一路轧着雪地咯吱作响——

跟鸽子般的音乐在一起，

我们不畏惧死亡，

那里好歹可以像乌鸦皮袄，

挂在衣架上。……

够了，亚历山大·赫尔佐维奇，

早就习以为常，

得了，亚历山大·斯克佐维奇①，

管他呢！全都一样！

1931 年 3 月 27 日

---

① 同样与赫尔佐维奇谐音，意为"谐谑曲"。

160. "为了未来世纪铿锵的豪迈……"

为了未来世纪铿锵的豪迈，

为了崇高的一代新人，——

我在父辈的宴席上被剥夺了杯盏，

被剥夺了快乐和尊严。

捕狼的大猎犬朝我扑将过来，

可就血统而言，我并不是狼：

不如把我像帽子一样塞进

西伯利亚草原裘皮大衣的袖囊……

免得看见一个懦夫，一摊烂泥，

车轮下那一把血淋淋的骨头；

但愿那些蓝色的北极狐能彻夜

向我炫耀它们的原始之美，——

把我带进黑夜吧，把我带到

叶尼塞河①畔，与松林共沐星光，

---

① 俄罗斯境内的一条大河。

因为就血统而言，我并不是狼，

要想杀死我，得与我旗鼓相当。

1931 年，1935 年

161. "外面是黑夜。老爷的谎言……"

外面是黑夜。老爷的谎言：

在我之后哪怕洪水滔天。

可然后呢？市民们喘着粗气，

纷纷朝存衣处的方向挤。

化装舞会。捕狼猎犬世纪。

所以你要烂熟于心：

帽子塞进袖口，像帽子塞进袖口——

愿上帝保佑你！

1931 年 3 月

162."不，我无法躲到莫斯科马车夫背后……"

不，我无法躲到莫斯科马车夫背后，
对伟大的琐屑视而不见。
我是可怕年月有轨电车上的一粒樱桃，
不知道为什么要活在世间。

我们分乘"A 线"和"B 线"吧，
看一看，谁会更快抵达死亡，
可她，时而如麻雀一般蜷缩，
时而像充气点心一样膨胀。

她勉强跟得上，暗中威胁道：
"你随便，我可不会冒险！"——
她的手套实在不够保暖，
坚持不了绕行莫斯科娼妇一圈。

1931 年 4 月

163. 谎言

我举着冒烟的松明走进
一间农舍，去见六趾谎言：
"且让我将你打量一番——
毕竟我终究要躺进松棺。"

而她从板床下给我取出
一罐腌制的咸蘑菇，
而她从小孩子的肚脐里
给我端出一碗热汤。

"只要我愿意，"她说，"还会给你……"
可我屏住呼吸，我不开心……
突然冲向门口——往哪儿去……她抓住
我的肩膀，把我拖了回去。

她那里偏远且有虱子，安静且有苔藓，
半是睡房，半是牢房。
"没关系，还好，还好……"
我自己不也是这样，半斤八两。

1931 年 4 月 1 日

164. "我要举杯，为战时的翠菊，为我受到的责骂……"

我要举杯，为战时的翠菊，为我受到的责骂，

为老爷的皮袄，为哮喘，为彼得堡白昼的胆汁，

为萨沃亚①松林的音乐，为香榭丽舍大道的汽油，

为罗尔斯-罗伊斯驾驶室里的玫瑰和巴黎画卷的油彩。

我要举杯，为比斯开湾的波涛，为高山凝乳的陶罐，

为英国女人棕红色的骄傲和远方殖民地的奎宁。

我要举杯，但还没有想好——两者当中选一个——

是快乐的阿斯蒂起泡酒，还是教皇城堡的葡萄酒。

1931 年 4 月 11 日

---

① 法国东南部阿尔卑斯山脚下历史上的一个省，曾是一个独立的公国，鼎
盛期领土包括尼斯、热那亚、日内瓦和皮埃蒙特，1860 年起并入法国。

165. 三角钢琴

议会仿佛在反复讨论投石党①，

大厅没精打采地喘着气，

山岳派没有痛击吉伦特派②，

等级的壁垒也没有得到巩固。

侮辱者和被侮辱者，

歌利亚③钢琴没有奏响，

声音爱好者，灵魂不安制造者，

翼式钢琴权利的米拉波④。

"难道我的双手是大锤？

十根手指——我的一群牲口！"

亨利赫大师⑤——驼背的小马，

抖动着后襟，站了起来。

---

① 或译福隆德运动，西法战争（1635—1659）期间发生在法国的反对专制
王权的政治运动。
② 山岳派和吉伦特派，法国大革命时期议会中的两个敌对阵营，前者的胜
利导致雅各宾派专政。
③《圣经》中的巨人，被大卫打败。
④ 法国大革命领袖之一，此处为"篡位者"之意。
⑤ 亨利赫·古斯塔沃维奇·海豪斯，钢琴家。

为了世界变得更开阔，

为了世界的复杂性，

莫将甜滋滋的菊芋根汁

涂抹到琴键之中。

为了让杜松子酒奏鸣曲

松油般从脊椎骨渗出，

用得上纽伦堡弹簧，

它能让亡者直起腰身。

1931 年 4 月 16 日

166. "'不，不是偏头痛，但请给我一份薄荷锭……"

"不，不是偏头痛，但请给我一份薄荷锭，
既不要艺术的薄膜，也不要快乐空间的色调!"

　　生命始于盆子，如发音含混的湿漉漉细语，
　　生命延续，如煤油软乎乎的烟黑。

　　然后在某处的别墅，在森林的粒面纸封面中，
　　突然间火光迸射，烧成一团丁香花般的烈焰……

"不，不是偏头痛，但请给我一份薄荷锭，
既不要艺术的薄膜，也不要欢乐空间的色调!"

　　接着，透过彩色玻璃，眯起眼睛，我痛苦地看到：
　　棒槌般威严的天空，好似褐色的不毛之地……

　　接着——我还没想起来——再接下去好像猝然中断：
　　闻得到轻微的松香味，似乎还有腐臭的鱼油味……

"不，不是偏头痛，——而是无性空间的寒冷，
绷带撕裂的吱吱声和石炭酸吉他的轰鸣!"

1931 年 4 月 23 日

167. "永久保存我的言语吧，为这不幸和炊烟的杂味……"

永久保存我的言语吧，为这不幸和炊烟的杂味，
为这连环担保的树脂，为这无愧劳动的烟油。
仿佛诺夫哥罗德的井水，应该是黑的、甜的，
好在临近圣诞节时，映出那颗七角之星。

为此，我的父亲、我的友人和粗鲁的助手啊，
我，一个未被接纳的兄弟，人民大家庭的脱离者，
我保证会建造起一个个密实的井架，
让鞑靼人用吊桶把大公们放下去。

但愿这些冷冰冰的断头台能够喜欢我——
权当是人们在花园玩击木游戏，瞄准命门，——
我要为此而度过一生，哪怕穿着铁的囚衣，
我也要去森林为彼得式行刑找来一把大斧。

1931 年 5 月 3 日

168. 坎佐纳①

莫非我明日就能见到——
心在左边跳——还好，跳吧！——
你们，山地景观的银行家们，
你们，片麻岩坚挺股票的持有者？

那里全都长着教授的鹰眼，——
那些埃及学家和古币鉴定家
仿佛抑郁寡欢的凤头鸟儿，
肉质坚硬，胸脯宽大。

那是宙斯在有条不紊地
用他细木工的金手指
拧紧美轮美奂的玻璃洋葱头——
赞美诗作者②给有远见者的礼物。

他能通过美妙的蔡司望远镜——
大卫王的珍贵礼物，
发现片麻岩上的所有裂纹，

---

① 中世纪欧洲普遍流行的一种情诗体裁。
② 指旧约中的大卫王，相传他是《圣经》赞美诗的作者。

上面那棵松树或虱卵般的小树。

我要告别极北人的领地，
为了用视觉浸湿命运的结局，
我会向犹太人首领①说声"谢拉②"，
谢谢他的美好的温存。

看不清没有刮脸的群山的尽头，
小树林的硬毛能将人刺痛，
绿得让人倒牙的山谷
像洗净的寓言一样清新。

我喜欢那些军用望远镜，
它们拥有高利贷一样的视觉。
世界上只有两种颜色没有褪色：
黄色中的嫉妒，红色中的急切。

1931 年 5 月 26 日

---

① 指大卫王。
② 希伯来语，"永远地"之意。

169. "莫斯科的午夜。佛祖的夏天真够奢侈……"

莫斯科的午夜。佛祖的夏天①真够奢侈。

穿着窄小铁靴的街道带着轻微的哗啦声四散开去，

出了黑麻疹的林荫大道和花园环路怡然自得。

　　莫斯科啊，即便深夜也无法入静，

　　当安宁从马蹄下逃走。

　　你会说：在那边的某处，在打靶场上，

　　来了两个小丑——比姆和鲍姆，

　　于是梳子们和小锤子们纷纷启动，

　　忽而传出口琴的声音，

　　忽而是乳制的儿童钢琴：

　　哆——来——咪——发

　　和嗦——发——咪——来——哆。

从前，我，年纪稍轻，

每当穿着橡胶雨衣出门，

进入林荫道宽敞的怀抱，

总看见那里有一个茨冈女人，

细如火柴的双腿在长长的裙摆中瑟瑟发抖，

一只被捕的黑熊在悠然漫步——

---

① 1931 年夏初诗人是在弟弟位于莫斯科中国城老花园巷的家中度过的。

它是大自然恒久不变的孟什维克，

　　四周弥漫着桂樱气味，浓郁得无以复加！……

　　你究竟去往何处？既无月桂，也无樱桃……

我要拧紧厨房大挂钟

大摆幅的瓶状摆锤。

时间粗糙到了何等地步啊，

可我还是喜欢抓住它的尾巴：

毕竟它不停地奔跑，本身无可厚非，

只是看上去有些形迹可疑。

走开！莫要请求，莫要抱怨，嘘！

莫要哭诉！

那些平民知识分子跺着脚下干裂的皮靴，

　　　　　可是要让我现在出卖他们？

　　我们会像步兵一样死去，

　　但我们绝不会颂扬

　　　　　侵占、零工和谎言。

我们有一块旧苏格兰网格毯，

我死后，你会把它当做军旗，盖在我身上。

喝一杯吧，朋友，为我们苦荞般的痛苦，

喝一杯吧，让我们一饮而尽！

一群又一群观众，没精打采，

从放映场次密集的电影院里

走出来，像是吸食了麻醉剂。

他们的静脉严重缺血，

他们多么需要氧气！

该让你们知情了：我也是同时代人，

我是莫斯科裁缝时代的一员，

你们看，我身上的短大衣多么潇洒，

我的言谈举止多么风流倜傥！

　　试一试，让我脱离这个世纪，

　　我保证你们会扭伤自己的脖子！

我跟这个时代交谈，可难道

它的灵魂是大麻纤维的，难道

它在我们这里已经耻辱地习以为常，

一如藏庙里满脸皱纹的幼兽：

挠挠痒——放进锌制的浴盆，——

再给我们演示一下吧，玛丽·伊万娜①！

　　尽管这带有侮辱性——你们要明白：

　　有一种劳动的放荡，就在我们血液里。

---

① 据曼德尔施塔姆夫人回忆，人们这样称呼街头算命师手上的小猴子，它
　　们充当主人的助手，从"窗口"抽出"命运"来。

天已放亮。花园如绿色电报哗哗作响。

拉斐尔到伦勃朗家里做客。

对于莫斯科，他跟莫扎特无可挑剔——

冲这褐色的眼睛，冲这短暂的醉意。

穿堂风，好似舍拉普特教派①信徒，

用一条空中传送带

将气压传送装置或黑海云母清泉

  从一个住宅送进另一个住宅……

1931 年 5 月—6 月 4 日

---

① 19 世纪 60 年代出现在俄罗斯坦波夫地区的一个教派，受神秘主义影响，
主要在俄罗斯南部和东南部传播。该教派脱胎于鞭笞派（一说莫罗勘派）。

170. 弃诗残片

一、

本世纪诞生的第三十一年
我回来了，不——请读成：
是强制回到佛陀的莫斯科。
而在此前我总算是领略了
富产《圣经》桌布的阿拉腊，
并在一个礼拜六国家
度过了整整两百天，
她的名字叫亚美尼亚。
若是你口渴了——那里有
库尔德人的阿尔兹尼①矿泉水，
那是名副其实的好水，
清冽，没有杂味。

二、

我就是喜欢莫斯科的规矩，
我就是不想念阿尔兹尼矿泉。

---

① 埃列温北部一村庄，盛产具有疗养作用的矿泉水。

莫斯科有稠李树，有电话，

还有那些因死刑而闻名的日子。

三、

想活下去，你就得面带微笑

凝望带着佛教蓝的牛奶，

你得目送那面土耳其手鼓，

当它乘一辆红色大板车

从一场世俗葬礼上飞快返回，

或迎接一辆载着枕垫的货车，

说一声：回家吧，天鹅——鹅！

别琢磨了，按快门吧，可爱的柯达，

趁眼睛还是宫鸟的晶体，

而不是玻璃球！

明暗对比强烈一些吧！

再强烈些，强烈些！视网膜饿了！

四、

我不再是个稚气的孩子！

你呀，坟墓，

闭嘴吧，不许教训弯腰驼背者！

我如此费力地为大家说话，

就是要让上颚成为天空，

让嘴唇爆裂，如粉红色的黏土。

1931 年 6 月 6 日

171. "距离族长，我的路还远……"

距离族长，我的路还远，

我年资尚浅，不够德高望重，

人们动辄指着眼睛骂我，

如泼妇骂街，全是难听的脏话，

这些脏话毫无意义，实在无聊：

如此这般！就算我服软道个歉，——

可在内心深处我一点也没改变……

想想你跟这世界有什么关系，

你连自己都不会相信：胡说！

午夜里别人住宅的钥匙，

口袋里的十戈比银币，

一截偷来的赛璐珞①。

每当歇斯底里的铃声响起，

我就像小狗一样扑向电话。

传来一句波兰语："金库耶，班尼！②"

那是外地人的柔声责备

---

① 指拉平送给诗人的电影胶片片段。
② 波兰语：谢谢，先生！

或是一个没有兑现的承诺。

你仍在思忖：置身于烟花爆竹中间
该有个什么样的爱好；
待平静下来，一看，那里只剩下
一团乱麻和无所事事——
请吧，请向他们借个火！

或淡然一笑，或胆怯地拿出派头，
出门时带上一把白柄手杖：
我聆听着小巷里的奏鸣曲，
一见到货摊就舔嘴唇，
在宽敞的大门口翻阅书籍，
说不是活着，毕竟又活着。

我向麻雀们和记者们走去，
我向街头的摄影师们走去，
不出五分钟——如探囊取物——
我就能拿到自己的照片，
背景是一座浅紫色的锥形山。

有时我也要下楼跑趟腿，
走进雾气腾腾的憋闷的地下室，

干净老实的中国人在那里

用筷子夹着一个个面球，

玩那种窄长的纸牌游戏，

仿佛扬子江的燕子，呷着小酒。

我喜欢有轨电车嗞嗞响的会让

和阿斯特拉罕的柏油路鱼子酱，

上面盖一层粗糙的干草，

好像装着阿斯蒂葡萄酒的篮筐，

还有这螺纹钢的鸵鸟羽毛

在列宁式房屋建设之初。

我走进博物馆的奇幻洞穴，

守财奴的伦勃朗们在那里瞪圆眼睛，

当他们得到科尔多瓦①锃亮的皮革；

我叹服提香②那角状的法冠，

叹服廷托雷托③的五彩斑斓——

因为那上千只善于啼叫的鹦鹉。

我真想玩得尽兴，忘乎所以——

---

① 西班牙城市。
② 提香（1490—1576），意大利最杰出的画家之一。
③ 廷托雷托（1518—1594），意大利画家，提香最优秀的继承者。

真想畅所欲言——一吐为快。

"把郁闷赶到云端，见鬼去吧。"

随便抓起谁的手，对他说：

"亲热一点，我们俩可是同路……"

1931 年 5 月—9 月

172."别再抹泪了！让我们把稿纸塞进书桌……"

别再抹泪了！让我们把稿纸塞进书桌。
如今，一个可爱的魔鬼掌控了我。
好似理发师弗朗索瓦用香波
把我的头发从根到梢洗了个透彻。

我敢打赌，我还没有死，
就像一名骑手，我拿脑袋担保，
在骏马竞逐的赛道上
我还是会因为莽撞而频生祸端。

我时刻记着，眼下是一九三一，
在稠李花中盛开的美好一年，
蚯蚓长得更加健壮了，
整个莫斯科都漂浮在小舢板上。

不能激动。忍耐是一种奢侈。
我会逐渐加速——
我们会迈着冰冷的脚步上路，
我保持了我的距离。

1931 年 6 月 7 日

173."在高高的山隘上……"

在高高的山隘上，
在穆斯林区域
我们与死亡共饮——
如梦中一样恐怖。

遇见一位四轮马车驭手，
烘得透透的，像粒葡萄干，——
犹如魔鬼的雇工，
单音节的，抑郁寡欢。

忽而是阿拉伯喉音喊叫，
忽而是毫无意义的吆喝——
他爱惜他那张脸，
有如爱惜玫瑰或蟾蜍。

他戴着皮革的面具，
遮住了吓人的面孔，
他不知在往何处驱车，
嗓子喊得已经失声。

他一路冲撞着，赶超着，

可怎么也下不了山——

这可急坏了那些四轮马车，

急坏了那些大车店……

我醒了：停下，朋友！

我想起来了，见鬼！

这是讨人嫌的掌舵者

跟马儿们迷了路！

他像是在消愁解闷，

不停地折腾，浪费时间，

他要让甜而酸的大地

转起来，像旋转木马一般……

在纳戈尔诺卡拉巴赫，

在凶猛的城市舒沙，

我算实实在在领教了

与心灵共生的种种可怕。

四万扇死寂的窗户

从四面八方清晰可见，

高山之上掩埋着

了无生气的劳作之茧。

被脱光了衣服的房屋
泛着绯红，不知羞惭，
而天空暗蓝的瘟疫
在房子上方若隐若现。

1931 年 6 月 12 日

174. "犹如人民的巨物……"

犹如人民的巨物

将大地挤出了汗，

多层的畜群

似尘封的无敌舰队

平稳地开进头脑：

顽皮的小公牛们

侧身柔软，一同进入，

而一群公水牛和母水牛，

以及神职人员公牛

则紧随在战船身后。

1931 年 6 月

175. "将小手指插进莫斯科河浸泡一会儿……"

将小手指插进莫斯科河浸泡一会儿，

今天便可从克里姆林宫强盗身上

揭下这张移印画。这黄连木的鸽子窝

美不胜收啊：

最好再给它们撒上点黍粒和燕麦……

是谁在那里鹤立鸡群？伊凡大帝——

年纪一大把的钟楼。

傻乎乎地站在那里，

已不知多少个世纪。该送他出国，

让他完成学业……可去哪儿呢！丢人！

四根烟囱喷吐的浓烟笼罩着莫斯科河，

整个城市在我们面前展开——

河边沐浴的座座工厂和莫斯科河对岸的

座座花园。不是这样吗，

掀开音乐会上的钢琴

硕大的紫檀木琴盖，

我们便潜入到声音的内部？

白卫军们啊，你们可见过它？

可听过莫斯科的钢琴？乖宝宝！……

我觉得，你，时间，是非法的，

跟所有其他事物一样！仿佛一个男孩，

跟着成年人一起跳进荡漾的水波之中，

我，似乎由此走进了未来，

而这未来，我又似乎无法看到……

我呀，已经跟不上年轻人的步伐，

大步流星奔向画好了线的体育场，

被摩托车的通知单叫醒的我

天亮时无法从床上一跃而起，

我甚至不能像一个轻盈的影子

走进站在鸡腿上的那些玻璃宫殿①……

我的呼吸一日难似一日，

然而此事又不能暂缓……

人的心脏和马的心脏

都是为了欣赏奔跑而生。

浮士德的魔鬼，乏味又显年轻，

再次扑向老人的前胸，

怂恿他租一条按小时计费的小船，

---

① 此处反映了莫斯科当时的一种新建筑风格。鸡腿——也是对俄罗斯童话
中老巫婆住处的暗示。

或朝麻雀山①方向挥挥手，

或乘着有轨电车鞭打莫斯科。

她不得闲——今天要当保姆，

忙得团团转——她要独自应对

四万个摇床——手上还有一团纱线……

怎样的夏天啊！年轻的工人们

那油光发亮的鞑靼人后背，

脊梁上系一条女孩子的布带，

神秘、窄狭的肩胛骨

和儿童的锁骨……

你好啊，你好，

强壮、未受洗礼的脊椎骨，

有了它

我们能活不止一百年，两百年！……

1931 年 6 月 25 日

---

① 莫斯科大学主楼所在地。

176. 拉马克①

一个孩子一般腼腆的老人，

一位举止迟钝的胆怯长者……

谁为大自然的荣誉而仗剑？

当然是激情澎湃的拉马克。

假如生命不过是一次涂鸦，

只消一个短暂的无主日，

在拉马克的活动楼梯上

我将占据最后一级台阶。

我会窸窣着穿过蜥蜴和蛇，

下到环节动物门和蔓足亚纲，

沿着弹性的台阶，缓坡的沟谷

像普洛透斯②一样缩小，消失。

我会裹上一层角质的褶皮，

我会放弃一腔热血，

---

① 拉马克（1744—1829），法国生物学家，创立了第一个完整的动物界进化
理论。
② 希腊神话中变幻无常的海神，又名海中老人，能知未来。

我浑身长满吸根

并将触角伸进大海的飞沫。

我们跨越不同的昆虫种类，

成熟多汁的眼睛如斟满的酒盅。

他说：整个自然界分崩离析，

视觉不再——你这是最后一次看得见。

他说：洪亮的声音够多了，

你多余喜爱莫扎特，

蜘蛛式的耳聋即将到来，

此处的坍塌比我们的力量更强大。

大自然已弃我们而去，

就好像它并不需要我们，

它将纵向的脊髓如重剑

插进黑暗的剑鞘。

它竟然忘记了放吊桥，

使得那些人迟迟不能通过——

他们有绿草如茵的墓地，

有红色的呼吸，自如的笑容……

1932 年 5 月 7 日—9 日

177. "当俄罗斯的金币……"

当俄罗斯的金币

滚滚流进远的朝鲜,

我跑进一间温室,

嘴里含着一块奶糖。

那是属于爱笑的喉结

和甲状腺肿大的时候,

是塔拉斯·布尔巴

和雷雨将至的时候。

独断专横,一意孤行,

特洛伊木马行进,

而在一堆劈柴的上方

是以太、太阳和火的使团。

劈柴让空气变得肥腻,

就像户外的毛毛虫,

劈柴垛上的"乌拉"飞向

对马岛①彼得保罗斯克号②……

我们曾穿着高筒靴，——

主啊，赐福给我们吧！——

徒步上山，去找赫洛尔③，

年轻的皇子，要三氯甲烷。

我比那位少年活得久些，

而且我前程远大，

不一样的梦，不一样的窝，

但不能不打家劫舍。

1932 年 5 月 11 日—13 日

---

① 1905 年日俄战争海战发生地，这次海战，以俄国海军大败而告终。
② 俄罗斯海军旗舰，1905 年日俄战争被日军水雷击沉。
③ 叶卡捷琳娜二世所作《赫洛尔王子的故事》中的主人公，被派去上山寻
  找不带刺的玫瑰。

178.“啊，我们多么喜欢伪善……”

啊，我们多么喜欢伪善，

轻而易举就能忘记

我们在儿时更接近死亡，

相比我们在成年之时。

还没有睡醒的孩子

冲着碗碟发泄委屈，

而我无人可以撒气，

只好单枪匹马，四面出击。

动物蜕皮，鱼儿

在水的深度昏迷中嬉戏——

对于人的欲望、人的烦恼

最好别在意它们的幽微。

1932 年 5 月 14 日

179.“你们记得，维罗纳郊区……”

你们记得，维罗纳郊区

那群赛跑者①

还在拼力打开

一块绿色呢绒的时候②，

就是那个人，那个

从但丁诗篇中跑掉的人③

在一圈圈的角逐中

一举超越了所有对手。

1932 年 5 月；1935 年 9 月

---

① 此诗系诗人阅读但丁《神曲·地狱》第十五章（歌）时所写。该章描述
了但丁与老师勃鲁内托·拉铁尼的会面。据米·罗津斯基俄译《神曲》
所注，在维罗纳近郊，每年都会举行一次赛跑，获胜者会得到一块绿色
呢绒布。
② "绿色呢绒"喻指草地。此句一语双关。
③ 指勃鲁内托·拉铁尼。

180. "唉，烤得通红的小伙子们……"

唉，烤得通红的小伙子们，

他们的蜡烛熔化了，

他们穿着无袖上衣，

侧着身子走来走去，

他们压抑着耻辱感，

抵御着鼠疫的传染，

愿为形形色色的老爷们

随时效犬马之劳。

没有人给妻子们讲故事，

她们穿着破损的长裙，

像做梦一般

在迷人的营生中度日：

制作蜡像，挥霍丝绸，

教鹦鹉说话，

把一些恶棍放进卧室，

还自以为精于此道。

1932 年 5 月 22 日

181. 印象主义

画家为我们描绘出
丁香花的深度昏迷
并将色彩的音阶
像痂一样置于画布。

他领悟了油彩的浓度；
他那烤得焦嫩的夏天
在憋闷的天气里扩大，
被浅紫色的大脑加热。

而阴影，阴影愈加深紫！
口哨或鞭声如火柴擦燃。
你会说：厨师们在厨房里
正精心烹制一道烤肥鸽。

认得出这是一副秋千，
面纱还没有涂抹完毕，
朦胧的混乱中一只雄蜂
已经开始当家做主。

1932 年 5 月 23 日

182. 致克雷奇科夫①

在游泳场、棉纺厂、宽阔无比

和葱茏滴翠的花园所在的地方，

在莫斯科河畔，有一座演艺场，

这是休闲、文化与河水的天地。

这肺弱的河水慢吞吞地流淌，

酥糖般的山岗说寂寞也不寂寞，

通航的商标和明信片，

我们在上面往来穿梭。

奥卡河②的眼睑向外翻开，

莫斯科河面因而吹来习习微风。

克里亚兹玛③大姐弯下了眉毛，

雅乌扎④河面因而有鸭子游动。

莫斯科河畔漂浮着邮局的浆糊味，

---

① 谢尔盖·安东诺维奇·克雷奇科夫（1889—1937），诗人，小说家和翻译
　家，文学评论家，新农民诗歌的代表之一。
② 奥卡河，在俄罗斯的欧洲部分，伏尔加河重要支流。
③ 克里亚兹玛河，奥卡河支流，流经莫斯科。
④ 莫斯科市和莫斯科州的一条小河，莫斯科河在莫斯科市内的最大支流。

有人用扩音器演奏舒伯特，

洒水车喷洒水雾，空气

比青蛙皮做成的气球还轻柔。

1932 年 5 月

183. 巴丘什科夫

如手持魔法手杖的游手好闲者，

和蔼的巴丘什科夫与我同住。

他在桥那边的杨树林里闲逛，

嗅着玫瑰花香味，讴歌达佛涅①。

我一分钟也不肯相信分别，

似乎，我向他深鞠了一躬：

我怀着疯狂的妒忌握着他

戴着浅色手套的冰凉的手。

他淡然一笑。我说：谢谢。

因为紧张，竟一时语塞；

这微妙的音响——无人可比……

这波涛的絮语——闻所未闻……

我们的苦难和我们的财富，

诗歌的喧闹和博爱的钟声，

---

① 达佛涅，希腊神话中的女神，为逃避太阳神阿波罗的追求，化身为一棵
月桂树，阿波罗无奈，只取其枝叶变成花冠，据说胜利者头上戴的桂冠
即来源于此。

倾盆大雨般和谐的泪水

都得益于他的口齿不清。

哭过塔索的诗人回答我：

我还没有习惯于吹捧；

只不过是诗句的葡萄肉

偶然令我的口舌感到清新……

也罢！抬起惊讶的眉毛吧，

你，市民和市民的友人，

把永恒的梦，如血液样品，

从一个杯子倒进另一个杯子……

1932 年 6 月 18 日

184—186. 关于俄诗的诗

一、"请坐，杰尔查文，放松些……"

请坐，杰尔查文①，放松些，

在我们这儿，你比狐狸还狡猾，

你喝过一口的鞑靼马奶

现在还没有腐败变酸。

给雅济科夫②一瓶酒吧，

再给他一只高脚杯。

我喜欢他的自鸣得意，

血脉偾张的开怀畅饮

和热烈奔放的华彩诗句。

雷霆的生活有其惯性——

哪里顾得上我们的灾难——

随滚滚雷声小口慢饮，

色香味俱全地

---

① 加甫里尔·罗曼诺维奇·杰尔查文（1743—1816），诗人，俄国古典主义
最后一个代表。
② 尼古拉·米哈伊洛维奇·雅济科夫（1803—1847），普希金圈内诗人。

尽情享受麝香葡萄酒。

水滴跳跃如万马奔腾，

冰雹奔走结队成群，

散发着城市和洪水气息，

不——是茉莉花，不——是土茴香，

不——是橡树皮的芬芳！

二、"如同无花果的叶片……"

如同无花果的叶片，

莫斯科连同郊区

飒飒作响，瑟瑟发抖，

浑身战栗，直抵根底。

雷霆拉着自己的四轮车，

走在商业街的人行道上，

瓢泼大雨走来走去，

挥舞着河水般的长鞭。

大地似乎在翻滚，

在迎合什么——当它

从远方奋起攻击，

以喧哗对喧哗，就像兄弟对兄弟。

水滴欢蹦如万马奔腾，

冰雹跳跃，结队成群，

混合着奴隶的汗水、

马蹄嘚嘚和树的议论。

三、致克雷奇科夫

我爱上了美妙的混合林，

在那里，橡树是王牌，

槭树叶里有红辣椒，

针叶里有黑鸽子刺猬。

那里黄连木的嗓子

浸着奶乳默不作声，

而当你想扣动扳机，

舌尖上便没有真话。

那里住着一个少数民族，

全都戴着橡实帽，

松鼠们在可怕的轮子里

转动着充血的眼白。

那里有酸模，有鸟的奶头，

针叶树枝孔雀般的杂乱，

粗心大意和一本正经，

还有硬壳下面的黑暗。

妖精们举着长剑指指点点，

长鼻兽们戴着三角帽，

刽子手们则在读书，

守着茶炊，如坐针毡。

还有疝疼乳菇，

披着细雨的甲胄，

等不了多久它们就会

蓦地从林子边缘冒出……

丑鬼们在那里牌兴大发，

徒劳地玩着九级浪①，

马的鼻沟和纸牌记号，

谁跟谁啊？乱七八糟……

那些树木——自家兄弟

同室操戈。快搞清楚：

---

① 指赌九点，系借用克雷奇科夫的说法。

这是何等的粗陋毛糙，

这是何等的俊朗姣好！

1932 年 7 月 2 日—7 日

187. "给丘特切夫一只蜻蜓吧……"

给丘特切夫①一只蜻蜓吧——

请猜一猜，为什么。

给维涅维季诺夫②一枝玫瑰吧，

但宝石戒指——谁也不给。

巴拉廷斯基③的鞋底

激荡着世纪的风尘。

他的云彩枕套

未镶嵌任何花边。

还有我们之上的莱蒙托夫，

我们桀骜不驯的折磨者；

还有费特④，他那支粗铅笔

气短的毛病久治不愈。

1932 年 7 月 8 日

---

① 费奥多尔·伊万诺维奇·丘特切夫（1803—1873），诗人。
② 德米特里·弗拉基米罗维奇·维涅维季诺夫（1805—1827），浪漫派诗
　人、翻译家、小说家、哲学家。
③ 叶甫盖尼·阿勃拉莫维奇·巴拉廷斯基（1800—1844），诗人。
④ 阿法纳西·阿法纳西耶维奇·费特（1820—1892），诗人，纯艺术派
　代表。

188. 致德语

——给鲍·谢·库金①

自相戕害，自相矛盾，

如飞蛾奔向午夜的篝火，

我想脱离我们的语言，

为我无限期亏欠它的一切。

我们之间的褒奖不夹杂谄媚，

我们的友情坚实，不含虚伪，

我们还要向陌生的西方家庭

学习严肃的态度，珍惜名誉。

诗啊，暴风雨对你有益无害！

此时我想起一位德国军官：

他的刀柄上挂着一束玫瑰花，

他的嘴角衔着谷神刻瑞斯②。

父辈们还在法兰克福打哈欠，

---

① 鲍里斯·谢尔盖耶维奇·库金（1903—1973），生物学家，曼德尔施塔姆
　的朋友。
② 罗马神话中的谷物女神，即希腊神话中的得墨忒耳。

歌德还没有任何出道的迹象，

赞歌高唱，骏马身姿矫健，

好似字母在原地跳跃。

告诉我，朋友们，我们一起

在哪座瓦尔加拉宫砸过核桃，

你们曾设想过怎样的自由，

给我竖立了怎样的里程碑？

你们直接从一期丛刊的页面，

从新鲜出炉的当期头条文章

跑进坟墓——沿着台阶，面无惧色，

像是去地下酒馆要一杯摩泽尔红酒①。

别人的语言将是我的外壳，

在我有勇气降生很久以前，

我就是一个字母，葡萄般的一行字，

你们将会梦见的一本书。

当我熟睡，没有面貌和形体，

友谊仿佛枪声把我惊醒。

---

① 著名葡萄酒，因产地在摩泽尔河谷地而得名。摩泽尔河是莱茵河支流，
流经法国、卢森堡和德国。

夜莺之神啊，请赐我皮拉得斯①的命运

或拔掉我的舌头——我不需要它。

那赫提加尔②神啊，我还在被招募，

为新的黑死病，为七年战争。

声音缩小了。词语在低吟，在造反，

可你活着，我和你镇定自若。

1932 年 8 月 8 日—12 日

---

① 斯特洛菲俄斯的儿子，俄瑞斯忒斯的朋友，助俄瑞斯忒斯报杀父之仇，
　后与厄勒克特拉结婚。
② 德语译音：夜莺。

189. 阿里奥斯托①

全意大利最讨人喜欢、最聪明的人，

热情可爱的阿里奥斯托嗓音略带沙哑。

形形色色的鱼令他赏心悦目，

他以极恶毒的荒谬给大海撒胡椒粉。

仿佛一个乐手用十台扬琴，

总是不知疲倦地打断叙事的线索，

忽东忽西，自己也不知如何是好，

杂乱无章地讲述骑士出洋相的故事。

知了的舌头上，迷人地混合了

普希金的忧郁与地中海的傲慢，

他信口雌黄，与罗兰胡搅蛮缠，

他在改变面貌的同时，浑身打颤。

他对大海说：喧嚣吧，不要有任何顾虑；

他对岩石上的少女说：躺着吧，不用遮蔽身体……

你还得往下讲——我们远没有听够，

---

① 路多维科·阿里奥斯托（1474—1533），意大利诗人，长诗《疯狂的罗
兰》作者。

趁血管中还有血液，耳中还有噪声。

啊蜥蜴的城市，里面没有活人——
何时你能多生一些这样的男子汉，
冷酷的费拉拉①！多少次从头开始，
趁着血管中还有血液，讲吧，快点！

欧洲好冷。意大利好黑。
权力像理发匠的手一样令人厌恶。
而他在越来越巧妙和复杂地施展巫术，
并透过长着翅膀的窗户微笑——

冲山上的一只羊羔，冲骑骡子的和尚，
冲公国的士兵们，冲那些因为
饮酒、瘟疫和大蒜而略显癫狂的人们，
冲蓝色苍蝇的纱罩里一个睡熟的孩子。

而我喜欢他那狂暴的闲暇，
无意义的语言，既甜又咸的语言，
暗通款曲的音响那美妙的双核……
我害怕用刀划开那双壳的珍珠。

———————————————

① 意大利北部城市，费拉拉省省会。阿里奥斯托和父亲均曾为费拉拉公爵
工作多年。

可爱的阿里奥斯托，或许，百年之后——

我们会把你的湛蓝和我们的黑海地区

汇聚成一片辽阔和博爱的蔚蓝天地。

……我们到过那里。我们喝过那里的蜂蜜……

1933 年 5 月 4 日—6 日

189. 阿里奥斯托（异稿）

欧洲好冷。意大利好黑。

权力像理发匠的手一样令人厌恶。

啊，假如能够，而且要尽快，

将这扇大窗向亚得里亚海敞开。

麝香蔷薇上方蜜蜂嗡鸣，

炎热的草原里——肌肉发达的蚱蜢，

蹄铁异常沉重的飞马，

黄澄澄、金灿灿的沙漏。

知了的舌头上，迷人地混合了

普希金的忧伤与地中海的傲慢，

如纠缠不休的常春藤，抓住不放，

他信口雌黄，与罗兰胡搅蛮缠。

黄澄澄、金灿灿的沙漏，

炎热的草原里肌肉发达的蚱蜢，

魁梧的扯谎精直接飞往月球……

热情的阿里奥斯托啊，大使之狐，

开花的蕨菜，东方旗鱼，龙舌兰。

你在月球上听过燕麦的歌喉，

而在鱼的朝廷里你是博学的参赞。

啊蜥蜴的城市，里面空无一人！

坚硬的费拉拉同女巫和法官生下

这样的子孙，并给他们戴上枷锁——

偏僻之地升起了棕红头脑的太阳！

我们感到惊奇，为肉贩子的店铺，

为睡在蓝色苍蝇罩下的孩子，

为户外的羔羊，骑着毛驴的修士，

为公爵手下的那些士兵，他们

因嗜酒、鼠疫和大蒜而略显疯癫，

也为这朝霞般新鲜的损失。

1933 年 5 月 4 日—6 日，旧克里米亚；

1936 年，沃罗涅日

190. "不要尝试异族语言，要努力把它们忘记……"

不要尝试异族语言，要努力把它们忘记：
毕竟，无论如何你不能用牙齿咬碎玻璃！

啊，要赢得他人尊敬需得历尽艰辛：
要体会违法的喜悦，得付出惨重代价！

毕竟，告别人世时，别人的名字救不了
垂死的肉体和会思想的不死的口舌。

会怎样，假如我们痴迷的阿里奥斯托和塔索
乃是两个有着湛蓝大脑和湿眼鳞片的怪物？

为了惩罚傲慢，无可救药的声音爱好者啊，
你会得到一块蘸醋的海绵，以滋润背叛的双唇。

1933 年 5 月

191. "阿里奥斯托之友，彼特拉克之友，塔索之友……"

阿里奥斯托之友，彼特拉克之友，塔索之友——

无意义的语言，既咸又甜的语言

和暗通款曲的音响那美妙的双核……

我害怕用刀剖开这双壳的珍珠。

192. "寒冷的春天。缺粮和畏缩的克里米亚……"

寒冷的春天。缺粮和畏缩的克里米亚，
跟弗兰格尔①统治下一样问心有愧。
地上的烂泥团。粗布衣服上的补丁。
依旧是那酸溜溜的、会咬人的烟。

漫不经心的远方依旧那般娇艳。
一棵棵树木，才发出娇小嫩芽，
仿佛外来者站在那里，被复活节的
愚蠢所装点的扁桃木令人怜悯。

大自然认不出自己的面孔，
还有乌克兰和库班可怕的幽灵……
毛毯般的大地上饥饿的农民们
在篱笆门外徘徊，不敢扣动门环。

1933 年夏

莫斯科，克里米亚归来后

---

① 彼得·尼古拉耶维奇·弗兰格尔（1878—1928），沙俄上将，参加过日俄
战争和第一次世界大战，俄国内战时期白军领导人之一。

193. "屋子静悄悄，像一张白纸……"

屋子静悄悄，像一张白纸，
空荡荡，没有任何装饰，
听得见暖气片的水管里
液体发出的咕噜咕噜之声。

日常家具井然有序，
电话如冻僵的青蛙，
见过世面的零星物件
按捺不住出门的渴望。

可恶的墙壁很薄，
也无处可逃，
我就像是一个傻瓜
得为某人演奏排箫。

比团小组更放肆，
比校园歌曲更激昂，
教坐在课椅上的
刽子手们牙牙学语。

我翻阅口粮供应册，

捕捉大麻纤维的言语，

并向集体农庄的巴依

哼唱严酷的摇篮曲。

随便一个造型艺术家，

集体农庄的亚麻梳理员，

墨水和血液的搅拌者，

都够得上千刀万剐。

随便一个正直的叛徒，

如清洗中熬出的盐，

妻子和儿女的供养者，

都能拍死家中的飞蛾。

每一个暗示本身

都深藏着百般怨恨，

如涅克拉索夫的锤子

在此砸进一个个铁钉。

且让你我，如在断头台上，

为这七十年负责——

你这个邋遢老头啊，

到了该蹬腿的时候。

很久以前的恐惧激流

将涌进莫斯科恶宅

粗制滥造的墙壁之内，

代替希波克瑞涅灵泉①。

1933 年 11 月

---

① 飞马珀伽索斯的蹄子踏过之处，有泉水涌出，即灵泉，能启发诗人灵感。

194."我们活着，感受不到脚下的国家……"

我们活着，感受不到脚下的国家，

十步开外听不见我们的话音，

而何处若是能聊上个只言片语，

便总会想起克里姆林宫山民。

他的手指粗大肥腻，好像蠕虫，

他的用语准确无误，有如秤砣，

蟑螂一般的唇髭含着笑意，

一双长筒皮靴闪耀着光泽。

他周围聚集着细脖子的各路首领，

他将这些半人的效忠操弄于股掌之中。

有吹口哨的，有学猫叫的，有哽咽着抽泣的，

唯有他指指点点，呼三喝四，雷霆万钧。

命令接二连三，犹如赠送马蹄铁：

或钉腹股沟，或钉眉头，或钉眼睛，或钉前额。

每一次死刑判决都无懈可击，

这位奥塞梯人啊，心胸何等宽阔！

1933 年 11 月

195—205. 八行体诗

一、"我喜欢织体的出场……"

我喜欢织体①的出场，

每当经过两次或三次窒息，

甚或四次，就会传来

挺直身子时的长吁一口气。

空间用帆船竞逐的弧线②

勾画那些绿色的形式，

睡眼蒙眬地嬉戏着——

这没有摇篮的孩子。

1933 年 11 月；1935 年 6 月

二、"我喜欢织体的出场……"

我喜欢织体的出场，

每当经过两次或三次窒息，

甚或四次，就会传来

---

① 织体，指诗歌材料。见《与但丁谈话》（第十一章）。
② 曼德尔施塔姆以帆的"受风面积"比喻评价等级。见《与但丁谈话》
（第五章）。

挺直身子时的长吁一口气。

我是这么舒服这么难受，
当那个瞬间迫近，
弧形的拉力会突然
在我的嗳嚅中发出声响。

1933 年 11 月

三、"啊蝴蝶，啊穆斯林妇女……"

啊蝴蝶，啊穆斯林妇女，
全身裹着剪开的裹尸布——
是活着的，也是死去的，
如此硕大的——这一个！

前吻上一副长长的唇髭，
头缩进白色的阿拉伯斗篷。
如一面旗帜展开的裹尸布啊，
收起你的翅膀吧——我害怕！

1933 年 11 月

四、"第六感小小的附属物……"

一丁点附属物的第六感
或蜥蜴前顶的小眼睛，

蜗牛和双壳的修道院，

一闪一闪的纤毛的低语。

难以企及，一如这近在咫尺：

无法打开，也无法端详，

好似一张纸条塞进手里——

你要马上予以回复……

1932 年 5 月

五、"掌握了大自然的轻车熟路……"

掌握了大自然的轻车熟路，

蓝硬的眼睛参透了它的规律：

岩层在地壳中癫狂，

呻吟如矿石从胸中夺门而出。

耳聋的发育不全者伸展着，

如牛角一样弯曲的道路，——

渴望理解空间的内在盈余，

以及花瓣和圆顶的承诺。

1934 年 1 月

六、"当你销毁草稿……"

当你销毁草稿，

脑中执拗地牵挂着

那唯一没有繁琐脚注的

内在黑暗中的周期。

它只是皱起眉头，

凭自身的引力独自支撑，

它这样对待稿纸，

就像圆顶对待空漠的苍穹。

1933 年 11 月

七、"水上的舒伯特，鸟鸣中的莫扎特⋯⋯"

水上的舒伯特，鸟鸣中的莫扎特，

在崎岖小路上吹口哨的歌德，

用胆怯的脚步思索的哈姆雷特，

都曾为群氓号脉且相信群氓。

可能，细语先于嘴唇而生，

有树干之前树叶已在飘舞。

而那些我们乐意为之奉献经验的人，

在经验之前已经获得清晰的面目。

1933 年

八、"槭树那齿状的梢头⋯⋯"

槭树那齿状的梢头

在圆角之中沐浴，

可蝴蝶的碎斑点

在墙上涂抹出图画。

世上有活的清真寺——

我现在已经猜到了：

或许我们是索菲亚大教堂，

有着数不清的众多眼睛。

1933 年 11 月

九、"告诉我，荒漠的绘图员……"

告诉我，荒漠的绘图员，

阿拉伯沙漠的几何学家，

线条的奔放当真

强过劲吹的大风？

"他那些战战兢兢的

犹太烦恼与我无关"——

他从自言自语中提取经验，

又从经验中啜饮自言自语。

1933 年 11 月

十、"我们用瘟疫的针形高脚杯……"

我们用瘟疫的针形高脚杯

啜饮诸原因的魅惑，

我们像轻盈的死亡一样

用抓钩触摸那些小数。

象形小玩具连在一起，

孩子沉默不语——

一个巨大的宇宙在摇篮里

在小小的永恒近旁酣睡。

1933 年 11 月

十一、"我从一片空地……"

我从一片空地

走进荒废的数量花园，

我摘下臆想的恒定

和诸原因的自我协调。

无限啊，我无人陪伴，

独自阅读你的教科书——

一本无叶的野生医书，

一部巨大根系的习题集。

1933 年 11 月

206. "仿佛溪水从高山峡谷……"

仿佛溪水从高山峡谷

汩汩流出——味道自相矛盾——

半硬半甜,阳奉阴违,——

如此,为了能死得实在,

一日之内,我竟上千次丧失

平常的叹息自由和意识目标……

1933 年 12 月

207—210. 译自彼特拉克

一、"咸涩的泪水令河水肿胀……"①

Valle che de' lamenti miel se' piena...

*Petrarca*②

咸涩的泪水令河水肿胀，

林中的鸟儿像是有话要说，

灵敏的动物和无言的鱼儿，

被夹在青青的两岸之间：

充满了盟誓和细语的幽谷，

麻雀啁啾的弯弯曲曲小径，

爱的力量使巨块变得坚硬，

陡峭的山坡上大地的裂痕：

不可动摇者在原地摇摇欲坠，

我也是……仿佛在花岗岩内部

在以往欢乐的巢穴，哀伤长成颗粒；

---

① 译自《为劳拉小姐之死而作》组诗第 291 首十四行诗。
② 意大利语：幽谷，充满了我的怨诉……彼特拉克

我把身体留在地穴的床铺上，

然后去追寻美的踪迹，追寻

换毛后的鹰①一样消失的名誉。

1933 年 12 月—1934 年 1 月

二、"仿佛孤苦伶仃的夜莺……"②

Quel rosignol che sì soave piagne...

*Petrarca*③

仿佛孤苦伶仃的夜莺，

在蓝色的夜，讴歌

羽族近亲，将乡村的沉默

融化于山岗或盆地，

整夜啼叫和啁啾，

从今以后独自护送我，

护送我！布下套索和罗网，

强迫我铭记女神临终的汗珠！

啊，彩虹般的恐惧的外壳！

---

① 此处意为鹰换毛，成熟的标志。
② 译自《为劳拉小姐之死而作》组诗第 311 首十四行诗。
③ 意大利语：那只夜莺，那么柔情地哀悼着……彼特拉克

凝望着天空深处的眼眸之天空

被大地放进瞎眼的尘土摇篮——

你的愿望实现了，织女，

我流着泪反复说：你睫毛的一次

眨动，比世界的全部美好更久远。

1933 年 11 月—12 月

三、"当大地入睡，暑热退去……"①

Or che 'l ciel e la terra e 'l vento tace...

*Petrarca*②

当大地入睡，暑热退去，

野兽的心中栖息着天鹅的宁静，

夜携着燃烧的细纱兜着圈子，

海上的和风摇撼着海水的威力，——

我在感受，燃烧，挣脱，哭泣——

她听不见，但不可遏止地靠近：

一整夜，一整夜都在站岗，

全身心呼吸着远方的幸福。

---

① 译自《为劳拉小姐之生而作》组诗第 164 首。
② 意大利语：当天空，还有大地和风静默无声……彼特拉克

泉眼虽是一个，水却自相抵触：

半是冷酷，半是甜美。莫非

同一个心上人，也会一体两面？

一日死了千次，连自己都惊讶，

应该实实在在地死去才行，

我的复活也同样超乎寻常。

1933 年 12 月 14 日—24 日

四、"我的时光悄然飞逝——好似麋鹿……"①

I di miei più leggier che nessun cervo...

*Petrarca*②

我的时光悄然飞逝——好似麋鹿

歪歪斜斜地奔跑。幸福的期限

比一次眨眼还短暂。拼尽全力

得到的不过是一把享乐的灰烬。

拜那些傲慢的诱惑所赐，

心在谦卑的夜的墓穴里宿营，

蜷缩着贴紧无骨的土地。寻找

---

① 译自《为劳拉小姐之死而作》组诗第 299 首十四行诗。
② 意大利语：我的日子比任何一头小鹿都轻松……彼特拉克

熟悉的交汇，甜蜜的纠缠。

可那些在地下勉强维系的东西，——

如今冲向高处，进入蓝天的怀抱，

按常理，可以迷惑你，伤害你。

我皱起眉头，在心中揣摩，——

多美啊——尾随着怎样的人群——

在那里翻卷着轻盈褶皱的暴风雨……

1934 年 1 月 4 日—8 日；1935 年 6 月

211. "湛蓝的眸子和滚烫的额骨……"

湛蓝的眸子和滚烫的额骨——
令人年轻的世界怨恨诱惑着你。

就因为上天赋予你一种神奇的权力，
你被置于永远不受审判和诅咒的境地。

你被戴上至上的皇冠——疯子的高筒帽，
绿松石的老师，折磨者，主宰，傻瓜！

如一粒雪花，一只小鹊鸭在莫斯科制造混乱，——
似懂非懂，暧昧，含混，错乱，轻率……

空间的收集者，通过了考试的雏鸟，
编纂者，红额金翅雀雏，小大学生，大学生，铃铛。

滑冰运动员和头生子，被世纪揪着脖子
驱赶到重新变格的冰天雪地之下。

时常，写的是——绞刑，而正确的读法是——歌吟。
有可能，朴实无华——乃是被死亡毒害的一种疾病？

我们的直线思维对孩子不单是玩具手枪？

拯救人们的不是多少刀纸张，而是音信。

仿佛一群蜻蜓落在芦苇丛，没察觉到水，

一把肥粗的铅笔迎面撞上一个亡者。

人们在膝盖上为光荣的后人铺开稿纸，

在每一条横线上描画，请求宽恕。

你和国家之间，正产生一种冰冷的联系——

还是躺着吧，变得年轻，无休止地挺直身子。

那些年轻人、未来人是不会过问的，不会关心你

在那边——在虚无中，在纯粹的孤独中会怎样……

1934 年 1 月 10 日—11 日；1935 年

212—214. 1934 年 1 月 10 日的早晨

一、"两三个偶得的短句纠缠着我……"

两三个偶得的短句纠缠着我，——
我整日念叨：我的悲伤多脂。
啊上帝，死亡的蜻蜓有多么
肥胖和眼蓝，蓝天有多么黑……

嫡长权安在？幸福的习性安在？
眼底深处那只易熔的雏鹰安在？
文雅的举止安在？苦涩的诡秘安在？
清晰的体态安在？如滑冰运动员

冲进蓝色火焰时形成的正直闪电
纠缠不清的言语的直率安在——
当他滑行着，周身充满勇气，
与湛蓝而又坚硬的河面碰杯？

他走在阿尔卑斯山的羊肠小道上，
挥手指挥着高加索的群山，
他走在荒凉的岸上，不时环顾四方，

听得见那些芸芸众生的交谈。

各种世道人心，各种影响和印象

他都一一领教，这一点唯有强者

能够做到：拉结凝视着一面灵镜，

而利亚则在唱歌，编织花环①。

二、"当事件的深度突然呈现给……"

当事件的深度突然呈现给

一颗如此慌乱、畏怯的心灵，

心灵正在崎岖小路上奔走，

并不理解那条死亡的途径。

他，似乎很腼腆，羞见死亡，

那是一个讨人喜欢的新人

或音乐集锦中头生音的羞涩，

这声音向内，流入琴弓的纵向森林。

它还会倒流，会偷懒，把握分寸，

忽而以亚麻之律，忽而以纤维之韵，

---

① 拉结，圣经中雅各的表妹和妻子；利亚，雅各舅父拉班的女儿，雅各的
  第一个妻子。据俄文原注，此处的拉结和利亚形象来源于但丁《神曲·
  炼狱篇》第 27 歌。

如松脂流淌，连它自己都不相信，
从一片乌有、一条线索、一团黑暗中

汩汩而出，为刚刚取下的多情面罩，
为没有握笔的石膏手指，
为张大的嘴巴，为饱满的安宁和良善
所特有那份加固了的深情。

三、"皮袄呼吸寒气。肩膀挤着肩膀……"

皮袄呼吸寒气。肩膀挤着肩膀。
健康的朱砂、热血和汗水在沸腾。
梦的外壳中的梦，在梦的外壳内
梦见向前移动了半步。

人群中站着一位版画家，他打算
把那位将白纸碳化的素描画家
舍本逐末绘出的东西
移植到货真价实的青铜上。

好像我挂在了自己的睫毛上，
全身在发育，四肢在伸展，——
只要还没坠落，就以各种表情
扮演我们现今知道的唯一角色。

1934 年 1 月 16 日—22 日

215."眼含愧疚的女工匠……"

眼含愧疚的女工匠,

窄小双肩的持有人,

危险的男人习性被驯服,

溺水的话语不能出声。

鱼儿们会走路,鱼鳍发红,

两腮鼓起。给你,拿去,

用肉体的半面包喂饱它们,

这些用嘴巴闷声叹气的鱼。

我们不是金色和红色的鱼儿,

我们的姊妹就是这样的性格:

温暖的身体里细瘦的肋骨

和瞳孔徒劳而湿润的光泽。

眉毛的罂粟标明道路凶险……

怎奈我,就像一名亚内恰尔①,

喜欢这弯小巧的、淡红的新月,

_____

① 十四世纪建立的土耳其正规步兵的士兵。

这弯可怜的、双唇的新月……

别生气，亲爱的土耳其女郎，

愿与你共处一囊，与世隔绝；

愿吞咽你含混不清的话语，

并为你而将畅饮这一泓弯水。

马利亚啊，濒死者的救星。

应该熟睡，预防死亡。

我坚定地把守在门口。

走吧。去吧。再待会儿无妨……

1934 年 2 月 13 日—14 日

沃罗涅日^①笔记

---

① 沃罗涅日，沃罗涅日州州府，始建于 16 世纪末，人口逾百万。

沃罗涅日[①]笔记

---

① 沃罗涅日，沃罗涅日州州府，始建于 16 世纪末，人口逾百万。

216. "我住在傲慢的栅栏中间……"

我住在傲慢的栅栏中间。

管家万卡①可以在此闲逛。

风免费为各个工厂效力，

一条泥泞小路通向远方。

草原尽头黑土地般的夜色

在星星点点的灯火中凝固。

一肚子委屈的主人

穿着俄罗斯筒靴在墙外踟蹰。

一块地板富足地弯了下来——

---

① 俄罗斯民歌中的人物，因与大公女儿私通而被大公处死。不过从此诗情
节来看，诗人有可能指的是另一首民歌中的人物，该隐万卡，一个强盗，
他表面上不得已做了密探，暗地里仍在打家劫舍。

这棺材板一样的厚木板。

在陌生人那里我睡不安稳——

唯有死亡和那条近在眼前。

1935 年 4 月

217. "耳机啊，我的耳机……"

耳机啊，我的耳机！

我想起沃罗涅日的黑夜：

未喝完的阿伊香槟酒之声

和午夜红场的鸣笛……

地铁怎样了？……别做声，藏在心里……

不要问，幼芽如何长大……

还有你，克里姆林宫报时的钟声，——

空间的语言，被压缩成一个圆点……

1935 年 4 月

218."放开我吧，沃罗涅日，把我送还……"

放开我吧，沃罗涅日，把我送还：

你会失落我，或者错过，

你会丢掉我，或者找回，

沃罗涅日——胡思乱想，沃罗涅日——乌鸦与刀①……

1935 年 4 月

---

① 俄语"沃罗涅日"与"乌鸦"和"刀"的合成词谐音。这是诗人的想
  象，实际上，关于沃罗涅日地名的来历，至今并无明确的定论。

219. "我应该活下去，尽管我死了两次……"

我应该活下去，尽管我死了两次，

城市，因为水而失去理智：

它多美，多快乐，颧骨多突出，

肥沃的土层，犁铧多么欢喜，

草原在四月的辽阔里安卧，

而天空，天空是你的布奥纳罗蒂①……

1935 年 4 月

---

① 布奥纳罗蒂，即米盖朗琪罗。据好友卢达科夫回忆，曼德尔施塔姆写诗
的时候，很像米盖朗琪罗的作品。

220."这是什么街⋯⋯"

这是什么街?

曼德尔施塔姆街。

这姓真是活见鬼——

不管怎么费力折腾,

听上去就是别扭,不够直接。

他的身上缺少直来直去,

他不具备百合花的性情,

所以说这条街,

或者更确切些,这个坑

才从曼德尔施塔姆这儿

取了这么一个名⋯⋯

1935 年

221. 黑土

黑油油的黑土，备受尊敬与呵护，
整个起伏跌宕，整个是空气和照料，
整个碎成粉末，整个一部大合唱，——
那些残留的土团啊，我仅存的自由……

在早耕的日子里黑到发青，
手无寸铁的劳作就立足其中——
被翻耕的传说的万千土丘：
或许，正是有限蕴含着无穷。

不管怎么说，土地也不尽如人意。
她铁石心肠，纵使你跪在她脚下，——
她会像腐烂的长笛一样令人警觉，
像早晨的单簧管一样冻僵耳朵……

肥沃的土层，犁铧多么喜欢！
草原躺在四月的辽阔中，怡然自得！
你好啊，黑土地：坚强些，睁大眼睛……
在工作中保持你不善言辞的沉默。

1935 年 4 月

222. "你们剥夺了我的海洋、起跑和起飞……"

你们剥夺了我的海洋、起跑和起飞,

只让暴虐的大地给脚掌以支撑,

你们从中得到了什么呢? 处心积虑——

却夺不走我翕动的双唇。

1935 年 5 月

223. "是的，我躺在地下，翕动着嘴唇……"

是的，我躺在地下，翕动着嘴唇，
但我说的，每个中学生都会熟记在心：

在红场上，地球比什么都圆，
它自愿的坡面也在变得坚硬，

在红场上，地球比什么都圆，
它宽阔的坡面让人始料未及，

向下延伸——直抵稻田地，
只要最后一个囚徒还活在地球上。

1935 年 5 月

224—225

一、"在卡马河畔，眼睛觉得那么黑暗……"

在卡马河畔，眼睛觉得那么黑暗，

当一座座城市在码头上耸立。

排列成蛛网状，胡须挨着胡须，

炽热的云杉林绵延着，在水中焕发青春。

河水遭遇到一百零四根桨——

往上流向喀山，往下是切尔登。

我在那儿顺流而下，关着窗帘，

关着窗帘，脑袋在火中烘烤。

妻子与我同行——她五夜未睡，

她五夜未睡，带着三个押送兵。

二、"渐行渐远，我望着针叶林的东方……"

渐行渐远，我望着针叶林的东方。

处于丰水期的卡马河流向浮标。

真想给点着篝火的山层层剥开，
但只勉强来得及给森林撒点盐。

真想能马上住进，要明白，
住进经久不衰的乌拉尔居民区，

真想把这疯狂的平静水面
收进长襟外套，珍藏和保护起来。

1935 年 4 月—5 月

226. 斯坦司

一、

我不想跟那些温室的少年

兑换灵魂的最后一文铜钱，

然而，犹如一位个体农民①走进集体农庄，

我走进世界——那些人真好。

我喜欢红军风格的大衣——

长及脚跟，袖子朴素而又平整，

式样与伏尔加河的乌云如出一辙，

前胸与后背都要合身，

不肥也不瘦，方便

夏天的时候折叠存放。

二、

可恶的针脚，荒谬的诡计，

我们被分开了。如今——要明白：

我应该活着，呼吸和布尔什维克化，

并且，洒脱地面对死亡，

---

① 苏联 1920 年代末开始全面实行集体化。

且与人们再相处一阵，游戏一番！

三、

你想啊，在可爱的切尔登，
连喇叭口中的托博尔也弥漫着鄂毕河气息，
我在宽不盈尺的混乱中辗转不安；
彼此诽谤的公羊们的争斗我不忍多看，
我就像夏季透明的雾霭中的小公鸡，——
肉食，港口，随便什么，还有胡扯——
轰走肩膀上的啄木鸟。纵身一跃。我没有昏头。

四、

你啊，莫斯科，我的姐妹，那么轻盈，
当你在飞机上遇到一个兄弟
在有轨电车第一次响铃之前：
你比大海更温柔，比木头、玻璃和牛奶
做的色拉更加混乱不堪……

五、

我的国家跟我说话，
总是放纵我，薄责我，没有读懂我，
可是当她发现我已长大成人，可以
作一名见证者，她便像一只朱雀

用海军部大厦的阳光瞬间点燃了我……

六、

应该活下去，呼吸和布尔什维克化，
锤炼语言，不盲从，两人独处。
我听得见北极苏维埃机器的轰响，
我全都记得：德国兄弟的颈项，
园丁和刽子手①用罗累莱紫色的梳子
打发自己的闲暇时光。

七、

我没有被打劫，也没有被击垮，
可刚刚经历了一场晴天霹雳……
我的琴弦像《伊戈尔远征记》一样绷紧，
且在窒息之后我的嗓音里
响起大地之声——最后的武器，
万顷黑土地那干燥的湿润！

---

① 指希特勒。

227. "时值五头的白昼。连续五天五夜……"

时值五头的白昼。连续五天五夜
我蜷缩着，为空间的发酵而得意。
梦比听觉大，听觉比梦老，——混合，敏感，
而我们身后，大道在缰绳上疾驰。

时值五头的白昼，为舞蹈而疯狂，
骑兵策马，步兵徒步，穿着黑色军装——
通过扩张强健的主动脉，在白夜——
不，在刀丛——眼睛变成针叶的肉球。

我只要一寸蓝色的大海，针眼般的大海，
就能让押解的双人小艇愉快地扬帆。
干粮般的俄罗斯童话，木制调羹，过去了！
你们在哪儿，国政局的三位可爱青年①？

不能让普希金的奇货在寄生虫中间转手，
一群外套里掖着手枪的普希金专家——
年轻的白牙诗爱好者②们正在扫盲，

---

① 指押送兵。国政局即国家政治保卫局。
② 同上，也是指押送兵。

我只要一寸蓝色的大海，针眼般的大海！

列车驶向乌拉尔。会说话的夏伯阳①
从有声的画面跳进我们张开的嘴巴——
他在森林后方，在银幕上沉没，
接着又一跃而起，重新骑到马背之上。

1935 年 4 月—6 月 1 日

---

① 瓦西里·伊万诺维奇·夏伯阳（1887—1919），又译恰巴耶夫，红军师
  长，俄国国内战争期间的传奇人物，据传是在一次突围时受伤，溺水
  而亡。

228. "一幅有声的、会说话的图画……"

一幅有声的、会说话的图画——
大概是鱼得到了发声器——
从一张湿漉漉的幕布
朝我、朝你们、朝大家移动……

最后一批打磨出来的军官
对崎岖的伤亡嗤之以鼻，
他们嘴里衔着致命的烟卷，
冲向平原敞开的腹股沟……

烧得一干二净的飞机
发出低沉暗哑的嗡鸣，
马力强劲的英国剃须刀
刮蹭着飞行大队长的两颊……

为我量体吧，边缘，重新裁剪——
被固定的土地，热得出奇！
夏伯阳的步枪哑火了——
帮帮忙啊，解开它，卸掉它！……

1935 年 6 月

229. "我们仍最大限度地充满活力……"

我们仍最大限度地充满活力，

用小蝴蝶的小腿皮料子

做的中国蓝连衣裙和短上衣

仍在联盟的各个城市里漫步。

一号打字机仍在刻薄地

收集一份份栗色的贿赂，

渐趋浓密的理智的发缕

垂向一张干净的纸巾。

雨燕和家燕仍旧够多，

彗星还没让我们惊慌失措，

精明能干的紫色墨水

以勋章和续貂的方式写作。

1935 年 5 月 25 日

230. "罗马之夜分量充足的银锭……"

罗马之夜分量充足的银锭，
少年歌德心驰神往的天地——
纵使我有责任，但并无亏欠：
法律之外存在多重的生命。

1935 年 6 月

231. "可否赞美一个已故的女人……"

可否赞美一个已故的女人①?

她离群索居且未丧失活力——

她偏爱异地的权力将她

带向一个暴虐的热坟地……

眉毛浑圆的坚强的燕子们

纷纷从棺椁中朝我飞来,

说: 他们厌倦了总是躺在

斯德哥尔摩②冰冷的卧榻上。

你的家族为曾祖父的小提琴自豪③,

琴颈使你的家族变得美好,

你咧开通红的嘴巴笑着,

以意大利的娇嗔, 俄罗斯的纯真……

我珍视你沉甸甸的记忆,

---

① 本诗系为纪念奥尔加·瓦克谢尔之死而作。
② 此系诗人发挥, 瓦克谢尔实际葬于挪威奥斯陆。
③ 瓦克谢尔曾祖父拥有意大利小提琴制作名家马志尼的一把小提琴。

野树苗、玩具熊、迷娘①，

但风车的轮子在雪中冬眠，

邮递员的号角已经冻结。

1935 年 6 月 3 日

---

① 法语字面意思是"小的"、"最年轻的"，此处指歌德长篇小说《威廉·
迈斯特的求学时代》的女主人公。

232. "以撒大教堂在死睫毛上冻僵……"

以撒大教堂在死睫毛上冻僵，

老爷般的街道泛着蓝色——

流浪乐师的死亡，母熊的绒毛，

壁炉里烧的别人家的柴禾……

牵犬的猎人逐出一团烈火——

一小群宽大的敞篷马车，

配备家具的圆球——地球在驰骋，

镜子佯装无所不知。

穿过楼梯台——无序和雾气，

呼吸、呼吸和歌声，

舒伯特的护身符在皮袄中冻僵——

移动，移动，移动……

1935 年 6 月 3 日

233."仿佛成群结队的茨冈人……"

仿佛成群结队的茨冈人

追随着手指修长的帕格尼尼①——

有人打喷嚏——捷克人，有人跳波兰舞，

还有人唱着切姆丘拉②。

一个小姑娘，爱出风头，表情倨傲，

她的音域像叶尼塞河一样宽广，

用你的表演抚慰我吧——

在你的头上，波兰女子，

是马丽娜·穆尼舍克③卷发的山丘，

你的琴弓疑神疑鬼，女小提琴家。

用灰杂色的肖邦④安慰我吧，

用严肃的勃拉姆斯⑤，不，别急——

用强大而又荒芜的巴黎，

---

① 尼科洛·帕格尼尼（1782—1840），意大利小提琴家、作曲家。
② 又作丘姆丘拉，丘腊拉，一种民间短歌形式的副歌，在二十年代甚为
　流行。
③ 马丽娜·穆尼舍克（1588—1634），波兰大封建主的女儿，伪德米特里一
　世的妻子，也是进军俄国的鼓动者。
④ 肖邦（1810—1849），波兰作曲家、钢琴家。
⑤ 勃拉姆斯（1833—1897），德国作曲家。

用面粉和汗水的狂欢

或青年维也纳的家酿啤酒①——

活泼顽皮的维也纳，穿着乐队指挥服，

披着多瑙河璀璨的烟花，

欢蹦跳跃的维也纳，像倒酒一样，

将华尔兹舞曲从棺材倒进摇篮。

尽情演奏吧，哪怕主动脉进裂，

将小猫的脑袋瓜衔在嘴里！

从前有三个鬼，如今你是第四个，

最后一个，正值花季的奇鬼！

1935 年 4 月 5 日—18 日

---

① 指舒曼的《维也纳狂欢节》，也有可能指舒伯特的《维也纳华尔兹》。

234."波涛汹涌，后浪折断前浪的脊椎骨……"

波涛汹涌，后浪折断前浪的脊椎骨，

在被囚禁的苦闷中扑向月亮的方向，

血气方刚的亚内恰尔漩涡，

无法入眠、兴风作浪的首都，

扭曲着，辗转着，在沙滩上挖着堑沟。

而穿过棉絮般的灰暗天空，

依稀可见城墙的雉堞，尚未竣工，

多疑的苏丹们的士兵从泡沫飞溅的云梯

纷纷落下——浑身打湿，分散开来，

冷淡的阉人们将毒药运往各地。

1935 年 6 月 27 日

235. "我要完成一个烟灰色仪式……"

我要完成一个烟灰色仪式：

海上夏日的草莓——

双重真诚的肉红玉髓

和蚂蚁兄弟——玛瑙

失宠地摆在我面前。

但我更喜欢大海深渊的

普通一兵——阴沉，粗野，

谁见了都高兴不起来。

1935 年 7 月

236. "我会将借来的尘土还给大地……"

我会将借来的尘土还给大地，
但不会学粉质的白蝴蝶——
我要让会思想的身体
这有脊椎的、晒得黝黑的、
能意识到自身长度的身体
变成一条街道，一个国家。

暗绿色的针叶树枝的呐喊，
那些深井一样的花冠
倚靠在死亡的车床上，
牵引着生命和宝贵的时间，——
红旗针叶树枝的花环，
按字母排列的偌大花冠！

最后一批应招的同志们
在坚硬的地面执勤，
一支步兵悄悄地带走了
肩上钢枪的呐喊声。

成千上万门高射炮——

那些褐色或蓝色的瞳孔——

这些人啊，队形散乱地行进，——

可知有谁会延续他们？

1935 年 6 月 21 日—1936 年 5 月 30 日

237. "鸣笛吧，从房屋和森林后面……"

鸣笛吧，从房屋和森林后面，

愿笛声比货运列车更长——

为夜间劳动的威力鸣笛吧，

工厂和园林的萨德阔①。

鸣笛吧，老汉，愉快地呼吸，

就像蓝色大海深处的

诺夫哥罗德客商萨德阔，——

朝世纪深处悠长地鸣笛吧，

苏维埃各个城市的汽笛。

1936 年 12 月 6 日—9 日

---

① 诺夫哥罗德史诗中的英雄人物之一，演奏古斯里琴的乐师和商人，以聪明机智著称，类似于荷马史诗中的奥德修斯。

238. 微笑的诞生

当孩子的脸上露出微笑，
带着苦涩与甜美的分叉，
他微笑的缆绳沉入海洋的
无政府状态——绝非儿戏。

他克制不住内心的愉悦：
荣誉感让他咧开了嘴角——
为了无止境地认识现实，
细密的七彩针脚已在缝缀。

大陆从海水中站起身来——
蜗牛的嘴巴涌现和逼近——
伴着赞美和惊叹的轻快旋律
男像柱的一瞬炫然入目。

1936 年 12 月 8 日—1937 年 1 月 17 日

239. "我还是会抑制不住啧啧称奇……"

我还是会抑制不住啧啧称奇，

对这世界，对这些孩子，对这雪；

毕竟微笑不会作假，一如道路，

微笑不是奴仆，不会俯首帖耳。

1936 年 12 月—1938 年（？）

240. "我的红额金翅雀啊,我仰起头……"

我的红额金翅雀啊,我仰起头——

让我们俩端详一下这个世界:

冬季的白昼,麦麸一样扎手,

在你的眼中是否也这般凛冽?

尾巴似小艇,羽毛黑红相间,

喙以下增添了一抹亮色,

红额金翅雀啊,你可知道

你拥有怎样华美的衣着?

额头之上是怎样的空气啊——

黑色和红色,黄色和白色!

双目圆睁盯着两边,两边!——

不管不顾——径自飞走了!

1936 年 12 月 9 日—27 日

241. "时值某个黄嘴的白天……"

时值某个黄嘴的白天——

我百思不得其解，

滨海的大门在锚地，

在雾霭中注视着我。

军舰悄无声息地

在暗淡的水面游弋，

运河窄小的文具盒

在冰层下显得更黑……

1936 年 12 月 9 日—28 日

242."我没有，你没有——它们有……"

我没有，你没有——它们有

指性词尾①的全部力量：

多孔的芦苇借它们的空气唱歌，

人类嘴唇的蜗牛怀着感激之情

把它们呼吸的沉重拉到自己身上。

它们没有名字。进入它们的软骨吧，

你将成为它们所有公国的继承人，——

为了人们，为了他们活着的心，

你潜入到它们的脑回和发育中探寻，

你会描述他们的享受和快感，

和他们所受的折磨——在潮涨潮落时分。

1936 年 12 月 9 日—27 日

---

① 俄语名词、形容词和动词过去时均有性的区别，分为阴性、阳性和中性，
以词尾变化来体现。

243. "山里有一尊偶像，终日沉湎于……"

山里有一尊偶像，终日沉湎于
精心呵护的无尽安宁，无所事事，
颈上项链的油脂一滴滴地往下流
守护着梦的潮涨潮落。

孩提时曾有只孔雀与他玩耍，
人们给他吃印度的彩虹，
给他喝红黏土做的乳汁，
也从不吝啬胭脂红。

安睡的骨架打上了绳结，
膝盖、手臂、肩膀被赋予人形。
他的嘴上挂着无声的微笑，
他用骨头思考，用额头感受，
并极力回想着他的人类样貌……

1936 年 12 月 10 日—26 日

243."山里有一尊偶像,终日沉湎于……"(异稿)

山里有一尊偶像,脸上挂着

孩提的微笑,全身涂抹着黑色的奶油,

颈上的项链的油脂一滴滴地往下流,

守护着梦的潮起潮落。

孩提时曾有只孔雀与他玩耍,

人们给他吃印度的彩虹,

给他喝红黏土做的乳汁,

也从不吝惜胭脂红。

他被羞愧和柔情的绳索捆缚,

那绳索奇怪地捆成一个十字形,

他咧开一张大嘴微微笑着,

客人一到,他便成了活人。

1936 年,沃罗涅日

244. "我在世纪的心脏里。道路不明……"

我在世纪的心脏里。道路不明，

而时间让目标渐行渐远——

还有疲惫已极的白蜡树手杖，

还有一贫如洗的青铜绿霉。

1936 年 12 月 14 日

245."而制炮车间的师傅……"

而制炮车间的师傅，

一位锻造纪念碑的裁缝，

对我说：没关系，老爹，——

我们也会为你如法炮制……

1936 年 12 月（？）

246. "松林的法则……"

松林的法则：

中提琴与竖琴的家庭合奏。

树干们弯曲赤裸，

但竖琴和中提琴们

仍在成长，似乎埃奥洛斯①

开始让每条树干弯成竖琴，

随即又放开，心疼树根，

心疼树干，心疼力气；

他激发中提琴和竖琴

泛着褐色，在树皮中奏出乐音。

1936 年 12 月 16 日—18 日

---

① 希腊神话中的风神。

247. "用薄薄的吉列刀片……"

用薄薄的吉列刀片

很容易刮掉冬眠的硬毛——

半乌克兰的夏天啊，

且让你我回忆一番。

你们这些有名的山峰，

茂盛的林木的命名日——

鲁伊斯达利①画作的荣誉，

而其开端——不过一株

色如琥珀和红壤的灌木。

地面在爬坡。多么愉快——

凝望着纯净的土层，

做那套触手可及的

朴实无华的七殿之主人。

丘陵仿佛草垛，接续不断，

向远方的目标飞奔而去，

① 荷兰画家世家，此处应指雅各布·伊扎克斯·冯·鲁伊斯达利（1628—
1682），以风景画著称。

四通八达的草原林荫道

如连排的帐篷筑起荫凉！

柳树猛地冲向一团烈火，

白杨自尊地挺起身来……

一道寒烟的辙印

在麦茬的黄色营地上方缭绕。

而顿河，就像个混血儿，

泛着细碎和羞怯的银光，

哪怕取了半桶水，还是会

茫然不知所措，一如我的心，

当一个个夜晚的重负

躺倒在一张张硬板床上，

游手好闲的酒鬼树们

闹哄哄地爬上堤岸……

1936 年 12 月 15 日—27 日

248."夜。路。最初的梦……"

夜。路。最初的梦

多么诱人，多么新鲜……

我梦见什么？连指手套状的

雪一样灼人的坦波夫①

或茨纳②———一条普通的河——

那白白的、白而又白的顶盖？

或许我是在农庄的田野里盘桓——

将空气放进嘴里，生命

将威严的恒星向日葵的周转

直接纳入眼睛？

除了面包，除了房子，

我还梦见一个深沉的梦：

被瞌睡竖起来的劳动日

变成了蓝色的顿河……

---

① 俄罗斯一州名和省会城市名。
② 坦波夫州和梁赞州境内的一条河。

安娜、罗索希和格列米亚契耶①——

愿它们的名字繁荣昌盛——

从车厢窗口一眼望去——

银装素裹，像绒鸭一样！……

1936 年 12 月 23 日—27 日

---

① 三者皆为沃罗涅日州区级中心城市。

249. "透过别墅的玻璃窗……"

透过别墅的玻璃窗

看得见车队的长途路标，

因为暖气和寒气

河流显得近在咫尺。

那里是什么林——云杉？

不是云杉，雪青色的，——

那里是怎样的白桦树，

我确实说不出来——

只有空气墨水的散文

字迹潦草，浅淡……

1936 年 12 月 26 日

250. "我在何处？遭遇了什么坏事……"

我在何处？遭遇了什么坏事？

没有冬季的草原一丝不挂……

这是柯尔卓夫的继母……

开玩笑——红额金翅雀的家乡！

但见结着薄冰的天气里

一座无言城市的轮廓，

但闻夜深人静之时

茶壶的自言自语，

在草原空气的密集处

火车与火车互相鸣笛，

它们悠长的笛声

讲的是乌克兰语……

1936 年 12 月 23 日—25 日

251. "连绵雷雨的水桶……"

连绵雷雨的水桶
在黑水中鱼贯而行，
从贵族的良田沃野
向海洋深处穿行。

穿行，轻摇自身，
神情严肃，举步小心……
你看：天变高了——
乔迁、新居和屋顶——
马路上灯火通明！

1936 年 12 月 26 日

252. "当红额金翅雀在空气奶油里……"

当红额金翅雀在空气奶油里
突然发抖，恼怒给心绞痛，
给博学的披风撒胡椒粉，
黑色的包发帽妖冶动人。

小横梁和板条在恶语中伤，
笼子用百根辐条肆意诋毁——
世间万物全被颠倒过来，
那些聪明和不听话的鸟儿
自有一座森林的萨拉曼卡①。

1936 年

---

① 萨拉曼卡，西班牙西部一省名。

253. "我触摸得到冬天⋯⋯"

我触摸得到冬天——
一份迟来的礼物，
我喜欢她开始时
尚不够自信的摆幅。

她的惊恐甚是可爱，
仿佛残酷事业的开端，——
面对草木不生的四周
就连乌鸦也望而却步。

然而，日夜喧腾的河水
鼓起来的那片蔚蓝——
太阳穴一样半圆的冰面
乃是一种最为脆弱的坚强⋯⋯

1936 年 12 月 29 日—30 日

254. "所有的失败皆因……"

所有的失败皆因

我能看见面前这只

高利贷的猫眼——

静止的绿色之孙

和海水的商人。

卡谢伊①这个老家伙

正在那里享用烫嘴的菜汤,

他带着会说话的石头

等待着幸运的客人——

用一把夹钳摆弄着宝石,

摆弄着那些黄金首饰。

他那里住着一只猫,

心平气和,却不贪玩——

一旦它的瞳孔闪闪发光,

便会开启一座深山宝藏,

而当它的瞳孔变得冰冷,

---

① 俄罗斯神话和民间文学中的恶老头、巫师。

且充满乞求和哀求，

则意味着两团球状火星横行……

1936 年 12 月 29 日—30 日

255. "你的瞳孔裹着天空的硬皮……"

你的瞳孔裹着天空的硬皮，
面向远方和低处，
得到软弱、敏感的睫毛
有附加条件的保护。

它，被奉若神明，
将在故国长久地生活，
眸子的惊奇的漩涡，——
抛给我吧，让它追逐我！

它已在饶有兴致地回顾
那些稍纵即逝的世纪——
此时，它还在苦苦哀求，
喜悦，兴奋，没有形体。

1937 年 1 月 2 日

256. "笑一下吧，拉斐尔画布上愤怒的羊羔……"

笑一下吧，拉斐尔画布①上愤怒的羊羔②，——

画布上有宇宙之口，但它已今非昔比……

在芦笛的轻气里化解珍珠之痛吧——

大海的丁香之蓝中吞进了一把白盐……

空中劫掠和洞穴浓度的颜色，

暴风雨的安宁的褶皱在膝上泛溢。

礁岩上柔嫩的苇丛比面包还硬，

令人兴奋的强力在天空的四角游动。

1937 年 1 月 9 日

---

① 此处显然是指拉斐尔的名画《神圣家族》或《圣母怀抱看书的圣子》。
  另有一说是指达·芬奇的《哺乳圣母》，从诗中所述情形看，后者更
  接近。
② "愤怒的羊羔"指圣母怀里的婴儿，"神的羔羊"。

257. "当巫师在颓靡的树枝间……"

当巫师在颓靡的树枝间
发起一场
枣红马或是棕红马的
窃窃私语，——

那位易退毛的懒惰勇士——
弱小又强大的红腹灰雀，
正在冬眠的红腹灰雀
不想唱歌，——

我要赶紧坐进
雪青色的雪橇，
在低垂的天空下，
在天空的拱眉下……

1937 年 1 月 9 日

258. "我在柯尔卓夫近旁……"

我在柯尔卓夫近旁，

如一只鹰被套上脚环——

没有信使为我而来，

我的房子没有门廊。

一片青翠的松林

拴在我的一条腿上，

视野仿佛一位信使，

未下令即完全打开。

塔头墩子在草原漂泊——

不停地奔走，前行，

一次次宿营，一个个黑夜——

好像是驮着一些盲人……

1937 年 1 月 9 日 （？）

259. "世界的昂贵酵母……"

世界的昂贵酵母:

声音、眼泪和劳动——

沸腾起来的灾祸

那雨水般的击打声,

还有声音的缺损

该从怎样的矿石中找回?

在贫瘠的记忆中

你初次察觉那些盲点

充满铜水的陷坑,——

你尾随在它们后面,

不自爱,也不自知——

是盲人,也是向导……

1937 年 1 月 12 日—18 日

260.“一个湿了毛的小鬼钻进去……”

一个湿了毛的小鬼钻进去——

嗨，它这是钻进了哪里，哪里？——

钻进了蹄子下小小的顶针，

那些匆忙留下的足迹——

一戈比一戈比地从村镇

掠走可以交换的空气……

道路在一面面小镜子里水花四溅——

那些疲惫不堪的辙印

没有遮盖，没有云母，

还能停留少许时光……

上缓坡的轮子哼哼唧唧：

终于平静下来——还不算坏！

我觉得无聊：直截了当的一件事

却节外生枝，七扭八歪——

又有一个轮子从斜刺里冲过来，

车轴被撞坏，成了笑柄……

1937 年 1 月 12 日—18 日

261."你还没死，还不算孤单……"

你还没死，还不算孤单，
只要能与赤贫女友相守，
一起欣赏平原的壮阔，
欣赏雪暴、烟霾和寒流。

奢侈的贫寒，强大的穷困
能让你活得安宁和欣慰——
那些个日日夜夜有福了，
声音甜美的辛苦无罪。

不幸啊，谁若像自己的影子
害怕犬吠，能被风吹斜，
可悲啊，说若已经半死不活，
却只能向影子乞求施舍。

1937 年 1 月 15 日—16 日

262. "我独自一人面对严寒……"

我独自一人面对严寒：

它——无所去，我——无所来，

一切被熨平，一马平川的原野

呼吸的奇迹被夹出皱褶。

挂了层薄霜的太阳眯缝起眼睛——

眯缝得安详，眯缝得欣慰。

十位数的森林——所言不虚……

雪花晶莹，似纯洁的面包，无罪。

1937 年 1 月 16 日

263."哦，这迟缓的、喘息的辽阔……"

哦，这迟缓的、喘息的辽阔！

令我厌烦到了极点，——

歇口气的视野完全打开——

真恨不得蒙上双眼！

最好我能承受卡马河沙岸

参差不齐的多层性格：

拉住她腼腆的衣袖，

拉住她的边缘、洼地和漩涡。

我愿跟她磨合——一世，一瞬，

我妒忌那低稳的湍流，

我愿在树下凝神倾听

年轮在树干里的纤维运动……

1937 年 1 月 16 日

264. "平原郁郁寡欢，渴望奇迹已久……"

平原郁郁寡欢，渴望奇迹已久，

我们如何是好？毕竟它们身上

我们所认定的那份坦率

即使睡着了我们也看得分明——

可仍不免要问：它们何去何从，

我们在梦中为之叫喊的那个人——

尚未创造出来的那个世界的犹大

是否会在它们身上缓慢地爬行？

1937 年 1 月 16 日

265."仿佛女性的银饰，抗拒着……"

仿佛女性的银饰，抗拒着
氧化和杂质，灼灼闪烁，
静悄悄的工作也能给铁犁
和诗人的嗓音镀上银色。

1937 年 1 月 （?）

266. "此时，我置身于光照的蛛网……"

此时，我置身于光照的蛛网——

黑头发的、浅棕色的蛛网，——

人民需要光明和湛蓝的空气，

也需要面包和厄尔布鲁士雪山。

我无人可以登门求教，

仅凭自己，也未必能够找到：

如此剔透和会哭的石头

克里米亚没有，乌拉尔也一样。

人民需要神秘而又亲切的诗句，

这诗句能让他们睡得安稳，

能让他们用亚麻般的栗色波涛——

它的抑扬顿挫——清洗面孔……

1937 年 1 月 19 日

267. "如一块陨石，唤醒大地一角……"

如一块陨石，唤醒大地一角，
失宠之诗坠地了，不明身世：
铁面无私，对于作者实属难得，
别无其他，没人可以说三道四。

1937 年 1 月 20 日

268."我听见，我听见桥下……"

我听见，我听见桥下
早冰发出的窸窣响声，
我记得，轻微的醉意
怎样在人群头顶浮动。

从干硬的楼梯，从那些
粗糙的宫殿所在的广场，
但丁用疲惫的嘴唇
讴歌他的佛罗伦萨①，
歌声更激越，更雄壮。

同样，我的幽灵用眼睛
啃咬着圆润的花岗岩②，
它看见夜色中成排的木墩，
恍如白天的一栋栋楼房，

这幽灵，或游手好闲，
跟你们不断地打着哈欠，

---

① 但丁曾因政见不同而被逐出故乡佛罗伦萨。
② 指涅瓦河的花岗岩堤岸。

或在人堆里大声喧哗，

靠他们的酒和天空取暖，

并用苦涩的面包

给缠人的天鹅们喂食……

1937 年 1 月 22 日

269."一月里，我能去往何处……"

一月里，我能去往何处？

开放的城市纠缠，疯癫……

我醉了，可是因紧闭的房门？——

我哞哞叫，面对门锁和门栓……

汪汪吠叫的小巷的长裤，

蜿蜒曲折的街道的储藏间——

那帮家伙，在各个角落里

东躲西藏，十足的蠢蛋……

我滑入深坑，滑入多瘤的黑暗，

滑向一座结了冰的泵站，

磕磕绊绊，吸食着死寂的空气，

一群害热病的白嘴鸦四下飞散，——

我颓然倒下，在它们身后，

我冲着一个冻住的木箱呼喊：

给我一个读者！一个谋士！一个医生！

在多刺的楼梯上，给我一次交谈！

1937 年 2 月 1 日

270. "我喜欢这寒冷的呼吸……"

我喜欢这寒冷的呼吸
和冬日哈气的表白：
我就是我，现实就是现实……

一个男孩，脸红似灯笼，
驾驶着他的小雪橇，
一马当先，冲向远处。

我——与世界、与自由失和——
竟纵容小雪橇的传染——
在银白的把手上，在流苏里——

但愿世纪坠落，轻如松鼠，
轻如松鼠地坠向柔软的小河——
毡靴里，双脚上，有半个天空……

1937 年 1 月 24 日

271.“在众人的喧哗和急迫中间……”

在众人的喧哗和急迫中间，

在各个火车站，在码头上，

世纪雄伟的里程标在观望，

并开始抬起它的眉毛。

我知道了，他知道了，你知道了，

从今以后，随便你往哪儿拖拽——

无论去喋喋不休的火车站丛林，

还是去水流急湍的河边等待。

此时距离下一次停车还远，

距离那只热水桶还远，

距离系着链子的洋铁杯

和遮蔽眼睛的黑暗还远。

彼尔米亚克①方言说得正起劲，

乘客之间在你争我夺，

这些眼睛之墙的轻微责备

---

① 居住在俄罗斯的科米-彼尔米亚克人，属芬兰-乌戈尔语族，人口不足
  10万。

抚慰着我，注视着我。

在飞行员和割麦人的身上，
在河流和密林伙伴们身上，
以及城市伙伴们身上
藏着许多即将发生的事情……

都想不起来过去的事：
嘴唇滚烫，言语生硬——
风吹打着白色的窗帘，
传来钢铁树叶的噪声……

而实际上一切静悄悄，
只有一艘汽轮在河面航行，
雪松后面一片开花的荞麦，
一条鱼在河水的低语中游动……

去见他——进入他的核心——
不用通行证我便进了克里姆林宫，
在我撕碎了距离的粗麻布之后，
我悔过的脑袋显得格外沉重……

1937 年 1 月

272."被绑缚和钉死的呻吟何在……"

被绑缚和钉死的呻吟何在？

普罗米修斯——悬崖的津贴和补助何在？

老鹰——那双眉头紧锁的黄眼

和那对迅猛的利爪合成的抓捕何在？

此事难再——悲剧无可挽回，

然而正在逼近的这张嘴——

这张嘴直接把装卸工埃斯库罗斯

和伐木工索福克勒斯纳入本质。

他是回声和问候，是里程碑，——不，是犁铧……

一座石头建成的未来空中剧院

拔地而起，人人都想一睹所有——

所有那些出生者、毁灭者和不死者。

1937 年 1 月 19 日—2 月 4 日

273. "犹如光影的苦修者伦勃朗……"

犹如光影的苦修者伦勃朗
我深深地潜入缄默不语的时间,
我的发光的肋骨的清晰度
既没得到门卫的看顾,也没得到
在雷雨下酣睡的士兵保护。

你会否原谅我,杰出的兄弟,
一代宗师,暗绿与暗黑技巧之父,——
然而,那只鹰羽的眼睛
和午夜后宫里那些滚烫的百宝箱
却不怀好意地用暗盒
搅得躁动的一代心神不宁。

1937 年 2 月 4 日

274. "圆形海湾的豁口，砾石，蓝天……"

圆形海湾的豁口，砾石，蓝天，

缓慢移动的船帆，与白云相接，——

才对你们赞赏有加，就要与你们告别：

大海苦涩的草地，披着一头假发，

比管风琴赋格曲还长，且弥漫着长久的谎言，

铁一般的柔情令头脑迷醉、晕眩，

褐色的水皮一点点吞噬着徐缓的坡岸……

为何我的头枕着另外一片沙滩？

你啊，嗓音刺耳的乌拉尔，膀大腰圆的伏尔加，

或这一马平川的边地——这就是我的全部权利，

我还得鼓起胸腔，将它们大口吸进体内。

1937 年 2 月 4 日

275. "我歌唱，当喉头湿润，灵魂干燥……"

我歌唱，当喉头潮湿，灵魂干燥，

眼睛适度湿润，意识没有故弄玄虚：

酒可对健康有益？毛皮可对健康有益？

科尔希达①在血泊中的轻摇可对健康有益？

胸口发紧，静静的——不言不语：

已经不是我，而是我的呼吸在唱歌，

高山刀鞘有听觉，脑袋倒是听而不闻……

无私的歌——不需要额外的褒奖：

对朋友是慰藉，对敌人如同松油。

这歌是单眼的，从苔藓中长出，——

猎人日常生活中的单声部礼物，

骑在马上唱，站在山上唱，

自如和敞开地保持着呼吸，

只关心一件事，就是要诚实和卖力，

献给新人的婚礼，无可挑剔……

1937 年 2 月 8 日

---

① 古代黑海东部沿岸一个地区，对格鲁吉亚国家的形成起到过关键作用。

276."我向瘦小的黄蜂借取视力，它们……"

我向瘦小的黄蜂借取视力，它们

吮吸地轴的水分，地轴的水分，

我感受着有幸遇见的一切，

往事历历在目，却劳而无功……

我不会作画，不会唱歌，

也不会拉动黑嗓子的琴弓：

我只是对生命咬住不放，

并羡慕强壮和狡黠的黄蜂。

哦，但愿有朝一日连我也会

被空气的针刺和夏日的温馨

逼迫着，越过梦境和死亡，

听取地轴的声音，地轴的声音……

1937 年 2 月 8 日

277. "双眸比磨好的镰刀还要锋利……"

双眸比磨好的镰刀还要锋利——
凭瞳孔中的布谷鸟和露珠可知，——

它们好不容易学会清楚地辨别
璀璨星空那种单一的杂多。

1937 年 2 月 9 日

278. "他还记得那双穿坏的皮鞋……"

他还记得那双穿坏的皮鞋——

我后补的鞋掌那磨损的神气，

而我是他的：他是多么不谐调，

一头黑发，与大卫山毗邻。

狭长的黄连木街道孔洞

被粉笔或蛋白翻修一新：

阳台——斜面——蹄铁——马——阳台，

鞣革，悬铃木，慢吞吞的榆树……

温柔娴淑的一串花笔字母

在光的外壳中令眼睛迷醉，——

城市长袖善舞，径入杂草丛生之地

和表面年轻，实则见老的夏天。

1937 年 2 月 7 日—11 日

279. "梦护佑着我的顿河的睡意……"

梦护佑着我的顿河的睡意，
乌龟们的演习全面展开——
它们迅速、兴奋的铠甲，
人们随意交谈的好奇地毯。

明白无误的话引导我去战斗——
为了保卫生命，保卫国土，
死亡将沉睡，如白天的猫头鹰……
莫斯科的玻璃在棱拱间闪耀。

克里姆林宫的话不可战胜——
里面层层设防，坚如堡垒；
战斗的铠甲、眉毛、脑袋
和眼睛，被和睦地召集到一起。

地球——别的国家——谛听着
从大合唱编筐里坠落的战斗：
"无论男女，不再为奴。"——
众声齐唱，与时钟携手。

1937 年 2 月 3 日—11 日

280."法沃尔斯基的飞行如木如铜……"

法沃尔斯基①的飞行如木如铜——
在木板空气里,我们与时间为邻,
锯开的橡树和铜叶槭的铜组成
打造的分层舰队,引导我们同行。

松脂在年轮中渗出,怒气冲冲,
可心脏难道只是一块肉受了惊?
我感到内疚,一个被无限放大的
时辰——我是其核心的一部分。

这个时辰,能让无数朋友饱足,
它属于威严的广场和幸福的眼睛……
我要再环视一遍广场,这整个的、
整个的广场,和广场上旗帜的森林。

1937 年 2 月 11 日

---

① 弗拉基米尔·安德烈耶维奇·法沃尔斯基 (1886—1964),雕刻家,版
画家。

281. "我陷入狮子坑和堡垒……"

我陷入狮子坑和堡垒①，

越陷越深，越陷越深，

伴着这声音的酵母暴雨——

猛于狮子，强过五经②。

距离种族的戒律，你的召唤

越来越近，而一串海底珍珠

和塔希提妇女③温顺的果筐

就是作为献祭的初熟之物④……

这块惩罚性歌唱的大陆啊，

靠近吧，如浑厚嗓音的低地！

富家女甜美而又野蛮的脸庞

抵不上你女始祖的一根小指。

我的时代尚无到达极限：

---

① 此处化用旧约先知但以理被投进狮坑却大难不死的典故。
② 指摩西五经。
③ 典出高更的名画《塔希提妇女》。
④ 此句典出古犹太人信守的收割节戒律，即拿出田间种植所得初熟之物作
为献祭。

我陪伴过宇宙的欣喜若狂，

仿佛压低了声音的管风琴

为一名女性的歌喉伴唱。

1937 年 2 月 12 日

第三册

282. 无名士兵之歌①

一、

让这空气作证，

让他远射程的心脏，

地洞里杂食的、活跃的

无窗的海洋——物质作证。

这些星星多么热衷于告密！

它们处处窥探——意欲何为？——

窥探法官审理和证人证词，

窥探无窗的海洋，物质……

---

① 此诗取材于第一次世界大战接近尾声时，巴黎和罗马建造"无名士兵"纪念塚一事。

那场雨，冷漠的播种者，

它那无名的吗哪①

还记得那些木十字怎样

标识海洋或楔形攻势。

冷酷、虚弱的人们

将互相残杀，忍饥受冻——

一位无名士兵被放进

他有名的坟墓之中。

请教会我，虚弱的燕子，

忘记了怎样飞翔的燕子，

教会我如何制服

这座无舵无翅的空中坟墓。

我要替莱蒙托夫

向你做一次严肃说明，

试看人的秉性如何难改，

空中的墓地多么迷人。

二、

重重世界威胁着我们，

---

① 据《圣经·旧约》，吗哪即天赠食物。摩西率以色列人出埃及后，在旷野
陷入断粮的绝境，这时天上忽降一种霜一样白的小圆片，可食，以色列
人因而得救。

如一粒粒骚动的葡萄，

各个星座的伸缩帐篷——

各个星座的金色油脂高悬，

如那些被偷走的城市，

如金黄的失言，如诽谤，

如有毒的寒气之果实……

三、

阿拉伯杂拌儿，手掰饼①，

磨成粉末的速度之光芒，

这光芒如斜射的脚掌

站立在我的视网膜上。

数百万被廉价杀死的人

在虚无中踏出一条通道——

祝他们夜安，万事如意，

以地下堡垒的名义。

不可收买的战壕的天空，

大量批发死亡的天空——

完整的天空啊，我的嘴唇

① 暗示拿破仑的埃及战役。

在你前后，在黑暗中狂奔——

越过弹坑、路堤和碎石，
一片片墓地，被炸得千疮百孔，
阴郁的幽灵，满脸熏黑和水泡，
在那里迟迟不去，身影朦胧。

四、

步兵死得壮烈，
好兵帅克砸扁的微笑上空，
堂吉诃德的鸟枪上空，
骑士鸟形的脚掌上空
夜间的歌队唱得动人。
残废人与健全人交好——
两个人都能找到营生，
木拐杖济济一堂——
嘿，战友们，——地球
敲击着世纪的寨墙！

五、

头盖骨必须发育，
要额骨健全，太阳穴饱满——
可就是为了让军队

不能不冲进它宝贵的眼眶？

头盖骨发育，从出生

到额骨健全，太阳穴饱满——

它以骨缝的洁净刺激自己，

赫然长成有理解力的圆顶，

泛起思想浪花，梦见自己——

杯盏之杯盏，故国之故国——

用星星衣边缝制的包发帽——

幸福的小帽——莎士比亚父亲……

六、

白蜡树的泰然，铜叶槭的敏锐

微红，飞奔着返回家园，

仿佛积压了大量昏厥，堆满

两个残留着微火的天空。

唯有过剩之物才是我们的盟友，

前方不是深坑，而是一种测量，

为生命不可或缺的空气而斗争——

这个荣誉别人无法效仿。

假如我用半昏厥的生命

积压我的意识，这是否等于

别无选择地喝下这碗羹汤，

在炮火下啃食自己的头颅？

为何要在这空空的旷野

准备这件迷人的容器，

既然微红的白色群星

正飞奔着返回家园？

你啊，星空营地的继母，黑夜，

可知道现在和以后会怎样？

七、

血液绷紧主动脉，

队列中传出窃窃私语：

——我生于一八九四……

——我生于一八九二……

我握紧模糊不清的生年，

张开没有血色的嘴巴，

同一大批同年生者一道

悄声说：

——我生于一八九一年

一月二日深夜，三日清晨，

那是无望的一年，诸世纪

用烈火将我重重包围。

1937 年 3 月 2 日—1938 年

283. "恳求你，法兰西，给我些你的……"

恳求你，法兰西，给我些你的

泥土和忍冬，作为仁慈和施舍。

给我些斑鸠们的真话和纱布隔墙里

侏儒一样的葡萄园主们的谎言……

在轻松的十二月，你那经过修剪的空气

蒙上一层霜——显得富有而又屈辱……

但狱中也有紫罗兰——简直令人疯狂！——

有人用口哨吹着漫不经心的讽刺小曲，

在这里，一条曲折的七月街道

人声鼎沸，淘尽多少帝王将相……

而今在巴黎，在沙特尔①，在阿尔勒②，

善良的查理·卓别林才是无冕之王——

---

① 沙特尔，法国地名。
② 阿尔勒，法国地名。

戴着海洋圆顶礼帽，顽皮好动，
慌不择言地与卖花女插科打诨……

那里，一块网格披肩，与胸口上的
一朵玫瑰，在双塔的汗水中硬化，

可惜，知恩图报的空中木马
转来转去，还是念念不忘城市，——

弯下你的脖颈吧，长着一双
山羊般金色眼睛的不信神者，
用你发音含混的丑陋剪刀
尽情戏弄那一丛丛吝啬的玫瑰。

1937 年 3 月 3 日

284. "我见过直立的湖泊……"

我见过直立的湖泊。

鱼群建起一座淡水的高楼，

与轮子上剪断的玫瑰嬉戏。

狐狸和狮子在独木舟上争斗。

病痛——其他隐蔽车轭之敌

在汪汪吠叫的三重正门内旁观。

一只瞪羚纵身跃过紫罗兰地带，

峭壁仿佛高塔，突然一声长叹，——

诚实的砂岩喝足水，挺起身，

接着，在手工的城市蟋蟀中间，

海洋淘气鬼从淡水河中站起来，

一碗一碗地把河水掷向云端。

1937 年 3 月 4 日

285. "在深红的、金红的木板上……"

在深红的、金红的木板上，

在陡峭险峻的山坡上——

雪橇的半城，马拉的半岸

得到昂贵雪水的滋润，

睡意蒙眬，向高处挺进；

套上红炭的马具，

抹上黄色的防寒乳香，

几经烧灼，烧成了焦糖。

请勿在此寻找天堂的冬膏，

寻找佛拉芒溜冰场的斜坡，

一群戴护耳帽的侏儒，快乐，丑陋，

但不会乌鸦一般在此呱呱乱叫，——

只要不跟别人比较，以使我难堪，

尽可偷走我这幅钟爱坚实道路的画作，

就像那踩着高跷奔跑的烟

带走枫树枯而不死的枝梢……

1937 年 3 月 7 日

286.“这件事我只能说个大概……”

这件事我只能说个大概，
请勿声张，因为时机未到：
通过汗水和经验，游戏
方能抵达无意识的天空……

在炼狱的临时天空下
不知为何我们时常忘记
幸运的天空库房其实就是
一间伸缩自如的生前房屋。

1937 年 3 月 9 日

287. "晚餐的天空钟爱墙壁……"

晚餐的天空钟爱墙壁——
疤痕的光芒剁碎了一切，——
嵌入墙体，亮光闪闪，
最后变成了十三颗人头。

看吧，它——我的夜空，
在它面前，我就像个男孩：
后背发冷，两眼酸痛，
密切注视着攻城的苍穹①——

随着攻城锤的每次重击
无头的群星纷纷坠落：
同一壁画的一道道新伤痕——
未完结的永恒之烟尘……

1937 年 3 月 9 日

---

① "攻城的苍穹" 颇为费解，研究者多倾向认为此处系逆喻手法，"苍穹"
既是真实天空，也是壁画上的天空，而攻城的主体同时也是客体，即主
客体在此合二为一了。

288."我在天上迷了路——为之奈何……"

我在天上迷了路——为之奈何？

接近天空的人啊，请回答我……

你们，但丁的九块铁饼①，

其实更容易发出铿锵之声。

莫将我与生命分离——它梦见

杀人，——赶快加以抚慰，

好让对佛罗伦萨的思念②

捶打在耳朵、眸子和眼眶上。

莫要，莫要把尖而柔的月桂

放到我的太阳穴上，

你们，最好把我的心撕开，

撕成一堆蓝色钟声的碎片……

当我功成身退，告别人世，

作为所有生者的生前好友，

---

① 暗指但丁《神曲》中天堂的"九重天"。
② 但丁被逐出佛罗伦萨之后，常思念这座故乡的城市。

多希望我能鼓起整个胸腔，

让天空的回声传得更加高远！

1937 年 3 月 9 日（?）

289. "我在天上迷了路——为之奈何……"

我在天上迷了路——为之奈何？

接近天空的人啊，请回答我……

你们，但丁的九块铁饼，

其实更容易发出铿锵之声，

更容易喘不过气，发黑，发蓝……

假如我并未过时，并非无益——

站在我上方的你啊，——

假如你是各路司酒官，

就给我力量，让我去掉无益的泡沫，

一口饮下放肆、肉搏的蓝天

这座旋转高塔的健康……

鸽巢、黑暗、椋鸟窝，

所有极致蓝影的典范——

春季的冰，至高的冰，春天的冰，

朵朵白云就是魅力四射的斗士，——

安静：他们牵来一片乌云！

1937 年 3 月 9 日—19 日

290."可能，这是个疯狂的句号……"

可能，这是个疯狂的句号，

可能，这是你的良心——

生命之结，我们系着它

被了解，为存在而被松开……

如此，勤勉的光明小蜘蛛

将超生命的玻璃教堂

放置到肋拱上，然后

将它们重新集成一束。

一束束纯洁和感恩的线条

被静谧的阳光遣来，

仿佛敞开额头的宾客们

终究会见面，相聚于此——

在人间，而非天上，

仿佛一座充盈着音乐的殿堂，——

但愿他们不会受到惊吓和伤害——

真好，如果我们能活到那一天……

我说的这些话，请你原谅……

请悄悄地、悄悄地为我通读一遍……

1937 年 3 月 15 日

291. "不要比较：活着无从比较……"

不要比较：活着无从比较。

我怀着几分温和的惊恐

同意了各个平原的平等，

天空的圆于我是一种病痛。

我向空气仆人求助，

期待着他的效劳或音讯，

我准备上路，并沿着

未开启的旅行弧线游动……

何处天空辽阔，就到何处徜徉，

一种明媚的忧伤拉住我不放，

不让我离开尚年轻的沃罗涅日丘陵，

奔向全人类的托斯卡纳①明丽山岗。

1937 年 3 月 16 日

---

① 意大利一省名。

292. 罗马

自从有一天醒来，痛哭流涕，
喷水池的青蛙们，便呱呱鸣叫，
水花四溅，再也不肯入睡，
它们使出喉咙和介壳的全部力气，
用两栖的水，淋湿这座
惯于对强者唯唯诺诺的城市，——

轻松的、夏日的、放肆的古老，
长着贪婪的眼睛和扁平的脚掌，
好似那座未被毁掉的天使之桥①，
扁平足，横卧在黄色河水上方，——

湛蓝的、荒诞不经的、浅灰的城市，
房屋上长满鼓状增生物的城市，
由圆顶的燕子用一条条小巷
和一道道穿堂塑造而成的城市，
被你们这些褐色血液的雇工，
意大利的黑衫党，

———————————
① 该桥跨越台伯河，通向圣天使城堡。

罗马死皇帝们穷凶极恶的狗崽

活活变成一座杀人训练场……

米开朗琪罗啊，你所有

穿裹着石头和羞耻的孤儿：

被泪水浸湿的夜，年轻、

纯洁、善跑的大卫①，

还有雷打不动、瀑布般

躺在卧榻上的摩西②，——

不羁的力量和雄狮的气魄

在沉睡和奴役中缄默不语。

满是褶痕的一级级阶梯③

如河水汇集，流进广场，——

慢吞吞的罗马-人升高台阶，

让举步听起来像是自觉行为，

而不是贪图残缺的享乐，

就像懒洋洋的海绵动物。

市民广场又被挖得坑坑洼洼④，

大门也为希律王敞开——

————————————

① 指米开朗琪罗的雕像。
② 指米开朗琪罗的雕像。
③ 指罗马的户外阶梯——西班牙大台阶。
④ 墨索里尼专政时期，意大利当局开始在市民集会场进行考古挖掘。

独裁者败类沉重的下巴

在罗马上空高悬。

1937 年 3 月 16 日

293. "为了让风和水滴的朋友……"

为了让风和水滴的朋友——
砂岩在体内保存它们，
沙皇们在上面刻划出
大量的苍鹭和瓶中瓶。

国家的耻辱点缀着
埃及人精心挑选的狗皮，
让亡者们应有尽有，
呆立的金字塔不值一提。

给人快慰和罪孽深重的歌手，
我的亲密爱宠，则大为不同，
依然听得见你咬牙切齿啊，
无牵无挂的骨灰的申诉人。

将一团意志薄弱的财产
全消耗在两份遗嘱上，
告别时，在吱哇乱叫声中
将深如头盖骨的世界奉还，——

这无耻的门徒和偷窃的天使，

无与伦比的弗朗索瓦·维庸

顽皮地住在哥特式建筑旁，

并朝蜘蛛的权利吐着唾沫星。

他是天国唱诗班的强盗，

坐在他身边并不觉得可耻——

在世界行将就木之时

将会有一群云雀啁啾而鸣……

1937 年 3 月 18 日

294. "蓝色的岛屿——碧绿的克里特……"

蓝色的岛屿——碧绿的克里特——
因陶器工而伟大。他们的赠礼
用有声的黏土烧制。你可听见
鱼鳍那强有力的搏击?

这片海很容易被人提及,
在有幸得到焙烧的黏土中,
器皿所具有的冰冷威力
碎裂成一片大海和眼睛。

蓝色的岛屿啊,请把会飞的
克里特还给我,把我的劳动
还给我,用女神流淌的乳汁
滋养经过了焚烧的器皿……

这是蓝色的往事,歌中唱过,
远在奥德修斯之前,
远在人们将"我的"食物和饮料
做出阴性和阳性区分之前。

赶快康复，迸射光辉吧，

大眼睛天空上的星辰，

还有会飞的鱼——一种偶然性，

还有水，始终在说"行!"

1937 年 3 月

295. "长久渴求的有过错债务人……"

长久渴求的有过错债务人，
酒与水的聪明皮条客①：
两只羊羔在你的旁侧跳舞，
果实在袅袅乐音中成熟。

笛声四起，赌誓和怒吼，
因为，一场灾难已经
迫在眉睫——想要避免
这场灾难，你求助无门。

1937 年 3 月 21 日

---

① 此诗灵感源于对一只花瓶的印象；古希腊有往酒中兑水的习惯。

296. "啊，无人知晓的我……"

啊，无人知晓的我
多么想，多么想
尾随一束阳光
飞入完全无我之境。

而你要在圆圈里发光，
不存在别样的幸福，
你还要向星星学习，
体会光明的含义。

而我想要告诉你
我的喃喃细语，
我要把你，孩子啊，
细语般托付给阳光。

1937 年 3 月 27 日

297. "涅瑞伊得斯啊，我的涅瑞伊得斯……"

涅瑞伊得斯啊，我的涅瑞伊得斯！

对你们而言，哭就是饮料和食物，

对于地中海的委屈之女来说，

我的同情无异于羞辱。

1937 年 3 月

298. "希腊长笛的西塔和伊欧塔……"

希腊长笛的西塔和伊欧塔①——

好像这长笛缺少一个传说，——

尚未雕塑成型，不知不觉地

成熟，苦恼，穿越道道沟壑……

弃之而去——是不可能的，

咬紧牙根——无法抑制，

千言万语——不能表达，

也不能开口一样将它开启……

而长笛手辨认不出安宁：

他觉得，他是孤身一人，

曾几何时他用紫色黏土

塑造出一个故乡的大海……

如沽名钓誉者响亮的私语，

如陷入回忆的双唇的呢喃，

他急于成为一个节俭之人，

---

① 希腊语第八和第九个字母的名称。

抓住声音——整洁而又吝啬……

跟随他，我们无法重复他，

团团黏土尽在大海掌中，

而当我被大海所充盈——

我的音律成了我的疫病……

我不喜欢我的嘴唇——

同样，我也不喜欢杀人——

我不由自主地降低，

降低长笛的和谐与平衡……

1937 年 4 月 7 日

299."在基辅维伊的大街小巷⋯⋯"

在基辅维伊的大街小巷

不知何人的妻子在寻找丈夫,

可她白蜡一样的面颊上

竟然见不到一滴泪珠。

茨冈女人没有给美人儿算命,

商人之家①也没有演奏小提琴,

大十字街②上马匹纷纷摔倒,

富贵的菩提街区③死气沉沉。

一支红军队伍乘最后一班

有轨电车,直接开向城外,

一件湿漉漉的军大衣高喊:

"我们还会回来——你要明白⋯⋯"

1937 年 4 月

---

① 基辅最老的一家商场。在市中心。
② 音译克列夏季克大街,基辅市中心的著名商业街。
③ 基辅市中心老城区里的一处高尚住宅区。

300. "我把这绿叶贴近嘴唇……"

我把这绿叶贴近嘴唇——
这绿色的黏性誓言，
这违背誓言的土地：
雪花莲、枫树、橡树之母。

瞧，屈服于谦恭的树根，
我会变结实，也会失明，
隆隆作响的公园是否会
让眼睛感到过于绚烂？

而蛤蟆们，如粒粒汞珠，
用众声连缀成一个球，
于是枝条成为了树杈，
呼气变成乳白的臆想。

1937 年 4 月 30 日

301. "幼芽如黏性的誓言纠缠……"

幼芽如黏性的誓言纠缠，
你看，一颗星星坠地——
这是母亲告诉女儿的，
让她不要操之过急。

"等等无妨，"半个天空
明白无误地悄声细语，
簌簌滚动的轮子回答，
"我只想要一个儿子……

我会过上全新的生活，
为此夸耀，满心欢喜。
将会有一只小小摇篮
愉快地在脚下荡来荡去。

直率、粗野的丈夫
将变得温顺和听话，
没有他，简直暗无天日，
窒闷的世界令人害怕……"

启明星眨了一下眼，
话说一半又往回咽。
大哥皱起了眉头。
妹妹开口喋喋抱怨。

柔和而又愉悦的风
也将一支短笛吹响，——
愿男孩长得天庭饱满，
跟父母双亲一模一样。

雷霆问自己的相识：
"霹雳啊，可曾听闻
稠李还待字闺中，
椴树就已抢先嫁人？"

森林清新的孤独中
传出雏鸟的叫声：
鸟媒婆们唧唧喳喳，
向娜塔莎献着殷勤。

黏性的誓言纠缠不休，
说什么上天作证，
愿与她四目相对，

在马蹄声中终老一生。

没完没了地催她：
"娜塔莎啊，美丽端庄，
出嫁吧，为我们的幸福，
出嫁吧，为我们的健康！"

1937 年 3 月 2 日

302. "一棵梨树和一棵稠李，瞄准我……"

一棵梨树和一棵稠李，瞄准我——
以散花之力，弹无虚发地击中我。

枝头与群星一道，群星与枝头一起，——
这算是两权分立？真理在谁的花序里？

将整串整串的飞花，如空中的流苏
用力射进被白色链锤击杀的空气。

这是一种双重味道的甜，落落寡合：
斗争与吸引，两相混杂，容易脱落。

1937 年 3 月 4 日

303—304[①]

一、"她不由自主地打着趔趄……"

她不由自主地打着趔趄,

深一脚浅一脚地走着,

愉快地走着,甚至还略微

超越了腿脚灵便的闺蜜

和比她小一岁的小伙子[②]。

一种令人鼓舞的缺点

所拥有的局促自由牵引着她,

或许,还有一种明确的猜想

要在她的步态中逗留——

断定这开春的天气于我们

就是阴间的女始祖,

且这将是永恒不变的开端。

二、"有这样一些女性……"

有这样一些女性,

---

① 这两首诗献给诗人在沃罗涅日的好友、跛足的娜塔莉亚·施杰姆佩尔。
曼德尔施塔姆在沃罗涅日期间,经常到她家做客,因此他们结下了深厚
友谊。娜塔莉亚著有回忆录,诗人在沃罗涅日期间的许多生活状况和细
节,都是仰赖她的记述得以还原的。
② "闺蜜"和"小伙子,"指杜西娅·莫尔恰诺娃和鲍里斯·莫尔恰诺夫姐
弟,后者是娜塔莉亚的未婚夫。

她们是大地的至亲，

她们迈出的每一步

都是惊天动地的哭声，

护送复活者和率先迎接亡者

乃是她们的天职。

向她们索取柔情无异于犯罪，

与她们一拍两散又力不从心。

今朝是天使，明日是墓地的蛆虫。

而后天——只剩下一个大概……

过往——步态——将遥不可及。

不朽的花朵。完整无缺的天空。

将来的一切只是一个承诺。

1937 年 5 月 4 日

曼德尔施塔姆

诗歌全集 下

我独自一人面对严寒

〔俄〕曼德尔施塔姆 著

郑体武 译

上海译文出版社

目录

儿童诗

沃罗涅日之后

305. 查理·卓别林

查理·卓别林

走出电影院，

一对鞋掌

一副兔唇，

一双眼睛，

充盈着墨水

和妙不可言的

惊人力量。

一对鞋掌——

凄惨的遭遇。

我们的生活怎么如此坎坷——

陌生人啊，陌生人……

脸上

挂着呆滞的恐惧，

脑袋

完全支撑不住。

烟黑走来走去，

鞋油跺着脚，

卓别林

悄悄说道：

"为何我这么受人爱戴，

声名远扬……"

一条大道把他带到

一群陌生人面前……

查理·卓别林啊，

加把劲吧，

卓别林，兔子，

赶快进入角色，

清洗珊瑚项链，

穿上旱冰鞋，

而你的妻子——

是一个盲目的影子，——

陌生的远方稀奇古怪……

为什么

卓别林手捧郁金香？

为什么

那群人那么亲切？

因为——

这可是莫斯科！

查理啊，查理，

必须冒一把险，

你根本

不该垂头丧气，

你的高筒礼帽

就是那片汪洋大海，

而莫斯科

近在咫尺，但愿你能

爱上这条昂贵的路……

1937 年

306. "运公鸡的小汽轮……"

运公鸡的小汽轮

在空中浮游，

比丘格马①拉的大车

在原地不动。

嗜睡的闹钟滴答响着——

你愿意，就重复一遍，——

"一吨半的空气，

一吨半……"

莫斯科将焊接声的海洋

纳入一次次的潮汐，

莫斯科听得见，莫斯科注视着，

敏锐地注视着现实。

只是落满尘埃的荨麻上——

这也是我所担心的——

① 一种善拉重载的健马，因产地比丘格而得名。

鹅啊，千万别让人用锉刀

割断你的脖颈。

1937 年 7 月 3 日

307."涌上坡岸吧，伏尔加河……"

涌上坡岸吧，伏尔加河，

涌上坡岸，涌上坡岸，

雷霆啊，击打那些簇新的薄板吧，

硕大的冰雹，在窗玻璃上敲击吧，——

炸响和敲击，——

而在莫斯科，你，睫毛乌黑的少女，

请把你的头高高扬起。

魔法师偷偷将黑玫瑰、紫玫瑰

与牛奶搅拌在一起，

并用珍珠粉和粉扑

召唤冰凉的面颊，

用喃喃细语召唤嘴唇……

怎么得到的——做个了结吧——

这令人瞠目结舌的尤物，

是印度的拉甲①，拉甲

送给阿列克谢·米哈伊雷奇的吧，

_____

① 古代印度贵族称号，或印度土邦王公称号。

伏尔加河啊，打听清楚告诉我。

高低不平的两岸奋起反对朋友——
为他的罪孽，他的罪孽，
血统强大的鹰隼们
凌空飞越，凌空飞越
带屋脊的农舍⋯⋯

啊，我看不清，看不清
灰绿色的河岸：
好像失去理智的割草人
在草地上、草地上走动⋯⋯
暴雨将草地弯成一条弧线。

1937 年 7 月 4 日

未结集出版的诗

少年之作

308. "在那些沮丧和被遗弃的森林中间……"

在那些沮丧和被遗弃的森林中间，
任凭田野上的庄稼尚未收割！
我们等待不请自来的客人，
　　　　等待那些不速之客！

任凭熟透的麦穗发霉腐烂！
他们来到这发黄的田埂，
你们啊，诚实和勇敢的人们，
　　　　终归是难逃一死！

他们会践踏这金灿灿的土地，
他们会掘开绿茵如盖的墓地，
然后一场血腥的豪饮
　　　　将解开他们污秽的嘴唇！

他们会闯进那些发黑的农舍，

纵火取乐，醉醺醺，穷凶极恶……

无论老人的白发还是儿童的啼哭

  都不能阻止他们……!

在那些沮丧和被遗弃的森林中间，

我们留下田里的庄稼，没有收割。

我们等待不请自来的客人，

  等待自己的孩子们!

                    1906 年

309. "一条土路在林中延伸……"

一条土路在林中延伸。
四周寂寥无声。
故国擦干丰沛的泪水，睡着了，
在梦中，仿佛一个无力的女奴，
等待着不为人知的苦难。

嘤嘤涕泣的白桦林浑身颤抖，
突然间打了个寒战，
一片阴影遮住松软的道路：
不知何物在移动，如乌云扑来，
不知何物令人惶恐不安……

高傲的腰板，肥圆的面孔……
双脚直挺挺踩着马镫。
马蹄掀起灰色的尘土，
留下道道坑坑洼洼的辙印……
他们全都骑在骄纵的马上。

他们一望无际。阳光下
他们五光十色，如削尖的长矛。

空气中充斥着歌声和吼声，
他们乌黑的眼睛闪烁着
动物才有的野性荧光……

去吧！莫要用虚伪的欢乐
来惊扰奴隶昏死的睡梦。
很快，他们将用新居、面包和盐，
用各种农产品让你们喜不自胜……
快将你们的马镫扣紧！

很快，爱的千秋功业
将遭遇残暴的野蛮势力！
很快，将遍地是荒坟野冢，
很快，蓝色长矛将与草叉相搏，
在血泊中染成红色！

1906 年

1908—1937

310. "啊美丽的塞马湖，你轻摇我的小船……"

啊美丽的塞马湖①，你轻摇我的小船，

轻摇我这条顽皮好动的尖头小舟。

心灵在哗哗水声中倾听摇篮的安逸，

远处的巉岩好似姐妹，比肩而立。

到处可闻一支古老的歌曲——《卡勒瓦拉》②：

这铁与石之歌，唱的是泰坦巨人的悲痛。

一片浅沙滩——傍晚大浪的战利品，

仿佛一个新娘，紫红的水体泛着白光。

仿佛醉酒的太阳射出的无声箭矢

纷纷落入湖底，将寂静的湖底点燃；

似一颗熟透的果实，太过耀眼的太阳

从天空之树上垂下，随即星辰初现；

① 位于芬兰，靠近俄罗斯边界。
②《卡勒瓦拉》——芬兰史诗。

我停船系缆，登上杂草丛生的灰色湖岸；

我不知道，我向谁祈祷，祈祷了多久……

一望无际的塞马湖啊，波涛汹涌。

一片白雾从水面上悄然浮起，四处弥漫。

1908 年

311. "我无声的梦，每时每刻的梦……"

我无声的梦，每时每刻的梦——
看不见的，中了魔法的森林，
一种模糊的簌簌声在何处响动，
如绸幕那奇妙的窸窣之声？

在惊异的目光的交叉点上，
在疯狂的会面和含混的争论中，
一种看不见的、莫名的簌簌声
在灰烬下火光一闪，消失影踪。

仿佛雾霭遮蔽张张脸庞，
言语在唇齿间消泯，
似乎——一只受惊的鸟儿
没入向晚的灌木丛。

1908 年

312. "忽然，你从昏暗的大厅……"

忽然，你从昏暗的大厅

溜了出来，披一块轻巧的纱巾——

我们没有打搅任何人，

我们没有叫醒熟睡的仆人……

1908 年

313. "一缕轻烟融化在严寒的空气里……"

一缕轻烟融化在严寒的空气里，

我，怀着一种伤感的自由，

真想在一首冰冷、静默的赞歌中升空。

永远消失……但我命里注定

要走在遍地是雪的街上，在黄昏时分——

听得见狗吠，且西天还未消隐，

不时有行人迎面走来。

别跟我说话——我能如何回应？

1909 年

314. "细微的霉斑愈加难辨……"

细微的霉斑愈加难辨，——
这紫色的戈别林地毯，

苍穹垂下来——朝我们，
朝着森林和水面。

一只犹豫不决的手
拉出了这片片白云，

哀伤的眼睛遇见
它们模糊的花纹。

我心怀不满地静静站着，
我，我的宇宙的缔造者——

那里的天空是人造的，
晶莹的露珠在那里安眠。

1909 年

315. "你在对谁微笑……"

你在对谁微笑，
啊快乐的旅行人，
你为何要赞美那些
你并不知晓的山谷？

没有谁会引导你，
翻越青青的山间谷地，
也没有谁会召唤你，
用夜莺婉转的啼鸣，——

当你裹着一件披风，
虽不保暖，却很好看，
似一道谦恭的光芒
向发号施令的恒星们飞升。

1909 年

316. "宽敞而昏暗的大厅里……"

宽敞而昏暗的大厅里

静悄悄，令人肃然起敬。

仿佛一些空玻璃酒杯

在等待着将它们斟满；

在纯洁无瑕的茎秆上

温柔地张开的双唇

一次次无望地努起，

阳光下好似血迹斑斑：

请看：我们醉了，

不是醉于杯中之酒。

世界上可能找到一物——

弱于百合，甜似静谧？

1909 年

317. "在竖琴冰冷的乐音中……"

在竖琴冰冷的乐音中
怎样的秋天屏住了呼吸！
她金色琴弦的唱诗班
多么甜蜜又多么难忍！

她唱着，在唱诗班里，
在修道院的晚会上，
她把骨灰撒进瓮中，
为双耳酒罐烙上封印。

仿佛平静的器皿
装着已经沉淀的溶液，
精神的一切肉眼可见，
轮廓依然栩栩如生。

不久前才收割的麦穗，
一排排平整地躺在地上：
纤细的手指们战栗着，
贴紧跟它们一样的手指。

1909 年

318."你快乐的温柔……"

你快乐的温柔

令我惴惴不安。

何必说些伤心话，

当目光

像蜡烛一样燃烧，

在光天化日之下？

在光天化日之下……

渐行渐远了——

那泪滴，

那次见面的记忆；

柔情，能让肩膀垂下，

也能让肩膀抬起。

1909 年

319. "不要跟我谈论永恒……"

不要跟我谈论永恒——
我无法将它包容。
可我的爱,我的逍遥
焉能不宽容这永恒?

我听见,它在壮大,
如午夜的波涛翻滚,
然而,若走得太近,
付出的代价实在惨痛。

想到那些可爱微小之物,
我是多么乐意倾听
它泡沫四溅的巨浪轰鸣
从远处传来的低徊余音。

1909 年

320. "忧伤和赤裸的阿穆尔……"

忧伤和赤裸的阿穆尔
伸出一条婴儿的腿，
小心翼翼地迈上一块
湿滑的石头，他大为惊讶：

世界上竟然会有衰老——
绿色的青苔和湿滑的石头，——
还有内心的非法火焰——
他孩子气的报复。

一股粗鲁的风刮起，
吹进一条条幼稚的山谷；
不可能严实地闭上
自己多灾多难的嘴唇。

1909 年

321. "人造的玫瑰垂下头……"

人造的玫瑰垂下头，
在我无风的花园里；
不可言说的时间
并未对她构成威胁。

她落入存在的苦海，
实在是情非所愿，
她头顶的天空明朗
而无言，——她的周围

是为数不多的事物，
烙印着我胆怯的灵感
和一次次忐忑的触摸——
它们习惯了留下标记。

1909 年

322. "我松手放开了……"

我松手放开了
无声无息的纺锤。
于是——许是被我激活——
犹如奔腾不息的波涛
它到处汹涌漫延——
纺锤啊。

一切都同样黑暗；
世上的一切
被我亲手编织在一起；
于是，这被我操控的
不可分割的一体
我已经无力阻止——
纺锤啊。

1909 年

323. "月光照亮了一处处……"

月光照亮了一处处
安静的田鼠的营地；
一棵棵透明的树木
耸立在一片黑暗里，——

此时，一棵花楸树
正培育终归要死的绿叶，
她逐一抚摸被精心呵护的
叶片翡翠，甚是羡慕，——

漂泊者那悲惨的遭遇
和孩子们柔弱的命运；
众多的枝条摇晃着
无数根绿色的手指。

1909 年

324. "如果冬天的早晨黑暗……"

如果冬天的早晨黑暗，
那么——你冰冷的窗户
看上去就会像一块旧镶板：

常春藤在你窗前泛绿，
一棵棵安静的树木披着外套
站在结了冰的玻璃窗下——

它们的树枝相互缠绕，
以此来抵御寒风的侵袭，
免受各种灾难的打击。

昏暗的天光变得明亮。
在窗框近前——最后一片
丝滑的树叶在瑟瑟发抖。

1909 年

325. "虚位以待。黄昏在拉长……"

虚位以待。黄昏在拉长，
在懊恼于你的缺席。
为你的双唇预留的饮料
在桌子上冒着热气。

你不会迈着独居修女
占卜吉凶的脚步走近；
你也不会在玻璃杯上
用红唇划出一道花纹；

耐力持久的饮料
此时还在冒着热气，
在寂寥的空气中枉自
勾勒着清晰的弯曲。

1909 年

326. "秋天的普勒阿得斯七星……"

秋天的普勒阿得斯七星①

在平和智慧的高空点燃。

于是世上再无痛苦，

也无任何欢乐可言。

万物只有一个单调内涵

和一种完美无缺的自由：

大自然究竟能否体现

那崇高的数字的和谐？

然而下雪了——树木

光秃秃，一片吊丧颜色；

苍穹那金色的虚无

徒劳地显示出夜晚；

白色的、黑色的、金色的——

和谐之声中最伤感的音符——

---

① 即希腊神话中阿特拉斯和普勒俄涅的七个女儿，后来化为天上的七姊妹星团（昴星团）。

以不可逾越且又彻底的冬天

做出了响应和回复。

1909 年

327.“我诗中未卜先知的精神啊……”

我诗中未卜先知的精神啊，

令人振奋的创生精神，

你抵达了怎样的听觉？

你触及的是怎样的心灵？

或许你的音调比沙中

那些贝壳的歌吟更悲戚，

为何由它们圈定的美

没有为活着的人们开启？

1909 年

328."别无他路……"

别无他路，

除非通过你的手臂——

舍此怎能找到

我那可爱的大地？

游向亲爱的对岸，

如果你愿相助：

把你的手伸到我唇边，

千万不要撤回去。

纤细的手指在颤抖；

柔弱的身体还有活力，

好似一叶扁舟在那

寂静的深渊上方游弋。

1909 年

329. "在躁动不安的音符中……"

在躁动不安的音符中
我柔情的赞美诗音乐
和爱的波涛
究竟算个什么，

当一双手从那边，
从声音和波涛
所来之处，
向我伸过来，

当锦缎的黄昏
在你颤抖不已的
白色光芒里
被一个身体穿透？

1909 年

330. "漆黑的天上绣了一片……"

漆黑的天上绣了一片
服丧的树木，像是一个图案。
你为何要越来越高
越来越高地抬起你惊讶的双眼？

上面——这般黑暗——
你说——将时间翻转，
于是一线冰冷的山岗
黑夜一般涌向白天。

那些无生命的高高树木，
它们发黑的花边残缺不全：
啊月亮，但愿你，骤然黑下来时
不要缩小你的月镰。

1909 年

331."蜡染的帘幕柔情地……"

蜡染的帘幕柔情地
透出点点亮光，
一丛灌木泪流满面，
从雾霭中张望。

裹上十字绣的辽阔地域
比侧幕更了无生气，
整个被捆绑的月亮
无助地悬在空中。

帘幕会变得更加黑暗；
将整个天空裹住——
决无可能轻易放走
那轮被逮住的月亮。

1909 年

332. "这些令人厌恶的蟾蜍……"

这些令人厌恶的蟾蜍

纷纷跳进茂密的草丛。

若不是死亡，我恐怕

永远不会知道我还活着。

你们与我何干，

尘世生命和尘世之美？

她倒是巧妙提醒了我：

我是谁，我的意中人是谁。

1909 年

333. 朝圣者

身上的披风太过轻薄，
我一遍遍重复自己的承诺。

衣摆在寒风中瑟瑟抖索——
我们的希望可会就此湮灭？

披风好冷——任凭漂泊者
不知所措地把手指紧握。

寒风不知疲倦地吹着——
一刻不停地从身旁吹过。

1909 年

334. "寂静的林中雪地……"

寂静的林中雪地
响起你脚步的音乐，

仿佛缓缓移动的影子
你降临在冰冷的白昼。

冬天夜一般深沉，
雪如流苏高挂。

寒鸦在枝头栖息，
此生可谓见多识广。

迎面而来的梦
掀起腾空巨浪，

兴致勃勃地击碎
刚刚结起的薄冰，

我灵魂的薄冰——
在寂静中酝酿。

1909 年（？）

335. "在不受胁迫的创造性交流中……"

在不受胁迫的创造性交流中

丘特切夫的严肃与魏尔伦①的稚气，

请告诉我，谁能将二者巧妙结合，

并赋予这种结合以自己的印记？

俄罗斯诗歌有着与生俱来的伟大，

那是春天的香吻和雀儿的啁啾！

1909 年（？）

---

① 保尔·魏尔伦（1844—1896），法国象征派诗人。

336. "我习惯了用心揣摩……"

我习惯了用心揣摩
树叶同情的飒飒声息，
在那些深色的图案里
我阅读着平和的心语。

明白无误的思想——
透明的、严肃的织体……
请算出尖尖的叶子有多少——
请停止玩弄词语的游戏。

你的叶子的喧哗——
深色的词语之树，
失明的思想之树要抵达
怎样一个透亮的高处？

1910 年 5 月

337. "当草绿色的马赛克垂下头……"

当草绿色的马赛克垂下头，
嘈杂的教堂显得寂寥，
我像一条狡猾的蛇在黑暗中
蜿蜒着爬向十字架的底座。

我啜饮修士们的脸上
那种全神贯注的温顺，
就像在铁石心肠的高处
啜饮那铁石心肠的绝望。

我喜欢那弯弯的眉毛，
和圣徒们脸上的油彩，
还有半身蜡像的躯干上
那些金色和血红的斑点。

也许，只有肉体的幽灵
会欺骗耽于幻想的我们，
在一件件褴褛衣中间透亮，
在与生俱来的热望中呼吸。

1910 年夏，卢加诺

338."祭坛的上方烟雾缭绕……"

祭坛的上方烟雾缭绕，
温柔的海神送来祭品。

荒凉的大海，如酒沸腾，
海上的太阳，似鹰战栗。

一片雾气在海面铺开，
寂静的定音鼓四面响起；

天空以一颗湛蓝的心
收养了海上的白烟。

入睡的大海更加宽阔，
拘谨的轰鸣更加雄壮；

仿佛金属铸就的鹰，
在天上，庄严而沉重。

1910 年

339."必要性，抑或理智……"

必要性，抑或理智

在大地上发号施令——

可是人却用一块金刚石

仿佛在可塑的玻璃上勾画：

请庄严的乐队就绪吧，

自然力的忠实奴仆们，

喧响吧，树叶，歌唱吧，风——

我不想要我的命运。

智者们把神殿让给

狂野的四音节音步，

当醉醺醺的祭司们

擂响狂暴的定音鼓。

不管你们如何称呼它，

不管为了占卜和魔法

你们如何遮严它的面孔——

我都不想要我的命运。

1910 年

340."一群先知鸟的啼叫……"

一群先知鸟的啼叫
划破乌云密布的长空：
有多少火红的书页
被连绵世纪匆匆翻过！

生物活在神圣恐惧中——
如暴风雨来临前的燕子，
每个人都用心灵完成了
一次不可名状的飞行。

你们这些银色云团啊，
何时太阳会把你们熔化，
何时高空会唾手可得，
何时寂静会把翅膀舒展？

1910 年

341. "从今后，心儿得到的……"

从今后，心儿得到的
唯一的快乐之源——
坚定不移地坠落吧，
神秘莫测的喷泉。

就像一束束光线，
高高升起，又坠落，
将所有喉咙放开，
然后突然复归静默。

但请用沉思的法衣
裹住我的整个灵魂，
就像用颤抖的荫盖
遮住湿漉漉的落叶松。

1910 年

342. "当钟声齐鸣，声声责备……"

当钟声齐鸣，声声责备

从古老的钟楼上汹涌而来，

空气也害了轰鸣的疾病，

祷告，言语，都不复存在——

我被消灭了，被淹没了，

酒，愈加浓烈、沉重，

触发了内心的醉意——

我，又一次没得到满足。

我不想要我的圣物，

我将违背我的承诺：

我的灵魂满溢着

一种难言的苦涩。

1910 年

343. "我开始害怕驱遣余生……"

我开始害怕驱遣余生——
就像树叶害怕从树上飘零，
害怕我的爱无所寄托，
害怕像无名石块沉入水中。

害怕像在十字架上一样
把灵魂活活钉死在虚空，
一如身在高处的摩西
隐身于西奈山上的白云。

我密切关注着将我与一切
有生之物联系起来的纽带。
我在大理石墓碑上比对着
绣着花边的存在之烟霾；

我透过层层罗网捕捉
温暖的鸟群惊恐的一震，
我从腐烂发霉的书页上
拉近那连绵世纪的烟尘。

1910 年

344. "我看见石头一样的天空……"

我看见石头一样的天空
在海水灰暗的蛛网上方。
在令人厌恶的厄瑞波斯①
挟持下，灵魂活得压抑。

我能理解这种恐惧，
也能体会这种联系：
天掉下来，却不会垮塌，
海水拍溅，但没有浪花。

啊，粗砺的金色沙滩上
一条银鲛的苍白翅膀，
灰色三叶形船帆被钉上
十字架，一如我的悲伤！

1910 年

---

① 希腊神话中的混沌之子，黑暗之神。

345. "温柔的黄昏。肃穆的朦胧……"

温柔的黄昏。肃穆的朦胧。

连绵的轰鸣。不绝的涛涌。

湿润的海风夹带着咸腥

用力击打着我们的面孔。

一切都湮灭了。一切混在一起。

波涛为海岸而大醉酩酊。

一种盲目的快乐进入我们体内——

我们的心由此变得沉重。

黑暗的混沌震耳欲聋，

醉人的空气使人睡思昏沉，

巨大的合唱催人入梦：

长笛、短笛和定音鼓齐鸣……

1910 年

346. 致卡勃鲁科夫①

词语的花环被傍晚的青铜

杀死和摧毁。

身体索要荆棘，

信仰索要疯狂的花朵。

应跪倒在古老的墓碑上，

向热情的上帝发出呼吁，

并应知晓，一切情感

都被祷告铸进唯一的神赐！

赞美诗的大潮汹涌澎湃，

又一次，在末日期待中，

他的上帝之血酿成的美酒

令一颗颗心变得沉重。

神殿，如一艘巨轮，

在诸世纪的深渊中奔腾。

---

① 谢尔盖·普拉东诺维奇·卡勃鲁科夫（1881—1919），宗教和社会活动
　家，与曼德尔施塔姆过从甚密，对诗人的创作活动多有记述。

无家可归的精神之帆

准备好领教所有的风。

1910 年，汉科

347.“肉体佯装成一块石头……”

肉体佯装成一块石头，

好似心儿披上一片云，

此时上帝还没有向他

宣示诗人的使命：

某种欲望迎面扑来，

某种重力还富有生命；

幽灵纷纷要求附体，

词语也在索要肉身。

如女人，渴望意中人，

如柔情，渴望朝思暮想的名。

但潜入黑暗的诗人

捕捉的是那些秘密的表征。

他静候一个秘而不宣的符号，

他准备歌唱，如同立业建功——

在简单的词语组合中

萦绕着联姻的神秘氤氲。

1910 年

348. 蛇

秋天的晦暗——生锈的铁——

吱吱作响，歌唱，蚕食肉体：

主啊，所有的诱惑和克雷斯①财富，

在你哀愁的刀锋面前，不值一提！

我像是被一条起舞的蛇牢牢困住，

在它面前，我抑郁寡欢，浑身战栗；

我不想要那些微妙的心灵波动，

不想要理智，也不想要缪斯……

厌倦了没完没了地拆解

狡黠的否定绕成的这个谜团；

找不到贴切词汇表达抱怨和坦白，

我的高脚杯太重，也太浅！

为何呼吸？一条生病的蟒蛇

蜷缩着，在坚硬的石头上跳舞；

它摇摆着，环绕着我的身体，

_____

① 古代拥有巨大财富的吕底亚国王。

不料疲劳过度，骤然倒了下去。

临刑的前夜，我徒劳无益地
被一种幻觉和歌声所震撼，
我像一个囚徒，无畏地倾听着
铁的尖叫和风的含混呻吟……

1910 年

349. "如同蛇，藏于自身……"

如同蛇，藏于自身，
如同常青藤，围绕自身，——
我在自身之上挺起身：

我想要自身，飞向自身；
我在水面之上将一对
加宽的深色翅膀拍动；

如同一只受了惊的鹰，
归来之后，再没找到
坠入深渊的巢的影踪，——

我用闪电之火洗涤自身，
我要诅咒沉重的雷电，
在冰冷的云层里隐身！

1910 年 8 月

350."铁石心肠的言语……"

铁石心肠的言语……

犹大国王变得石头一样坚硬,

他的头每时每刻都在变重,

终于耷拉下去。

四周都有兵士,为一个

渐渐冷却的身体站岗;

一如荆冠,他的脑袋

悬在纤细和异己的茎秆上。

他曾贵为君王,如今头颅低垂,

如一朵百合陷进故乡的沼泽,

而茎秆沉没的水底深处

则在庆祝它律法的胜利。

1910 年夏,策伦多夫

351. "床头是黑色的基督受难像……"

床头是黑色的基督受难像，
内心在发热，思绪在清空——
含蓄的诅咒——尘封的足迹——
烙印在了十字架的木头上。

唉，为何玻璃上的寒烟
与马赛克的梦如此雷同！
唉，为何沉默的严酷之声
被毫无希望的安逸消解！

《福音书》上的拉丁语词汇
声音雄浑，似大海潮水；
迎面扑来的神圣波涛
将我这条疯狂的轮船托起：

不，吸引我的不是钉上
十字架的灰帆和一种必然——
我害怕"信仰的水下之石"，
害怕信仰那命定的循环！

1910 年 11 月，彼得堡

352. "沉闷的暮霭遮住了床榻……"

沉闷的暮霭遮住了床榻，

胸口在紧张地起伏……

也许，对我而言，世上最珍贵的

不外乎纤细的十字架和神秘的道路。

1910 年

353."激流喧腾的玻璃……"

激流喧腾的玻璃
奋力挣脱禁锢之地，
翻卷的浪花结冰了，
仿佛白天鹅的羽翼。

啊时间，莫用妒忌
折磨这个准时冻僵者。
偶然如浪花托起我们，
又如花边把我们统一。

1910 年（?）

354. "摆脱大地之囚的深色蜂胶……"

摆脱大地之囚的深色蜂胶
无论如何，我力不从心，
一套轻蔑的沉重铠甲
从头到脚，禁锢了我的全身。

有时，会有一个同貌人
对我温存相待并加以尾随；
跟我一样，他无可回避，
贴紧我，时时处处关心。

我先隐去无声的结局，
我自己向自己发起挑战；
我从自己脸上扯下面具，
爱抚着这个鄙夷的世界。

我配不上我的悲伤，
我那刻着图案的盾牌上
洞孔发出的短促而又不祥的轰鸣
就是我最后的理想。

1910 年（？）

355. "一只巨大的空瓶旋转着……"

一只巨大的空瓶旋转着，
闪烁着居高临下的光芒，
徐徐播撒烟雾，在冰冷的碧空，
在昏暗的林间空地上方。

命运之签尚未抽出，尚未破解，
它吸引、魅惑、诱导着我——
天空会制造出种种假象，
视线会在可能的事物中沉没。

我能讲些什么，关于那些
永恒、彼在、云外的国度：
我整个处于最后的冲动之中，
处于诱惑、背叛和创伤之中。

我的选择艰难而又可悲，
暗淡的旷野无动于衷。
我冻僵了——我的目光是胜利的，
我周围的日常充满了热情。

1911 年 2 月 11 日

356. "当我抬起眼睛……"

当我抬起眼睛，
垂下眼睛——
赶巧听到两只秤盘
含混不清的交谈。

是世上的苦难
抬起我那些
沉重的秤砣，
摇晃的单桅帆船。

我们的灵魂知晓
绝望的威力：
一只秤盘抬起来，
必定还要落下去。

重量之中有欢乐，
下坠之中蕴涵着
摇摇摆摆的甜蜜——
尖头指针的报复！

1911 年 6 月

357. "我有办法让灵魂……"

我有办法让灵魂

摆脱外在的羁绊：

歌唱——热血沸腾——

听见——然后迅速陶醉。

与我关系亲密的物质

在某处，在苦恼的边缘，

它们原初的各个环节

重新组合成一条长链。

在不偏不倚的天空里

我们的本质已经过磅——

群星的秤砣被丢弃在

两只瑟瑟发抖的秤盘上；

人生的享受在于

一种极限的狂欢：

身体在回忆，回忆

无可改变的故园……

1911 年 7 月

358. "我知道，幻影中的错觉不可思议……"

我知道，幻影中的错觉不可思议，

我的幻想的织体结实，透明，

我们怀着轻松的心情创造，计算，

梭子的翱翔可以抵达星空，——

当它全身沐浴着彼岸的风，

脱离了慢吞吞的地面，

天堂以难以察觉的尺度敞开，

向那个仰面躺在沮丧和尘土中的人。

让我们听从天国信使的指引

尽快挣脱烦恼的领域，

去往那个环环相扣的云外

和彼在宫殿的高塔耸立的地方！

做一个未竟之境的复仇者吧，艺术家，——

赋予那些不存在者以存在；

为你的三脚架穿上云雾的衣裳，

领悟陨落的群星那瞬间的天堂！

1911 年 7 月

359."成群的蜻蜓快速盘旋……"

成群的蜻蜓快速盘旋，
令黑水池塘惶恐不安，
镶嵌着少许苇丛的池水
瑟瑟地打起了寒战。

波涛，忽而拉扯着纺线，
就像在编织一张蛛网；
忽而平躺——坠入漩涡——
将自己的黑纱合拢。

不知为何我郁郁寡欢，
苦恼地倒在荒野之中——
似乎在灵魂的密室里
感觉到了刺痛和寒冷……

1911 年

360. "你穿过一片雾云……"

你穿过一片雾云。
脸上涂着柔情的胭脂。

寒冷虚弱的白昼在闪光。
自由和无用的我四处游荡……

恶毒的秋天在我们头上占卜,
拿成熟的果实威胁我们,

仿佛是山巅与山巅交谈,
仿佛蜘蛛网亲吻你的眼睛。

惶恐的生命之舞凝固了!
万物之上闪烁你的腮红!

就连那片雾云中也显露出
明媚白昼那亮闪闪的伤痕!

1911 年 8 月 4 日

361. "不必问：你不知……"

不必问：你不知，

柔情——不知不觉，

无论你怎样称呼

我的颤抖——没有区别；

何必表白呢，

当我的存在

被你一手决定，

不可更改？

把你的手给我。何为欲望？

一群翩翩起舞的蛇！

它们的威力的秘密

是一块要命的磁铁！

我没有勇气阻止

令人惶恐的蛇之舞，

我只能静观少女

面颊上的光泽。

1911 年 8 月 7 日

362. "体贴的小雨，微雨，细雨……"

体贴的小雨，微雨，细雨，
谨慎、带刺、盲目的雨。
严肃的雨滴吝啬又响亮，
寂静将它们的声音打磨锋利。

忽而庆幸于微小的幸福
竟能成功落在玻璃窗上；
忽而像是被不怀好意的风裹挟，
雨水歪歪斜斜地流淌。

暗中诽谤，请求宽恕：
我喜欢莫名其妙的语言！
全部残酷、全部温顺
刹那间汇入同一种感觉。

雄健的寂寞有一双利爪，
被攫住的心像只小球缩紧：
融化的生命甜蜜地抽泣，
充盈着音乐、缪斯和苦难！

1911 年 8 月 22 日

363. "碧空里一轮新月……"

碧空里一轮新月
皎洁，高挂。
马蹄铁愉悦着
道路叮当的夯土。

我深吸一口气：
我好像是在
用一只银罐
在碧空中汲水！

我戴上沉重的
幸福的头冠。
一个快乐的铁匠
在铁匠铺打铁。

快乐杂乱无章。
深渊并不可怕。
梦幻王国之声
单调而又动听！

1911 年

364. 那些盒子

··················那些盒子。

·············是最好的玩具。

··········在棕榈的树冠上

胆怯的风给树叶做出标记。

每一片叶子都单独摇晃着，

又与其他树叶浑然一体。

但只有大地创造的东西

才会在织锦的一次次冲动里

被另外一些世界激发和唤起。

那些长长的、颤抖的经纬，

在对于天启的徒劳等待中

用自己的长度发出喃喃细语。

1910 年

365."别再巧言令色了……"

别再巧言令色了：

我知道我注定要死去；

我什么都不掩饰：

对缪斯，我没有秘密……

奇怪，我喜欢这样的意识：

我确实不善于呼吸；

要知道，死亡乃是一种

朦胧的魔法和圣礼。

我在摇篮里瞌睡、摇晃，

我明智地一声不吭——

我未来的永恒不可逆转

这是命运做出的裁定！

1911 年

366. "任凭时钟低沉地滴答，在存放……"

任凭时钟低沉地滴答，在存放
灰色棉絮和玻璃醋瓶的闷热房间，
那是挣脱了束缚的巨人的脚步
在模糊不清的记忆中将幻象复活。

一个疟疾患者，被苦闷钉上十字架，
用枯瘦的手指编一条细绳，
他握紧手帕，像握紧会飞的护身符，
怀着厌恶之心盯着时针的旋转……

那是在九月，一只只风向标在转动，
护窗发出噼啪拍打声——但巨人们
和孩子们的疯狂游戏似乎一语成谶，

一个柔软的身体——忽而在水面浮起，
忽而笨重地下沉：一匹活的旋转木马
在色彩斑斓的庭院中旋转，没有音乐！

1912 年 4 月

367. 手摇风琴

手摇风琴，冗长咏叹调的
哀怨歌吟，连篇废话——
仿佛面目模糊的幽灵
惊扰着秋天的树荫……

为了让那首歌瞬间
激活一潭死水的怠惰，
请为情感的波动
披上雾蒙蒙的音乐。

怎样平淡无奇的一天！
怎么可能会有灵感——
大脑里有根针，我如影徘徊。

我愿欣然迎接磨刀石，
把它当做一种解脱：
我是个流浪汉——我喜欢动……

1912 年 6 月 16 日

368. "当教堂巨人的时钟……"

当教堂巨人的时钟
指向八点，半睡半醒中
我们抬着你的幽灵，
啊他人城市的图景。

手上都拎着编筐，
女仆们跟商贩讨价还价，
鸽子在市场上咕咕鸣叫，
不时拍动瓦灰的翅膀。

各式面包，银色的鱼，
常见的普通水果蔬菜，
那些农民，如巨大的石块，
暗黑的色调，栩栩如生。

而在斑驳的雾霭之网中
可爱的鸟儿们扎成一堆，
似乎清晨的广场
成了一处买卖的圣所。

1912 年（？）

369. "碧波荡漾的清流……"

碧波荡漾的清流——

春的爱抚潺潺流淌。

一驾马车擦肩而过，

蝴蝶般轻盈的马车。

我冲春天微微一笑，

我偷偷回头一望——

驾车者是位女子，戴着

丝滑的手套——如梦似幻。

她穿着丝绸的丧服，

急匆匆地赶路，

轻薄的短面纱——

也是黑色……

1912 年（？）

370. "终于快活起来……"

终于快活起来，

测量了精神的完善，

确认了自己的无上幸福

且备感欣慰，像个王者，

预感到身后的荣耀，——

当最高司祭出现在圣堂，

一只鸽子飞了进去。

1912 年（？）

371. "我早就喜欢贫穷、孤独……"

我早就喜欢贫穷、孤独，

我这个可怜的画家。

为了用酒精炉煮咖啡，

我买了个轻便三脚架。

1912 年（?）

372. "坠落是恐惧始终如一的旅伴……"

坠落是恐惧始终如一的旅伴，

而恐惧本身乃是一种虚空感。

谁从高处朝我们扔石头——

石头可是在否认尘土的压迫？

你曾经用修士刻板的脚步

丈量石子铺砌的庭院，

鹅卵石和粗糙的幻想——它们身上

有对死亡的渴望和强烈的苦恼……

既如此，任凭诅咒吧，哥特式归宿，

在那里，入门者被天花板蛊惑，

而炉膛里快乐的劈柴不会被点燃！

为永恒而活着，这样的人为数不多；

但假如你关心的是稍纵即逝者，

你的命运可怕，你的房子容易倒掉！

1912 年

373. 埃及人

（第十八—十九王朝一块石碑上的碑文）

我逃脱了一次重罚，

赢得了荣华富贵；

我的双膝这般高兴，

像是瑟瑟发抖的芦苇。

各式各样的勋章，

大得如同月亮，

直接从高高的阳台

丢进我的前襟。

我的成就令人称羡——

全靠我个人奋斗！

我得到一个肥缺，

从此衣食无忧。

我是名优雅出色的舞者，

预感到好运当头，

终于有机会在国王面前

大显身手，且回报丰厚。

鸟儿在半空翻飞。

穷人徒步而行。

达官显贵不适合

在劣质的旱路上驱车；

于是我带上一件件赠品，

带上叮叮当当的勋章，

然后驾一叶扁舟

顺理成章地奔往南方。

1912 年或 1913 年

374."贱民入睡了！广场敞开拱门……"

贱民入睡了！广场敞开拱门。

如水的月光映着门扉的青铜。

小丑①在此感叹辉煌的荣耀，

野兽②令亚历山大痛不欲生。

自鸣钟的敲击和君王们的影子……

俄罗斯，你立足于石头和血腥，

祝福我吧，哪怕是一份沉重，

允许我分担你所遭受的酷刑！

1913 年

---

① 小丑，这个形象所指不明，有说是保罗一世的，也有说是亚历山大一
  世的。
② 野兽，该形象同样所指不明，或言亚历山大一世，或言亚历山大二世。

375. "绕口令般的欢声笑语……"

绕口令般的欢声笑语；
野人跳舞——纯属日常！
我从一座低矮的山丘
将野人的舞蹈仔细观赏。

世间万物各有所爱，
我是一个精明的水手，
随身携带着一些珠串、
烟草和彩色玻璃球。

我喜欢交换。羽毛闪现。
惊呼叹赏似雨点连连。
酋长斜靠着一只小酒桶，
油头粉面，自命不凡。

赶快丢下戒指、烟斗——
换取毛皮、毒药和黄金；
驾着小舢板返回巡洋舰，
庆幸自己没有丧了良心。

1913 年 6 月

376. 歌谣

我实在是囊中羞涩，
酒馆都不待见我，
女仆们在捆扎扫帚，
气哼哼地劈着柴禾。

烟黑弄脏了我的手，
烟油粘住了我的睫毛，
我制造出种种幻景，
可人人嫌我碍手碍脚。

家奴们品行端正，
洗碗女工们一身蓝装。
诚实为你们铺就天堂，
在你们坚硬的板床上。

装床单的篮子沉得要命，
肉贩子肉麻地打情骂俏，
各色葡萄酒，天亮前倒进
老爷杯中，显得更红了。

1913 年（？）

377. 夏日斯坦司

林荫道里铜铃叮当，
法国口音，多情的眼神——
禁止入内的栏杆后面
一片花园在渐渐凋零。

在六月的城市里如何自处？
路灯已经不再点燃；
真想尽快离开此地，驾着快艇，
驾着楚赫纳人的纵帆船！

涅瓦河——仿佛鼓胀的静脉，
在早晨绯红的玫瑰展开之前。
一辆货车拉着乱蓬蓬的麦草，
慢吞吞走在柏油路上，举步艰难。

而那边，有间做工的土窑，
熬制松油的木头在劈啪作响；
命运，就像茨冈女人一样，
把拉货的车夫带回到草原上……

一个自杀的青年，脸色乌黑，

斜靠着一条花岗岩长凳，

怀里揣着一份无休无止的

有关人间正义的呈文。

1913 年（？）

378. 美国酒吧

姑娘们还没在酒吧出现，
侍者面色阴沉，言语冷漠；
雪茄烟呛人的烟雾中隐约
透出美国佬的尖酸刻薄。

刷了红漆的吧台闪闪发光，
苏打威士忌的堡垒招引路人：
有谁不熟悉这酒柜的招牌，
并对这纷杂的标签了然于心？

那一串金灿灿的香蕉
随时满足你的口腹之需，
皮肤蜡黄的女售货员
像月亮一样，表情呆滞。

起初我们略微有点伤感，
就要上一杯咖啡加橘子酒。
我们的命运女神的轮子
由此发生一百八十度逆转！

后来，我一边小声交谈，

一边爬上转椅，在上面坐定，

头戴鸭舌帽，用一截麦管

搅拌冰块，听着嘈杂的人声……

店主的眼睛比金币还黄，

不会让幻想家们有伤颜面……

我们不满意，嫌阳光刺眼，

嫌天体的运行过于缓慢！

1913 年

379. 情诗

不，谁也抬不起这艘魔法船：
整个房间缭绕着青烟——
在世人面前，美人鱼有罪——
生一双碧眼，藏身于海草中间！

她啊，当然，不会抽烟，
燃烧的烟灰灼伤了她的嘴唇，
她没有发现，衣裙——绿色的丝绸
在阴燃，转眼化为地上的一抔灰烬……

就这样，水手们在翡翠的清凉中
既没找到烟斗，也没找到烟杆，
要知道，让他们学会呼吸
陆地干涩的空气——何其艰难！

1913 年

380. 足球

寒冷的早晨暮气弥漫，
白昼赤足而来；
而在一所军校的校园里
一群男孩正在踢球。

稍显笨拙，有欠灵活——
相对他们的年龄来说，——
有人动作生硬地带球，
有人紧张地护着球门……

爱情，猎人们的狂饮——
希望在将来，现在难免吃苦；
天一放亮，细碎的鼓声一响，
他们便从硬板床上一跃而起。

唉，没有音乐，没有荣耀！
就这样，通宵达旦，
在科学与娱乐的挟持下
野人般的孩子们苦恼不堪。

秋天混乱的过滤器。

湿漉漉的树木炭灰一般。

校服溅湿。胸口敞开。

地上一顶红色的帽圈。

1913 年

381. 足球

贴身保镖中毒。力量悬殊，

他在对决中力气耗尽，

面部扭曲，颜面尽失，

这皮肉结实的足球之神。

拳手以重量级的灵活

频频出拳，抵挡进攻，

啊，形同虚设的防护，

未加保护的帐篷！

可以想见，一群人扎堆——

当高脚杯还没有喝干①，

那颗迟钝的人头已滚到脚下，

气息尚在，却生无可恋……

一种难以言表的伪善，

令人想起以往的一幕：

---

① 此句一语双关：俄语中的高脚杯（кубок）也有奖杯的意思。

何洛费尔纳尸骨未寒，

朱迪特却拳脚相向，百般羞辱……

1913 年

382. "轻松的生活让我们发疯……"

轻松的生活让我们发疯:

晨起即饮,晚上酩酊。

如何遏止这徒劳的行乐,

你的腮红,啊嗜酒的疫病?

握手中有个折磨人的仪式,

街头巷尾尽是夜间的接吻——

当河水的奔流变得沉重,

路灯有如火炬为行人照明。

我们等待死亡,如等待童话中的狼,

可我担心,那个额发齐眼

嘴巴通红心神不宁的人,

他会死在所有人的前面。

1913 年

383. "一种老年人才有的微笑……"

一种老年人才有的微笑
令面部扭曲，五官变形：
谁说婀娜多姿的吉卜赛女郎
注定要经受但丁的磨难？

1913 年

384. 埃及人

我为自己建造了一座太平之屋：
整个用木头，没用一块花岗岩！
国王的随扈将它看了个仔细——
那里有花圃、水塘和葡萄园。

为了让居室保持空气通畅，
我拆掉了门口储藏室的三堵墙，
我非常正确地选择了这些棕榈，
这很重要，它们挺直如同标枪。

有谁能够查抄一个官员的收入？
身居高位者要为不朽而操劳。
管家在哪里？陵墓可已备好？
一应事务我要听取书面报告。

身材矮小的女仆接到指令
用笨重的磨盘将麦粒碾成面粉；
税钱将稳妥地发给神职人员；
粮食和棉布的笔录也已拟成。

一条狗仰面躺在餐厅地板上，

一张结实的座椅立在狮爪上。

我嗅着烤鹅肉扑鼻的香味——

那是阴间快乐的物质保障！

1913 年（？）

385. 自画像

抬起头，一个稍纵即逝的
暗语——但礼服有些肥大；
闭上眼，停下手——
里面藏着动作的无穷秘密。

看吧，何人注定飞翔和歌唱，
拥有这张弛有度的语言之火，——
为了用上天赋予的节奏
战胜这与生俱来的笨拙！

1914 年（1913 年?）

386. 运动

面颊红润的商船船长丢下一只重球，
由此完全得到了黎民百姓的爱戴。
厚皮足球的后裔们：
冰上的槌球和马上的马球。

如今，在青年人中间，古风犹存，
跳高跳远和投掷铁饼依旧流行，
牛津和剑桥——两所临河的大学
每次相遇都这样，一身麻绸轻装上阵！

不过只有那位运动员才名副其实——
他砸碎了愁惨人生的枷锁：
他了解这个冒着泡沫、欢乐四溢的世界……

还有玩儿童槌球用的那些击球槌，
我们那些北方的城市，
众神的礼物——无与伦比的网球！

1914 年（？）

387. "欧里庇得斯笔下的老者……"

欧里庇得斯笔下的老者

如一群可怜的绵羊逃亡。

我走在一条崎岖小路上,

心中充满屈辱的哀伤。

但这一刻已经为期不远:

我将甩掉我的痛苦,

就像一个男孩在晚上

甩掉平底鞋上的泥污。

1914 年

388. "让我们谈谈罗马——令人称奇的城市……"

让我们谈谈罗马——令人称奇的城市！

它的地位得以确立，全凭金顶的凯旋。

让我们听听使徒们的信条：

尘土飞扬，彩虹高悬。

人们等待着国王，在阿文庭山①，

在十二大节日②的前夕——

那些一脸严肃且符合教规的月亮

无法改变日历。

市民集会广场上空一轮满月

向尘世抛撒褐色的灰烬，

我的脑袋完全裸露在外——

啊，天主教剃光的头顶好冷！

1914 年

---

① 罗马七山之一，为贱民聚居地。
② 基督教教会的十二个重大节日。

389."要衡量各世纪犯下的无聊错误……"

要衡量各世纪犯下的无聊错误，

自有一把不可动摇的价值标尺。

崇高诗篇的作者被贬黜，

这是错误的，毫无道理。

而紧接着，在可怜的苏马罗科夫①

扮演完刻板造作的角色之后，

仿佛先知圣所中的王杖，

一种激昂的痛苦在我们这里绽开。

在半吞半吐和半掩脸面的剧院②，

你们怎么办，英雄们和国王们？

对我来说，奥泽洛夫③的出场——

是悲剧夕阳的最后一道光芒。

1914 年

---

① 亚历山大·彼得罗维奇·苏马罗科夫（1717—1777），俄国古典主义诗
  人、剧作家、文学理论家。
② 这是曼德尔施塔姆对现代戏剧所下的定义。
③ 弗拉季斯拉夫·亚历山德罗维奇·奥泽洛夫（1769—1816），剧作家和
  诗人。

390. "当罗马与自然结盟……"

当罗马与自然结盟，

随处可见它显示公民力量的造型：

在蓝色马戏场一样透明的半空，

在田野的集会广场，在密林的柱廊中；

现如今，人既非奴隶，亦非主宰，

不会自我陶醉，只会遮蔽于浮云；

你不由自主地想：世界市民！

心里却抑制不住说——世界公民！

1914 年

391."不要凯旋，不要战争……"

不要凯旋，不要战争！

啊铁人们，直到今天

我们仍命中注定要保卫

安全无虞的卡皮托利丘？

或许是演讲台的尖嘴

此时正安静地休息，

它用谎言欺骗了罗马的

闪电——人民的愤怒？

或许是太阳那驾

破旧的马车在运砖，

一个早产儿的手上

握着罗马生锈的钥匙？

1914 年

392. 兰斯①与科隆

然而老科隆城里也有教堂，

未竣工，仍然美轮美奂，

至少有一个修士，不偏不倚，

松林如箭矢，完好无损；

它震惊于一个恐怖的警告，

在危难时刻，当暮色渐浓，

德国的钟声一齐唱道：

"你们都对兰斯兄弟做了什么？"

1914 年 9 月

---

① 兰斯，法国城市，以兰斯大教堂著称，该教堂跟科隆大教堂一样，建于
13 世纪，一战期间，遭到德军有预谋的炮轰和破坏。

393. ENCYCLICA①

有一种被精神占据的

自由——中选者的命运。

凭鹰的视力，惊人的听觉，

一位罗马修士保全了性命。

鸽子不惧怕雷鸣，

教会正是借此而发声；

在使徒们的应和：罗马！

它只会让心儿备感兴奋。

在苍穹永恒的圆顶下，

我一再重复着这个名字，

尽管跟我谈过罗马的人

已消失在圣洁的暮色中！

1914 年 9 月

---

① 波兰语：教皇通谕。指教皇本笃十五世，也有认为是驾崩于 1914 年 8 月
20 日的庇护十世。

394. 德意志头盔

一顶德意志头盔，神圣的战利品，
摆放在你客厅的壁炉上。

触摸一下吧，它像玩具一样轻；
盔顶尖上的铜球已被空气击穿……

在波兹南和波兰不必人人作战，
不必与敌人狭路相逢，四目相对；

不必听榴弹炮的杀人大合唱，
从敌人身上扯下傲慢的装扮！

我们只须端详这亮闪闪的铜球，
记住那些随时可能阵亡的人！

1914 年

395. POLACY!①

波兰人啊！我看不出

神枪手的疯狂战功有何意义！

莫非乌鸦能啄食老鹰？

莫非维斯瓦河②能够倒流？

莫非冬天的大雪皑皑

再也不能遮盖羽茅？

莫非波兰觉得应该依靠

哈布斯堡王朝的拐棍？

还有你，斯拉夫彗星，

历经百年的歧路彷徨，

被异族之火烧得分崩离析，

成了外邦世界的同谋！

1914 年 9 月

---

① 波兰语：波兰人！
② 波兰境内的一条著名大河。

396. "白色天堂中躺着一位勇士……"

白色天堂中躺着一位勇士：

战争的耕夫，上了年纪的农民。

灰色的眼睛中有着世界的宽度：

那是大俄罗斯威武的面孔。

只有圣徒才懂得这样

平躺在芬芳四溢的棺椁中；

抽出万福的双手，组成一个符号，

尽情享受自己的荣耀和安宁。

难道俄罗斯不就是那个白色天堂，

不就是我们快乐的梦想？

高兴起来吧，战士，不要死去：

你的子孙后代已经得救！

1914 年 12 月

397. "如雪地上的黑天使……"

如雪地上的黑天使，

你今天出现在我面前，

你身上有主的烙印——

对此，我不能有所隐瞒。

多么奇怪的标志，

仿佛上天的赐予，

让我觉得，你的天职

就是立在教堂壁龛里。

但愿异地的爱能与

此地的爱融为一体。

但愿奔突的血液

不会涌上你的面庞。

但愿柔软的大理石能衬托

你扑朔迷离的褴褛衣，

领圣餐者赤条条的肉身，

裸露，却无羞红的脸颊。

1914 年（？）

398. "看这圣餐盒，好似金色的太阳……"

看这圣餐盒，好似金色的太阳，

悬在半空——一个辉煌的时刻。

唯有希腊语可以在此发声：整个

世界在手，就像一只朴素的苹果。

礼拜仪式到了隆重的高潮，

六月的金顶下，圆形宫殿灯火通明，

就是为了让我们在时间之外，

为那片时间永驻的芳草地长叹一声。

圣餐礼似永恒的正午在持续——

人人都在领圣餐，演奏和唱歌，

在众人面前，天国的容器

流淌着欢乐，永不枯竭。

1915 年

399."皇家御用的维松布……"

皇家御用的维松布①

和发动机驱动的战车——

首都黑色的沼泽地上

耸立起一位柱形天使②。

行人们，如游泳运动员

隐没在昏暗的拱门中，

广场上，木块路面似潮水

发出低沉的拍溅声。

只是在那里，天空明亮处，

一块黑黄破布在大发脾气——

仿佛空气中流淌着

双头鹰愤怒的胆汁！

1915 年

---

① 一种可以用来缝制皇袍的价格昂贵的布匹。
② 指冬宫广场上亚历山大纪念柱的柱头。

400. "好像对罗马心怀不满的庶民……"

好像对罗马心怀不满的庶民，

一群绵羊般的老妇——黑衣迦勒底人①，

夜的恶果，戴着黑暗之风帽，

满心委屈地向山上走去。

她们数以千计——全体出动，

毛茸茸的双腿细如木棍，

颤抖着，奔跑着，嘴角淌出泡沫，

仿佛巨轮上的命运之签。

她们需要国王和黑色的阿文庭，

绵羊的罗马连同它的七座山岗，

狗的吠叫，天幕下的篝火，

居民区呛人的炊烟，麦麻烘干房。

灌木丛向她们移动，如一堵墙，

士兵们的营帐快速逼近，

---

① 公元前十世纪的闪族部落，后来在俄罗斯成为对化妆的小丑和流浪艺人的蔑称。

她们在一片神圣的混乱中疯跑，

羊毛高挂，如沉重的波涛。

1915 年

401. "老迈的基法拉琴义愤填膺……"

老迈的基法拉琴义愤填膺……

罗马的不公还在苟延残喘，

群狗汪汪吠叫，多石的克里米亚

荒僻山村中那些可怜的鞑靼人……

恺撒啊，恺撒！你可听到

咩咩的羊叫和排空的浊浪？

月亮啊，你为何徒劳地播撒清辉？

没有罗马，你可是微不足道。

你已不是那个月亮——夜间俯视

卡皮托利丘，照亮冰冷的圆柱森林，

而是乡村的月亮——仅此而已，——

饿狗们情有独钟的月亮！

1915 年 10 月

402."哪个先知先觉的卡桑德拉……"

哪个先知先觉的卡桑德拉

向你预言了一场大难?

啊,亚历山大的俄罗斯,

愿你在地狱也能得到祝福!

厄运的握手

在摇摇欲坠的涅曼木筏上①。

…………

1915 年

---

① 指 1807 年 6 月 25 日亚历山大一世与拿破仑在涅曼河上专门修建的一条
   木筏上进行会见,此次会见结束后,双方签订了和约。

403."在少女合唱队的嘈杂声音中……"

在少女合唱队的嘈杂声音中

所有柔情的教堂都各唱各调,

在圣母升天大教堂的石拱门中

我隐约见到一对高挑的弯眉。

我从天使长们加固的一条壁垒上,

从一个神奇的高度,环视城市。

在卫城的城墙内,对俄罗斯之名

和俄罗斯之美的怀恋将我吞噬。

还不够奇妙吗,我们梦见一座花园,

那里有一群鸽子在灼热的蓝天飞舞,

梦见一个修女照着五线乐谱唱歌:

温柔的圣母升天教堂是莫斯科的佛罗伦萨。

莫斯科的那些五头大教堂

有一颗意大利和俄罗斯的心,

时刻提醒我——这是奥罗拉①现身，

但有一个俄罗斯名字，也穿着皮袄。

1916 年

---

① 罗马神话中的曙光女神，即希腊神话中的厄俄斯。

404.“啊，这被混乱灌醉的空气……”

啊，这被混乱灌醉的空气，
在克里姆林宫的黑色广场！
叛乱分子风雨飘摇的世界，
白杨树散发出惊恐的气息。

那些大教堂的蜡制面庞，
那些铜钟的茂密丛林，
好似一个没有舌头的土匪
在石头的人字梁里隐身。

而在那些被封缄的教堂里，
在那些既冷且暗的地方，
如同在轻柔的双耳陶罐里，
俄罗斯的美酒泛起泡沫。

圣母升天大教堂，奇特的圆形，
整个都是天堂之拱，令人叹为观止，
报喜节大教堂，绿色的，给人的
印象是，它会突然发出咕咕的鸽鸣。

天使长大教堂和复活大教堂，

像手指缝一样透光，——

到处都是隐蔽的灯火，

藏在一个个瓦罐中的灯火……

1916 年

405. "为我们照明的不是路灯，而是……"

为我们照明的不是路灯，而是

挺拔的亚历山大白杨树的蜡烛。

您从身上脱下黑色皮衣，

把它披在我的肩上。

涅瓦河的雄壮让您茫然失措，

您把您神奇的皮衣送给了我！

1916 年 5 月

406."'我丢了一块多情的镶浮雕宝石……"

"我丢了一块多情的镶浮雕宝石，

不知何处丢的，反正是涅瓦河畔。

真舍不得这位美丽的罗马女郎。"——

您跟我说这话时差点泪流满面。

可是，美丽的格鲁吉亚姑娘啊，

何必打扰天国陵墓里的骨灰？

又有一片毛茸茸的雪花

在你睫毛的扇面上融化。

您弯下温顺的颈项。

镶浮雕宝石——罗马女郎没了，唉！

我舍不得黝黑的提诺缇娜①——

涅瓦河畔的罗马少女。

1916 年

---

① 提诺缇娜·伊里伊尼奇娜·乔尔贾泽，诗人好友斯·安德罗尼科娃的
表妹。

407. 情诗

安德洛尼卡·科穆宁①的女儿啊，

拜占庭荣耀之女！

帮帮我吧，今夜，

把太阳从囚禁中救出，

帮帮我吧，用优美的歌声

压制住腐朽的华丽，

安德洛尼卡·科穆宁的女儿啊，

拜占庭荣耀之女！

1916 年

---

① 即拜占庭科穆宁王朝安德洛尼卡一世皇帝（1118—1185），其后代在格鲁吉亚开枝散叶。

408."当十月的横行一时者为我们……"

当十月的横行一时者为我们

打造暴力和仇恨的枷锁，

装甲屠夫背毛竖起，

脑门低矮的士兵、机枪手

要求处死克伦斯基①，

邪恶的庶民拍手称快，——

彼拉多②允许我们掏出心脏

迎接刺刀，让心脏停跳！

这万夫所指的幽灵忽隐忽现，

在建筑围成的红色马蹄铁③一带；

在十月暗淡的白昼，我似乎听见：

把他捆起来，彼得的哈巴狗④！

在国内风暴和狂怒的假面中间，

---

① 亚历山大·费奥多罗维奇·克伦斯基（1881—1970），俄国政治家和国务
活动家，1917 年临时政府首脑。
② 彼拉多，据圣经记载，乃罗马帝国驻犹太总督，据传耶稣即由他判决钉
死在十字架上。
③ 指彼得堡的冬宫广场。
④ 彼得的哈巴狗，诗人对克伦斯基的爱称。

被一种极其微妙的怒火点燃，
自由的公民，你无畏地前行，
朝着普叙赫为你引领的方向。

假如说兴奋的民众是为别人
编制一顶顶金色的桂冠——
俄罗斯会步履轻盈地下临到
地狱的深渊，赞美和祝福你！

1917 年

409. "谁知道，或许，我会缺一根蜡烛……"

谁知道，或许，我会缺一根蜡烛，

光天化日之下，我将留在黑夜，

呼吸着纷纷扬扬的罂粟花籽，

把一顶黑暗的金冠戴到我头上，

如迟来的牧首，在被毁的莫斯科①，

如吉洪②，最后一座教堂的受托者，

用脑袋顶起这个未经祝圣的世界，

这个充满盲目和纷争之苦的世界。

1917 年 11 月

---

① 1917 年 11 月，东正教恢复牧首制后举行首任牧首选举期间，临时政府军
队守卫的莫斯科克里姆林宫被攻陷。
② 吉洪（1865—1925），俄罗斯恢复牧首制后的首任牧首。

410. 电话

电话啊，在自杀者
宽敞而严肃的书房中，
在这野蛮可怕的世界上，
你是夜间葬礼的友人！

风怒的马蹄将沥青的
黑色湖水刨得凸凹不平，
日出在即：疯狂的公鸡
将要发出报晓的啼鸣。

而那边，橡树瓦尔加拉宫
和盛大宴会的旧梦；
命运的吩咐，夜的决定，
在电话醒来的时分。

沉重的窗帘吸干全部空气，
剧院广场上黑咕隆咚。
电话铃声突起——天旋地转：
自杀的决心已定。

如何逃离这嘈杂的生活，

逃离这石头一样的人生？

别做声，该死的首饰盒！

别了，海底的繁花似锦！

只有噪音，鸟儿般的噪音

飞向那场盛宴的梦。

电话啊，你能让人悬崖勒马，

也能把人推入绝境！

1918 年 6 月

411. "淫荡的首都一切格格不入……"

淫荡的首都一切格格不入：

她干燥而又坚硬的土地，

苏哈列夫市场①蛮横的面包房，

强悍的克里姆林宫可怕的外表。

她，丛林茂密，统治着全世界。

好似数百万双轮大车吱吱嘎嘎

摇摇摆摆上路——她的市场拥有

女人的宽度，压榨着半个世界。

她的一座座教堂的芬芳蜂窝

仿佛野生蜂蜜，被遗弃在森林，

一群群的鸟儿，密集地飞来飞去，

让阴郁的天空显得格外激动。

她是生意场上一只狡猾的狐狸，

她是大公面前一个卑微的奴仆。

---

① 位于莫斯科苏哈列夫广场，形成于 18 世纪末，最初是买卖佐料之地，后
成为艺术品和古籍交易中心之一。1931 年关闭。

那条界河里浑浊的河水

照旧流入那些干枯的沟渠。

1918 年

412. "黑夜抛下一条条锚链……"

黑夜抛下一条条锚链
在寂寥的黄道带各星座，
十月枯黄的落叶啊，
昏暗之沉闷的被养育者，

你们要飞往何处？为何
要从生命之树上脱落？
你们觉得伯利恒古怪陌生，
那个牲口槽从未见过。

你们没有子嗣——可惜，
无性的怨恨控制了你们，
直到走进辉煌的墓穴，
你们仍未留下一个后人。

在寂静无声的门槛上，
在大自然的狂暴之中，
永恒的人民并不属于你们，
而是属于璀璨的星空。

1920 年

413. 演员之家

在游艇俱乐部的硬面场地上，
在竖着桅杆和挂着救生圈的地方，
在南方的海滨，南方的天空下，
人们用清香扑鼻的木头搭起支架。

这是游戏筑起的墙壁。
难道工作不意味着游戏？
多么愉快，平生第一次，
登上新鲜木板的宽阔舞台！

水手演员在世界的甲板上，
演员之家——在波涛上……
竖琴从来、从来都不惧怕
兄弟们手中沉重的榔头。

说"艺术家"，就等于说"工人"，
确确实实，我们的真理只有一个。
无论木匠，还是品尝过美酒的
诗人启蒙者，都靠一种精神活着。

谢谢你们！我们日日夜夜

一起建造，我们的家已经建成。

在一张严肃的面具下，工人

掩藏起未来世纪的崇高温情。

欢乐的刨花散发着大海气息，

轮船补给充足，可以平安启程，

一起驶向未来的曙光吧，

你们无暇休息——演员和工人。

1920 年

414. "当你离去，灵魂离开了肉体……"

当你离去，灵魂离开了肉体，

我周围环绕着折磨人的茂密空气，

我用双唇推开干燥和茂密的黑暗，

如偏僻针叶林中的黄莺，气喘吁吁。

我怎能相信，你会回来？怎么敢？

我为何过早地脱离了你？

黑暗还未散开，雄鸡还未啼唱，

那把滚烫的斧子还没砍进木头里。

最后一颗星辰的针刺无疾而灭。

如一只灰燕，早晨敲打着窗棂。

慢吞吞的白昼，如麦草堆里醒来的犍牛，

在因久睡而未及收拾的广场上缓缓移动。

1920 年 12 月

415. "我喜欢那些祷告、追荐仪式的徘徊……"

我喜欢那些祷告、追荐仪式的徘徊，

在灰蒙蒙的寂静的苍穹下，

喜欢那感人的规矩——人人对他心存感激——

以撒大教堂在举行安魂弥撒。

我喜欢神职人员那徐缓的脚步，

绘有基督棺中遗体像的方布庄严抬出，

我喜欢大斋戒礼拜期间

那破旧渔网中的革尼撒勒湖。

我喜欢温暖的祭坛上旧约的青烟

和神甫孤立无援的喊叫，

我喜欢威严的谦卑者——肩上纯洁的雪花

和那些变得粗野的紫袍。

我喜欢这对空气和光明的双耳罐，

索菲亚和彼得的永恒教堂，

宇宙之善的两座粮库

和新约的两间仓房。

在大灾之年，精神渴望的不是你们，

沿着宽阔而又阴郁的台阶

不幸的狼藉磨蹭着拾级而上，

对于它，我们永远不会变节。

因为，战胜了恐惧的奴隶得享自由，

阴凉的谷仓里，深深的粮囤里

保存着绰绰有余的粮食——

深沉饱满的信仰之种子。

1921 年

416. 天空孕育未来

又一次响起战争的嚣喧
在世界古老的苔原上，
螺旋桨的叶片好似
削尖的貘骨闪闪发光。
翅膀与死亡的方程式
有多种代数计算方法，
降落以后，他记得
其他乌木玩具的维度，
记得夜之敌，那些
短小的鳍脚目生物
充满了敌意的根据地，
记得朝气蓬勃的重力：
由此开始了少数人的统治……

那么，准备好活在时间中吧，
那里没有狼，也没有貘，
而天空孕育着未来——
孕育着饱足的太空的麦子。
否则今天的战胜者们
绕过一片片飞行之墓地，

会折断蜻蜓的翅膀，

并用小锤子将它们一一砸死。

让我们倾听雷霆的布道，

一如塞巴斯蒂安·巴赫的子孙，

在东方和在西方

都装上管风琴的翅膀！

让我们把暴风雨的苹果①

丢在欢宴的地球人的餐桌上

并将盛在玻璃盘里的云朵

摆放在丰盛的美食中央。

让我们把一切重新遮住，

用空间的织花麻布桌布，

兴高采烈地彼此交谈，

互相呈上食物。

在周而复始的和平的命运之上

鲜血将凝结成一片霓虹，

在受孕的深远的未来里

一只巨大的蜜蜂发出嗡鸣。

而你们，在灾祸横行之时，在战争的皮鞭下

---

① 显然是指希腊神话中帕里斯那只"引起纷争的苹果"。

为少数人的权力而飞行的人们，——

你们哪怕能得到吃奶者的荣幸，

你们哪怕能有鳍脚目的良心。

我们会更为悲伤，更为痛苦，

因为会飞的人比野兽更坏，

因为我们不由自主地

对秃鹫和老鹰们更为信任。

犹如高山之寒的帽状顶盖，

年复一年，寒来暑往，

人类高耸的额头上

依然是战争冰冷的手掌。

而你，深邃又饱足，

受孕于一片碧蓝，

仿佛鱼鳍一样多眼，

你是暴风雨的始末，——

异国的、无眉的天空啊，

一代又一代

将永远崇高和新鲜的

惊讶——传递给你。

1923 年，1929 年

417."生命陨落，如电光一闪……"

生命陨落，如电光一闪，

如落入水杯的一根睫毛，

还未收割即谎话连篇，

我不怪罪任何人……

想不想吃夜间的苹果，

想不想喝新鲜可口的蜂蜜水，

想的话，我就脱掉毡靴，

就像捡起一根绒毛。

天使站在亮闪闪的蛛网上，

穿着金色的绵羊皮外套，

高高的肩膀以下

照耀着路灯的一束光芒……

大概那只猫，打了个寒战，

摇身一变成了一只黑兔，

忽然间消失于某处，

身后绗出一条道路。

好像是深红的双唇在发抖，

好像是给儿子喝过茶，

说话心不在焉，

总是前言不搭后语。

好像是无意中绊了一下，

连连说谎，淡然一笑，

以至美丽的面颊上

迸发出窘迫的羞红。

在宫殿的僧帽后面，

在雪白的花园后面，

有一个睫毛以外的国度——

在那里，你将成为我的妻子。

挑选出两双干爽的毡靴

和两件金黄色的皮袄，

我们俩手牵手，一起

沿着那条街走去，

不要回头，排除阻碍，

不理会那些发光的里程标——

那些通宵达旦地

喝得烂醉的街灯。

1924 年

418."鞑靼人、乌兹别克人和涅涅茨人……"

鞑靼人、乌兹别克人和涅涅茨人①，

还有全体乌克兰人，

即便是伏尔加河畔的德国人

都要等待翻译前来相助。

或许，就在此刻，

有位不知名的日本人

正将我翻译成土耳其语，

且直接洞穿了我的灵魂。

1933 年（？）11 月

---

① 俄罗斯少数民族，居住在从克拉半岛到泰梅尔半岛的北冰洋沿岸。

419. "我们圣洁的年轻人……"

我们圣洁的年轻人

有一些渗入血液的好歌：

有些像摇篮曲，

宣战吧，向巴依老爷。

我要做好自我监督，

唱些诸如此类的东西：

我摇哄集体农庄的巴依，

我歌唱富农的乖孩子。

1933 年 11 月（?）

420. "从何处运过来的？是谁？死的第几个……"

从何处运过来的？是谁？死的第几个？

在哪里【……】①？我怎么有些困惑……

这里，听说，死了个什么果戈理？

不是果戈理。乏善可陈。作家。果戈理克。

就是那个，曾经制造混乱的人，

脑袋反应快，相当善于投机：

什么有些记不清啦，有些不掌握啦，

故意弄成一团乱麻，玩滚雪球的把戏。

一言不发，像只牡蛎。别想靠近他，

有警卫站岗，得保持一米以上距离。

这里隐藏着什么。想必有其原因。

【……】② 搞乱套了，他也一睡不起。

1934 年

---

① 此处原稿缺失。
② 此处原稿缺失。

421. "你窄小的双肩将被皮鞭抽红……"

你窄小的双肩将被皮鞭抽红，

被皮鞭抽红，在严寒下烧红。

你孩子的双手将提起烙铁，

提起烙铁，还要搓绳打结。

你柔嫩的双脚将赤裸踩在碎玻璃上，

踩在碎玻璃上，踩在血红的沙地上……

而我为了你，将像黑蜡烛一样燃烧，

像黑蜡烛一样燃烧，又不敢祈祷。

1934 年

422."我觉得，我们应该谈论……"

我觉得，我们应该谈论
苏维埃古代的未来，

说列宁和斯大林的话语
是天空和海洋的马蹄铁。

与其在祖传的枷锁中窒息，
不如丢弃成千上万的诗，

我们再也不惧怕远祖们：
他们已融入我们的血液。

1935 年 4 月—5 月

423."可怕而伟大的世界拉开帷幕……"

可怕而伟大的世界拉开帷幕：

绿色的夜里一棵黑色的蕨菜——

被痛苦岩层翻起的布尔什维克——

在墙里呼吸，独一无二，持续不断，

不屈不挠，无可争议：

你好啊，劳动者富有远见的

黏合剂。你燃煤的、你呛人的

强健大脑——燃烧吧，为国燃烧！

1935 年 4 月

424. "你应该对我发号施令……"

你应该对我发号施令，

我有义务俯首听命。

荣誉和名声可以唾弃——

我从小就体弱多病。

还是尝试一下臆想的方法吧，

直截了当，无所顾忌：

我是一名无党派的布尔什维克，

一如所有朋友，一如这一个仇敌。

1935 年 4 月—5 月

425. "殚精竭虑，苦心孤诣……"

殚精竭虑，苦心孤诣，

不曾活过，不曾远行，

贝多芬和沃罗涅日——或者

其中一个——纯粹的恶棍。

在琐碎关系的基础上

在五一节的寒冷中，

一群幽灵在生产

七十把椅子的漠不关心。

剧院里观众寥寥无几，

铅笔不过三根，

乐队指挥总想偷懒，

看似人堆里的一个鬼魂。

1935 年 5 月

426. "岁月流逝，如一支支铁军……"

岁月流逝，如一支支铁军，
空气中充满一只只铁球。

它是无色的，在水中成铁，
也是粉红的，在枕上做梦。

铁的真理——敏感善妒，
铁的雌蕊，铁的果实。

披着铁甲的诗好似泪腺，
在家族切口中暗自垂泪。

1935 年 5 月

427. "世界，应该受到虐待……"

世界，应该受到虐待：

它需要一个冷血兄弟——

从七服外的怪胎那里

它得不到正常的子嗣。

1935 年 5 月

428. "多希望我能拿起炭笔，为赢得最高褒奖……"

多希望我能拿起炭笔，为赢得最高褒奖

绘出一幅能够带来无上欢乐的画像，

我会小心翼翼和诚惶诚恐地

用线条对天空进行巧妙的分割。

为了让当代能在线条中得到回应，

在艺术领域近乎胆大妄为，

我愿讲述是谁移动了世界的轴心，

敬重一百四十个民族的风俗。

我愿一次又一次抬起眉梢，

并给出不同的解决方案：

或许，是普罗米修斯吹旺了他的炭火，——

看吧，埃斯库罗斯，我在怎样边画边哭！

我愿勾勒出几根轰响的线条，

他整个意气风发的千秋岁月，

用微笑把他的刚毅捆住，

在柔和的光中将它松开。

在智慧眼眸的友爱中为孪生兄弟

找到我难以名状的那种表情，当你

走近他，你会立刻认出这就是父亲，

你会喘不上气，感觉世界近在咫尺。

我想要感谢那连绵的群山，

将这骨骼和四肢培育成熟：

他生在大山里，饱尝牢狱之苦。

我愿称呼他——不是斯大林，而是朱加什维利！

画家啊，请珍惜和保护这位战士吧：

像湿漉漉的青松那样，用湿润的关注

把他紧紧围住。别用不良方式或残缺思想

让父亲失望，画家啊，帮帮那位全身心

跟你在一起的人，思考、感受和建设的人。

不是我也不是别人——是他至亲的人民——

人民的荷马在将他高声赞颂。

画家啊，珍惜和保护这位战士吧——

日渐茂盛的人类大森林将他紧紧追随，

未来本身——就是智者的卫队，

将越来越经常越来越勇敢地聆听他的教诲。

他从讲台上，就像从高山上，向攒动的

人头的丘陵俯下身。债务人比诉讼更强大。

强健的眼睛闪耀着毅然决然的慈祥，

浓密的眉毛能清楚地将某个人照亮。

我真想用一个箭头标示出

慈父坚定的嘴角——他直率的话语。

雕塑般复杂而陡直的眼睑，或许，

正通过百万幅肖像播撒感召力。

他整个胸襟坦荡，是公认的青铜

和灵敏的听觉，对弱音器不能容忍。

深沉的皱纹，活力四射地奔向

所有那些将生死置之度外的人。

我握紧手中的炭笔，一切在这里交集，

我用渴望的手召唤唯一的相似，

我用凶猛的手捕捉相似的轴线，——

我把炭捣碎，探寻他的真容。

我向他学习——不是为自己而学，

我向他学习——对自己毫不留情，

不幸能隐藏一个庞大计划的部分吗？

我在他们随时爆发的欣喜若狂中搜寻他……

纵使我还不配拥有朋友，

纵使胆汁和泪水还没有将我喂饱，

他始终都穿着外套、戴着便帽

隐约现身于神奇的广场，面对千万双幸福的眼睛。

斯大林的眼睛可以移山，

平原朝远方眯缝起眼睛，

犹如没有裂痕的大海，犹如来自昨日的明天——

巨人般的犁铧犁出道道直抵太阳的田沟。

他微笑着，那是农民的微笑，

在交谈中紧紧握手，

那交谈有始无终

在发过六重誓言的辽阔天地。

每一个打谷场和每一个麦垛

都强大、整洁、聪明——绝好的事情——

人民的奇迹！生活将变得浩浩荡荡！

幸福的活塞杆永不停转。

我，劳动、斗争和收获的

长期见证者，在意识中六倍珍惜

他巨大的道路——穿过泰加林和

列宁的十月——抵达兑现的誓言。

攒动的人头奔向远方：

我在那里渐渐缩小。没人看得见我。

但在可爱的书籍和孩子们的游戏中

我会复活，并说，阳光多么明媚啊。

没有什么比真理更真实，除了战士的真诚。

有一个光荣的名字，常被诵读者传扬，

如同空气和钢铁，备受尊敬和爱戴。

我们听说过他，我们遇到了他。

1937 年 1 月—2 月（？）

429. "假如我们的敌人把我抓走……"

假如我们的敌人把我抓走，

人们从此不再跟我说话，

假如我被剥夺了世上的一切：

呼吸和开门的权利，确认

生活还要继续且人民可以

像法官一样做出裁决的权利；

假如他们像对待牲口一样待我，

把我的食物直接丢到地上——

我不会忍气吞声，视若无睹，

我会描述我有权描述的东西，

用力摇晃墙壁的裸钟，

唤醒充满敌意的黑暗角落，

我会给喉咙套上十头犍牛，

像扶犁一样在黑暗中甩开臂膀——

警觉的黑夜深处将蓦然闪现

吃苦耐劳的大地之眼，

我，被压缩成兄弟眼睛的军团，

将会倒下，以全部收成的沉重

和奔向远方的全部誓言的紧凑，——

燃烧的岁月成群结队蜂拥而来，

列宁如成熟的暴风雨润物无声，

在必能摆脱腐朽的大地上

斯大林将唤醒理智和生命。

1937 年 2 月

430."烧蓝的头发……"

烧蓝的头发

混杂了乌鸦和鸽子，

你好啊，我额头柔软的人儿，

请给我一副好嗓音让我告诉你，

我有多么喜欢你的秀发，

那头浓密的蓝黑的头发。

灼热的嘴唇里塞进的一切

能让莫斯科变得年轻，

能让年轻的莫斯科变得开阔，

能让世界的莫斯科变得惶恐，

能让严酷的莫斯科变得平和……

面部的阴影令人赞叹——

蓝色的、黑色的、白色的，

乳房上这两颗勇敢的痣

也着实令人叹为观止。

手指间的温度并非稍纵即逝——

里面有钢琴的力量，

期盼中的指令的力量——

要为不朽的事业而奋斗……

驰骋，飞奔，与我们同行，

小小的个头，一身吻痕，

驰骋，对未来了然于心，

小小的个头，全身发冷。

通体可爱的，无条件的，

你好啊，我的活跃分子——

袖口里的黑夜和辽阔、

顽强、圆润的喉咙。

我的黑眉毛的荣耀啊，

请用你黏性眉毛捆住我，

你准备将生死置之度外，

你亲昵地说出

斯大林雷霆万钧的名字，

满怀誓言的温存，满怀柔情。

1937 年 5 月（？）

431. 斯坦司

心脏必须跳动：
走进田野，扎根森林。
这就是《真理报》的首版，
刊登判决书的那一栏。

通向斯大林的路不是童话，
而是无懈可击的人生：
足球是巴斯克青年的至爱，
是马德里火热的生活。

莫斯科在巴黎得到复制，
新的果实将会完全成熟，
但我要说的更迫在眉睫，
比面包和水更不可或缺，——

正如有一天我脱口而出：
"我绝不会将他出卖！"于是
跟他，跟你，崇高渴望之子，
我们一起将他保卫，

他不可战胜，直言不讳，

危急时刻能从容应对，

善于当机立断，最终结果

总是令我们喜出望外。

或许，你将穿越

各种绰号和名字的密林，

在未来的岁月里

获得斯大林信徒的美名……

然而这种跳跃感

正在各个世纪发生，

这本斯大林的书

正捧在滚烫而明媚的手中，——

是的，我理解一个女人的

优势和力量——她的头脑，

她的温柔和孤苦伶仃

向往轰轰烈烈，超凡脱俗。

她连开玩笑都满脸严肃，

一开口讲话便会忘记痛苦，

一根光荣的蓝色发带

束起她一头乌黑的头发。

我完全能够理解
她那出于母性的关心——
希望我的工作进展顺利
并得到加强，以利对敌斗争。

1937 年 7 月 5 日

萨维约洛沃

戏谑和应景之作

432. 一点半

一点半，

说实话，

让一个诗人

按字母顺序

走向答案

着实有些艰难——

可别无他路……

1911 年 3 月—5 月

433.“您想像玩具一样讨人欢喜……”

您想像玩具一样讨人欢喜，

可您的发条已经损坏：

没有诗，谁都别想靠近您，

您会将他们拒于门外。

1911 年

434. 勃洛克

勃洛克①

是罪过的

国王和巫师。

宿命

和痛苦

为勃洛克加冕。

1911 年 12 月 10 日

---

① 亚历山大·亚历山德罗维奇·勃洛克（1880—1921），诗人，象征派
代表。

435. 可在彼得堡，阿克梅派离我更近

可在彼得堡，阿克梅派离我更近，

相比巴黎浪漫主义的皮埃罗。

1912 年（？）

436. "动词词尾的钟声……"

动词词尾的钟声

在远方为我指路,

让我逃避无尽的悲伤,

到谦逊的语文学家斗室小憩。

我要忘记一切牵累和苦厄,

一个问题挥之不去:

动词简单过去完成时是否需要过去时前缀,

还有,"佩派杰夫科斯①"的态是怎样的?

                                1912 年末—1913 年初

---

① 古希腊语动词"教育"(俄语读音 пайдево)的主动态形动词过去时的俄语读音。

437. "有求必应，礼貌，严肃……"

有求必应，礼貌，严肃，

在人才辈出的两个世纪之交

忘记了缺乏个性的魏尔伦，

并将戈蒂耶①纳入众神行列。

…………

你那硬纸板上的侧面像，古米廖夫②，

好似为中国剪影而作。

1913 年（？）

---

① 泰奥菲尔·戈蒂耶（1811—1873），法国唯美主义诗人、小说家。
② 尼古拉·斯捷潘诺维奇·古米廖夫（1886—1921），诗人，阿克梅派
　　领袖。

438. "别沮丧……"

别沮丧,

坐上有轨电车,

这么空,

八路有轨电车……

1913 年（?）

439. "是什么用难听的吱嘎声……"

是什么用难听的吱嘎声

在此触动了我的耳朵?

是涅多勃罗沃①大驾光临——

毛茸茸的松树们在劫难逃②!

1910 年—1914 年

---

① 尼古拉·弗拉基米罗维奇·涅多勃罗沃（1882—1919），诗人。
② "涅多勃罗沃（Недоброво）"与俄语"在劫难逃（несдобровать）"一词谐音。

440—448. 古希腊笑话集锦

一、嫉妒

"莱斯比亚①，你去哪了?""梦神摩尔甫斯②的怀中。"

"女人啊，你撒谎了:躺在他怀中的那个人是我!"

二、"风从高高的树上扯下枯黄的叶子……"

风从高高的树上扯下枯黄的叶子。

"莱斯比亚，你看:这么多的无花果叶③!"

三、"福玻斯驾驶他的金色战车在天空驰骋……"

福玻斯④驾驶他的金色战车在天空驰骋。

明天他还会原路返回。

四、"狂躁的客人们的声音盖过了水龙头的喧哗……"

狂躁的客人们的声音盖过了水龙头的喧哗:

"主人啊，你可以洗漱，但也得接待客人啊!"

---

① 古罗马诗人卡图卢斯在自己作品中臆想出来的女主人公，也是女性同性恋的化身。
② 希腊神话中梦神许普诺斯的儿子，有时也等同于梦神。
③ 无花果叶在古希腊雕像中用来遮蔽私处，即遮羞布之意。
④ 罗马神话中的太阳神，一说是阿波罗，一说是赫里俄斯。

五、"列昂尼德的儿子岔商，谁也别想碰他的酒碗……"

列昂尼德的儿子①岔商，谁也别想碰他的酒碗，

难得见他给朋友斟上一碗冒泡的葡萄酒。

他就喜欢半躺着进餐时跟来客说：

"西徐亚人爱酒，而我喜欢交朋友。"

六、"列昂尼德的儿子岔商，每次跟客人告别时……"

列昂尼德的儿子岔商，每次跟客人告别时，

难得见他往客人手里塞上一个或半个卢布。

若是客人老实，只要三十戈比，

列昂尼德的儿子则会欣喜若狂，立即奉上。

七、"'凡人，你去哪里了？''我去希列伊科②家
做客了……"

"凡人，你去哪里了？""我去希列伊科家做客了。

真是开眼界，人家那日子过的——简直不敢相信！

沙发那才叫柔软，餐桌上还有鹅肉，

伸手碰一下按钮——灯会自动点亮。"

---

① 指诗人米哈伊尔·列昂尼多维奇·罗津斯基，其父名为列昂尼德。1911
 年—1914 年间，《极北人》编辑部会议和诗人车间例会一直是在罗津斯
 基家中开的。
② 弗拉基米尔·卡季米洛维奇·希列伊科（1891—1930），东方语文学家，
 诗人和翻译家；当时为彼得堡大学的学生，参加过诗人车间活动。

"要是复活节四街的人都过着这样的日子，

路人啊，请告诉我，复活节八街该是什么样？"

八、"'亲爱的。'不谦虚的情人一千次重复道……"

"亲爱的。"不谦虚的情人一千次重复道。

一千零一次时，他还是那句"亲爱的"。

九、"一对夫妻紧紧拥抱之后，对一颗巨大的
星星惊叹不已……"

一对夫妻紧紧拥抱之后，对一颗巨大的星星惊叹不已。

直到第二天早晨才反应过来：原来那是月亮。

1911 年—1914 年

449. 埃米尔伯爵抓起一把刀

埃米尔伯爵抓起一把刀，

埃米尔伯爵走向一幅肖像。

埃米尔伯爵，你往何处去？

埃米尔伯爵，少一幅肖像！

1914 年

450. "从前古人说……"

从前古人说：

"Ubi bene，ibi patria."①

而我，拥有朋友本·利夫希茨，

今天要反其道而行之：

"Ibi patria，ubi bene."②

---

① 拉丁语：哪里舒服，哪里就是祖国。
② 拉丁语：哪里是祖国，哪里就舒服。

451. "告诉我，奶奶……"

告诉我，奶奶，——嘿嘿！——

我现在就到你那儿去——

我该穿上礼服饭前赶到呢，

还是穿上带花纹的双面皮袄？

1931 年

452. "我是外国男人……"

我是外国男人，

我是断袖男士，

我在莱斯沃斯①长大，

莱斯沃斯啊，莱斯沃斯。

1930 年代初

---

① 岛名，在希腊。

453."十年前在古姆……"

十年前在古姆①

买的这顶帽子啊——

戴着你，我看上去

像是修道院院长，老成持重。

1932 年

---

454. "在我们相识已久的时候……"

在我们相识已久的时候

舍尔文斯基①召集我们

听一听，俄尔甫斯在科洛诺斯

如何与尼伦德尔②操练步法。

1934 年

---

① 谢尔盖·瓦西里耶维奇·舍尔文斯基（1892—1991），诗人、翻译家，翻译过索福克勒斯的《俄尔甫斯王》。
② 弗拉基米尔·奥托诺维奇·尼伦德尔（1883—1965），诗人、翻译家，翻译过埃斯库罗斯和索福克勒斯的作品。

455."嘴唇干裂，腰股开裂……"

嘴唇干裂，腰股开裂，

整个空气弥漫着分娩的呻吟：

这是玛利亚·彼得罗维赫

在诞下双胞胎——剧院的一对座椅。

1933 年—1934 年

456. "布尔什维克喜欢吊车……"

布尔什维克喜欢吊车,

法国人喜欢学生风格,

而我想当一名独裁者,

好在列夫①身上培养谦逊品德。

1933 年—1934 年

---

① 男人名字,意为"狮子"。

457. "不是马驹摆尾……"

不是马驹摆尾,

而是小孩雅沙在玩耍。

雅沙啊,你要比小孩玩得好,

你要比马驹更会尥蹶子!

1934 年

458. "我不要罗马的圆顶……"

我不要罗马的圆顶，

或者美好的远方，

我更乐意看到卢波尔①

在让-里夏尔·布洛克②的荫护下。

1934 年

---

① 伊万·卡皮托诺维奇·卢波尔（1896—1943），哲学家、文艺学家。
② 让-里夏尔·布洛克（1884—1947），法国作家、文学批评家。

459. 娜塔莎回来了

娜塔莎回来了。——她去哪儿了？

肯定没吃也没喝。

母亲发现，女儿像夜一样黑，

满嘴酒气和洋葱味。

1937 年

460. "娜塔莎啊，真不好意思……"

娜塔莎啊，真不好意思！

究竟是给谁预定的墓志铭——

给扎戈罗夫斯基①，给妈妈

还是给神赐的小乳牛！

1937 年

---

① 巴维尔·列昂尼德维奇·扎戈罗夫斯基（1892—1952），心理学家、沃罗涅日师范大学教授。

461."娜塔莎啊，真不好意思……"

娜塔莎啊，真不好意思，

我不是亨利希·海涅：

作为他的专属译者，我会

给"脑袋瓜"凑个韵脚"小狡猾"。

1937 年

462.""'娜塔莎啊,"балда"怎么写……'"

"娜塔莎,'балда①'怎么写?"

"如果是去跳舞,就分开写。"

"'вполдень②'怎么写?""既然是白天,就连着写。"

"如果是夜晚呢?""那就不知道了,老实说……"

---

① балда 俄语中是"蠢货、笨蛋"的意思,拆开写则 бал 是"舞会"的意思,да 是表示肯定的"是"的意思。

② вполдень 是 в полдень 的错误写法。作为新入职的技校语文老师,有一次给学生听写时,娜塔莉亚·施坦佩尔误地把应该分开写的 в полдень 提示成连写 вполдень(二者听上去没有区别),导致全班写错。此诗就是对娜塔莉亚的调侃。娜塔莎是娜塔莉亚的小名。

463."这就是画家阿尔特曼……"

这就是画家阿尔特曼①。

一个很老很老的人。

德语里阿尔特曼的意思就是

一个很老很老的人。

他是一位老派的画家,

辛苦了整整一生,

所以他郁郁寡欢,

这个很老很老的人。

1915 年（?）

---

① 纳坦·以撒耶维奇·阿尔特曼（1889—1970），画家。

464. 给一位扮演过西班牙人的演员①

(《谜面与谜底》)

有一天，一个西班牙人前往

萨拉戈萨②参加姨妈葬礼，

可面对咽了气的亲爱姨妈，

他的头怎么也低不下去。

他在棺材旁抽了支玉米叶卷烟，

便急匆匆地赶回家中。

年轻的西班牙女子正在偷情，

刚巧给他抓了个现行。

他怒不可遏地冲了上去，

一把揪住她的辫子！

他说："我才没去萨拉戈萨

参加什么姨妈的葬礼。

我压根就没有什么姨妈，

我只是在塞维利亚抽了支卷烟，

就回了，对此，我敢用比利博多斯

---

① 指谢尔盖·伊万诺维奇·安季莫诺夫（1880—1954），著名影视演员，扮演过伤风败俗的斗牛士费尔南多。
② 西班牙一省和省会城市名。

和博姆巴多斯①的胡子起誓!"

1917 年（?）

---

① 比利博多斯和博姆巴多斯疑是作者根据俄语单词 белиберда（胡说八道）
和 бомбарда（原始臼炮的一种，或索具）生造的两个西班牙语人名。

465."是牛奶将我和多神教的帕拉斯联系起来……"

是牛奶将我和多神教的帕拉斯①联系起来，

除了牛奶——我别无他求！

1917 年 8 月 5 日

---

① 古希腊司智慧和战争的女神，同时也是城市守护神。

466."为何你总是吹喇叭，年轻人……"

为何你总是吹喇叭，年轻人？

不如到棺材里躺一会儿，年轻人！

1919 年末—1920 年初

467. "别后悔借给我一万一……"

别后悔借给我一万一，

记住，我本可向你借两万一。

1919 年末—1920 年初

468."人的奸猾五花八门，层出不穷……"

人的奸猾五花八门，层出不穷，

但对金钱的渴望如出一辙……

富农巴霍姆，为了不纳税，——

竟然给自己找了个相好的！

1922 年或 1933 年

469. 斑鸠之歌

约诺夫①、吉斯②、押沙龙③

奋起反抗科罗连科王国④：

"我们不承认、不承认

退化堕落的文学！"

但也不要银色的浮膜，

不要苏联金币的废金属，

不要克伦斯基纸币——

我们只要斑鸠！

谁会五体投地，俯首称臣？

（一室不容两个亚历山大⑤。）

金发女、褐发女、黑发女

为谁长吁短叹，长吁短叹？

谁将被活活带进国家出版社，

受到严刑拷打和逼供？

---

① 约诺夫，伊利亚·约诺维奇，文学家、党务活动家、国家出版社社长。
② 国家出版社的缩写，与争夺过法国王位的吉斯伯爵同音。
③《圣经》中大卫王的儿子。
④ 指世界文学出版社。
⑤ 指亚历山大·戈尔林和亚历山大·吉洪诺夫，前者为国家出版社外国文学编辑室主任，后者为世界文学出版社社长。此诗的背景是：根据行政命令，世界文学出版社应与国家出版社列宁格勒分社合并。

我拒绝对此评头论足：

我们只要斑鸠！

爱国主义的桂冠

为其缓泻剂而沾沾自喜——

对于"世文①"和"现文②"

我们并没，并没以貌取人！

我们何必咬文嚼字？

我们没资格自诩高人一等。

我们吃鹅肉，你吃清汤和面包干，——

我们只要斑鸠！

ENVOI③：

出版王爷，听见没：换班前

会计师在像夜莺一样唱歌：

"是谁眼睛紧盯着钞票？

我们只要斑鸠！"

1924 年

---

① 即世界文学出版社。
② 即现代文学出版社。
③ 拉丁语，中世纪谣曲的总结性结尾，一般为四句。

470—475. 生活笑话集锦

一、"约瑟夫·曼德尔施塔姆是这些

不同墓志铭的作者……"

约瑟夫①·曼德尔施塔姆是这些不同墓志铭的作者。

除此以外，任何约瑟夫都不是奥西普·曼德尔施塔姆。

二、"这是安娜也就是伊万娜——

艺术之家的人……"

这是安娜②也就是伊万娜——艺术之家的人，

因为去艺术之家可以洗个盆浴③。

三、"这是加里克·霍达谢维奇，

姓格林奇翁……"

这是加里克·霍达谢维奇，姓格林奇翁，

尽管哈尔西翁④是舍尼埃的一首哀歌⑤。

---

① 约瑟夫即奥西普。奥西普是约瑟夫的俄罗斯化叫法。
② 安娜·伊万诺芙娜·霍达谢维奇，诗人霍达谢维奇的妻子，其第一任丈夫姓格林奇翁，共同育有一子，名加里克，随父姓格林奇翁。
③ 俄语中的盆浴（ванна）与伊万娜（Иванна）谐音。
④ 即昴宿六。
⑤ 据查证，舍尼埃并无此诗。

四、"这就是卢克尼茨基，巴维尔·

尼古拉耶维奇，一个人……"

这就是卢克尼茨基，巴维尔·尼古拉耶维奇①，一个人。

假如说这不是卢克尼茨基——那就是米留科夫②。

五、"阿列克谢·马克西米奇·彼什科夫——

一个命很苦的人……"

阿列克谢·马克西米奇·彼什科夫——一个命很苦的人③。

尽管彼什科夫并不是一个苦命的人。

六、"这就是玛利亚女士。煤炭差不多

就是泥炭……"

这就是玛利亚女士。煤炭差不多就是泥炭。

但不是每个玛利亚都能姓卞肯多夫④。

---

① 文学家、古米廖夫传记作者。

② 巴维尔·尼古拉耶维奇·米留科夫（1895—1943），著名历史学家、立宪党人领袖和临时政府成员。

③ 阿列克谢·马克西米奇·彼什科夫是苏联作家高尔基的真名，高尔基是他的笔名，在俄语中的意思是"苦命人"。

④ 玛利亚·伊格纳季耶夫娜·卞肯多夫（原姓扎列夫斯卡娅），高尔基女友和私人秘书，1921年侨居国外。

476."轴承决定与滚珠比赛……"

轴承决定与滚珠比赛，

一决雌雄。

轴承开始咝咝作响，

滚珠则蠢蠢欲动。

1920 年代末

477."宙斯免除了赫淮斯托斯的债务……"

宙斯免除了赫淮斯托斯①的债务——

原来是，他对

铁匠的事一窍不通……

可是你，雷神，对此可心知肚明！

① 希腊神话中的火神、锻冶之神。

478. "瓦季姆·波克罗夫斯基……"

瓦季姆·波克罗夫斯基①

吓不倒体面②艺术的环舞。

在养鸡专家的指导下，

在斯托伊切夫之后，年复一年，

养兔专家更加坚持不懈。

---

① 沃罗涅日的一位诗人，生卒年不详。
② 另一版本为"快乐"。

479. "若是上帝听说……"

若是上帝听说

娜塔莎①是一位教师，

他肯定会说：看上帝面上，

赶紧开除这位教师。

---

① 指娜塔莉亚·施杰姆佩尔，她是沃罗涅日一技校的文学老师，小学校长
玛利亚·伊万诺芙娜·施杰姆佩尔的女儿。娜塔莎是娜塔莉亚的小名。

480. "少年体谅少女未嫁，迟迟不肯表白……"

少年体谅少女未嫁，迟迟不肯表白。

七十年后，他悄声告诉老太太：我爱你。

少女体谅少年未婚，心中焦急，佯装镇定。

七十年后，她一口唾沫啐到老头子脸上。

1936 年，沃罗涅日笔记之二

481. "罗马公民庞波内奇……"

罗马公民庞波内奇①

厌倦了放荡不羁的生活，

他找出一大堆原因，

包括毕竟已年老体衰，

有一天他邀请客人上门，

亲手切开自己寂寞的血管，

然后蜷缩在盥洗室里，

吐出最后一口气。

---

① 曼德尔施塔姆杜撰的一个人名，暗指费奥多尔·伊万诺维奇·潘菲奥洛
夫（1896—1960），苏联作家，"拉普"领导人之一。

482. "啊，卡拉诺维奇很想拥有一件西伯利亚皮装……"

啊，卡拉诺维奇①很想拥有一件西伯利亚皮装，

哈，她把一个瘦猴子居民放进彼得罗夫卡的家。

"奶奶，皮大衣不会有了！"小孙子气呼呼地喊道，

"老实讲，曼德尔施塔姆根本瞧不起您的双面皮袄！"

---

① E. Л. 卡拉诺维奇，曼德尔施塔姆 1931 年住在莫斯科期间的女房东。

483. "要知道，高贵的朋友，星期三，
一个有露水的清晨……"

要知道，高贵的朋友，星期三，一个有露水的清晨，

你将以飞翔的方式，驱车的方式，

匆忙赶往自己心仪的一个哨位，

在那里——周边平原的炮兵——

一只早晨的牛奶罐

像空置的洋铁壶一样劈啪作响；

而我，喝罢咖啡，将驾车前往喧闹的郊区，

我会在路上找到一位德高望重的老者，

他那把坚硬的扫帚——如海神的大炮——

在无人之地专以骏马的粪便为食。

我要去那里，内心满怀高尚的情感，

去郁郁青青的手工与艺术街心广场，

那里有幅刚毅的侧面像，脸上挂着灼热的微笑，

他会抚慰我这被命运女神剪断的生命！

走开，温情话语的珍珠！殷勤——全是胡扯。

街心广场。清晨四点。让我们记住：星期三！

484. "普布留斯加入布尔什维克时还是个热血青年……"

普布留斯加入布尔什维克时还是个热血青年，

脱党时——呜呼！——已是位垂垂老者。

1925 年（？）

485. "是否可以这样说……"

是否可以这样说，
法国两兄弟，两位龚古尔，埃德蒙和儒勒，
要不是一起出生一起写作，
法国人未必会给他们这么高的荣誉。

两兄弟，但两兄弟只有一个头脑——
他们倒是有两顶帽子和两套礼服……
…………
儒勒假如只是写书，
埃德蒙就不吃饭，不呼吸。
…………
儒勒要是凭一支笔让自己不朽，
埃德蒙就会去追求卖冰激凌的姑娘。

而到了晚上，哪怕是下着瓢泼大雨，
儒勒和埃德蒙也要去大歌剧院，

才不管谁写的好，谁写的坏，
都要互相赞美，而且乐此不疲。

哪里有两兄弟在，哪里就是沙龙，就是白菜会①和首演……

"前几天在福楼拜家吃的午饭——

不，不管怎么说，

他的《包法利》确实不错。"

1925 年（？）

---

① 白菜会：演员或大学生自编自演滑稽节目的娱乐晚会，来自收白菜时举行娱乐晚会的旧风俗。

486."我怎么也想不到，玛利亚会这么轻信……"

我怎么也想不到，玛利亚①会这么轻信——

让皮亚斯特学布鲁松②，法郎士会不穿睡袍落荒而逃。

1925 年（？）

---

① 指玛利亚·施卡普斯卡娅（1891—1952），女诗人。
② 让·布鲁松，法国作家法郎士的秘书，曾在作家去世后，出版《穿便鞋和睡袍的法郎士》。

487. "谁是马雅可夫斯基的迫害者……"

谁是马雅可夫斯基的迫害者

和波斯总督拉胡迪①的

全权代表?

是申格里,主啊请宽恕我,——

刻赤的俄罗斯抑扬格看守人②。

约 1927 年

---

① 拉胡迪(1887—1957),波斯诗人,参加过 1922 年大不里士起义,失败后流亡俄罗斯,在出版系统和作家协会工作。

② 格奥尔基·阿尔卡季耶维奇·申格里(1894—1956),诗人、翻译家、评论家和诗学家。申格里是刻赤人,出版过抑扬格研究著作。

488. "仿佛来自西奈山和他泊山的一个巨人⋯⋯"

仿佛来自西奈山和他泊山①的一个巨人，

你慢吞吞地从一个合约走到另一个合约。

1920 年代（？）

---

① 位于巴勒斯坦的圣山，据称耶稣基督在此山上变容。

489. "一个犹太人，想必是个共青团员……"

一个犹太人，想必是个共青团员，

决心描绘老派贵族的日常场景：

一个地主驾着马车，伴着叮当铃声，

风风火火地去办理驿马使用证。

1920 年代（？）

490.“因为哈拉托夫哈里发的花园里……”

因为哈拉托夫哈里发①的花园里

有生活气息。

谁没品尝过“土工”②的芬芳——

他，还有我……

为了让这些游手好闲者的荣耀

永不褪色，

弗·索洛维约夫③已在“国文”④的玫瑰上

荡来荡去。

1930 年初（？）

---

① 指阿尔焦米·鲍里索维奇·哈拉托夫（1896—1938），国家出版社领
　导人。
②“土地与工厂”出版社的缩写。
③ 瓦西里·伊万诺维奇·索洛维约夫（1890—1939），著名党务活动家、国
　家文学出版社首任社长。
④ 国家文学出版社的缩写。

491. 诗体墓志铭

大尼基塔街上的巢穴——动物学奸党，

维尔梅尔①曾与之暗通款曲，

他是巴尔贝·多尔维利②的门生。

这个假绅士，臭名昭著的巴尔贝

在维尔梅尔的家当中留下了痕迹，

由此给维尔梅尔制造了不少烦恼。

谁能知道，巴尔贝的穿着如何？

要知道孙子不会去问一个英国人：

应该是"德比"还是"达比"③。

可维尔梅尔却钻进了巴尔贝的礼服。

1931 年春

---

① 尤里·马特维耶维奇·维尔梅尔（1906—1943?），生物学家，《进化论论稿》（1924）一书的作者之一。
② 巴尔贝·多尔维利（1808—1889），法国作家，其作品《论花花公子生活与乔治·布勒梅尔》一书于 1912 年译成俄语。
③ "德比"和"达比"为同一词的不同发音。赛马的一种，参赛的马匹要求三岁和四岁。

492. "维尔梅尔踱来踱去，气喘连连……"

维尔梅尔踱来踱去，气喘连连，
他在寻找柔软的胚胎。

人类的表皮很适合
做书籍的封套。

大街小巷尽是积雪，
人们都包上了一层皮——

就连妇女儿童也是如此——
就像军阀们戴上了手套。

玫瑰少女想要怀上一个
皮肤特别结实的女儿。

闷热……维尔梅尔在图书馆
被色情折磨得上气不接下气。

1932 年 10 月

493. "对幸福近乎绝望……"

对幸福近乎绝望，

维尔梅尔驱车前往加特齐纳①。

他差不多就是恰达耶夫，

但人生的目的大为不同。

他从可爱的弟媳肚子里

偷走了……——

你们想想：可能是什么？

他偷这东西何用？

用侄儿的皮肤

当真可以做成封皮！

维尔梅尔一把揪住一个鬼，

就像在门厅救助一位少女。

1932 年 10 月

---

① 彼得堡近郊一座古城。

494. "马嘶喵喵，猫叫萧萧……"

马嘶喵喵，猫叫萧萧，

哥萨克在模仿犹太佬。

1932 年（?）

495. "十四世纪兹维尼戈罗德的公爵……"

十四世纪兹维尼戈罗德①的公爵

一顿饭吃下了七十张煎饼,

而可怜的安德烈公爵②至今未愈。

我们离不开祖宗们的保护!

1932 年

---

① 莫斯科近郊古城。
② 安德烈·弗拉基米罗维奇·兹维尼戈罗茨基 (1878—1961), 诗人。对曼德尔施塔姆评价甚高。

496—505. 马古利斯①轶事

一、"马古利斯老人来自罗斯托夫……"

马古利斯老人来自罗斯托夫，

由布勃诺夫②引荐，

是奥斯特洛韦尔③和日沃夫④的朋友，

卡扎科夫⑤的同时代人。

二、"马古利斯老人在东方……"

马古利斯老人在东方

发现了历史的源头。

玛丽埃塔·莎吉娘⑥那里

这样的历史掌故要多得多。

三、"我做了个梦——是魔鬼引发的……"

我做了个梦——是魔鬼引发的：

---

① 应为莫古利斯，马古利斯为诗人笔误。亚历山大·奥西波维奇·莫古利斯（1898—1938），翻译家，作协理事，罗斯托夫人，1931 年任职于人民教育委员会机关报《为了共产主义教育事业》，与曼德尔施塔姆有交往。
② 布勃诺夫，安德烈·谢尔盖耶维奇（1884—1940），俄共活动家，曾任俄联邦教育委员会人民委员。
③ 列·伊·奥斯特洛韦尔（1889—1962），作家。
④ 马·谢·日沃夫（1893—1962），作家。
⑤ 米·埃·卡扎科夫（1897—1954），作家。
⑥ 玛·谢·莎吉娘（1888—1982），女作家。

马古利斯为布勃诺夫做了套礼服。

可就在这时幻象又颠倒了，

穿着布勃诺夫礼服的是马古利斯。

四、"马古利斯——他来自人民委员会……"

马古利斯——他来自人民委员会，

他不是游客也不是科学家，

他是位有名的旅行家，

到过底格里斯和埃夫罗斯①源头。

五、"马古利斯老人的双眼……"

马古利斯老人的双眼

时刻追踪着我的想象，

我惊恐地从中读到："为了

共产主义教育事业"。

六、"咳，马古利斯老人的眼睛……"

咳，马古利斯老人的眼睛

与自己的使命不太适应②，

---

① 阿·马·埃夫罗斯（1888—1954），艺术学家，翻译家，文艺学家，时任
国家文学出版社法国文学编辑室主任。埃夫罗斯与幼发拉底谐音，此句
指马古利斯到过两河流域的源头（在伊朗），也去过埃夫罗斯那里"探
源"，即寻求约稿。
② 马古利斯任报社信息部主任，其职责显然对视力有要求。

会把他从"为了共产主义

教育事业"那里扫地出门。

七、"马古利斯老人私底下……"

马古利斯老人私底下

说服了我的妻子

走一条现成的捷径,

加盟一家臭名昭著的报纸。

为这点儿蝇头小利

竟要承受如此奇耻大辱!

我要举行一个追荐仪式,

为他灵魂的"兹卡佩①"!

八、"马古利斯老人时不时地……"

马古利斯老人时不时地

要吃煮得很嫩或很老的鸡蛋。

他的敌人无耻地制造谎言,

说马古利斯这人如何专横。

九、"马古利斯老人,请标注……"

马古利斯老人,请标注,

---

① 《为了共产主义教育事业》的俄文缩写。

他住在烟斗街的谢梅科①家，

作为一个绝顶聪明的人，

他放弃家庭与谢梅科同住。

十、"夏天的夜群星璀璨……"

夏天的夜群星璀璨，

锰②在潮湿的地下安睡，

可在我眼里，千岁的马古利斯

比锰和群星更和蔼可亲。

1927 年—1932 年

---

① 尼古拉·谢梅科，文学家，写过诗。
② 俄语"锰"一词与"马古利斯"谐音。

506. "在那偏僻的蛮荒之地……"

在那偏僻的蛮荒之地，

灌溉沟渠哗哗水流，

灌溉沟渠哗哗水流之地，

放牧着一头公牛，

而放牧着一头公牛之地

有一个唱歌的老头。

1934 年（？）

507. "地狱的火河汹涌澎湃……"

地狱的火河汹涌澎湃，

地狱的穹顶战栗不停。

蛋糕肯定吃光了——

皮亚斯特①精心培育的毒药。

1934 年初

---

① 弗拉基米尔·阿列克谢耶维奇·皮亚斯特（1886—1940），象征派诗人。

508."我听见皮亚斯特快步上楼的脚步声……"

我听见皮亚斯特快步上楼的脚步声，

我看到他大衣上的第七十五个裂口，

我难为情地闻到了荷兰奶酪的香味，

我恨不得把那近百支烟卷一把抢走。

1934 年初

509. "我想起了一本古老的伪经……"

我想起了一本古老的伪经：
一头狮子在荒野尾随马利亚，
出于一个神圣而又简单的原因，
那就是约瑟的耐心实在长久。

这位长老，行为有些古怪，
他相信了马利亚的骄傲——
理由是，她现在不需要别人，
而狮子——孩子——靠天降吗哪而生。

除此而外，马利亚是那么温柔，
她的爱情，我的上帝啊，那么乖张任性，
她的荒野那么贫瘠少沙，

以致琥珀色的毛发和棕红色
混在了一起，而皮肤——比亚麻还柔软——
被弯钩般的利爪抓得伤痕累累。

1934 年初

510. "玛利亚·谢尔盖耶芙娜，我特别想……"

玛利亚·谢尔盖耶芙娜①，我特别想

见到您这位翻译家老时的模样，

看您不知疲倦地摇头，

对苏联各族人民心向往之，

特别希望您不需任何人说情

就能进入申格里的出版社办公室，

而出来时，手提肩背着乌克兰人

还没有为之押好韵的各式小礼物。

1934 年初

---

① 玛利亚·谢尔盖耶芙娜·彼得罗维赫，翻译家。

511. "蜜蜂习惯了与养蜂人相处……"

蜜蜂习惯了与养蜂人相处——

蜜蜂的种群就是这样，

只是我忍受阿赫玛托娃的尖酸刻薄，

屈指数来，已经二十又三年。

1934 年 2 月

512—519. 寓言

一、"有一天，有一位中校……"

有一天，有一位中校，

一名白卫军和情人，

开始吃斋，驱除肚子里的蛔虫。

三天或者是四天

他水米未沾。

但世界上最伟大的守斋者

非那个空腹阅读《在岗位上》① 的人莫属。

约 1923 年

二、骗子和天主教教士

都知道：天主教教徒离婚

视同犯罪！

你看，

在意大利，有个分立主义者，

来到宗教事务所，找天主教教士，

---

① 一语双关，俄语"在岗位上"也有守斋之意。

建议他们哪怕建一个水族馆。

然而，一位副主教

凭眼神识破了骗子，

他拒绝道：

"走吧，我的儿子，只要你还活着：

就连鱼要离婚我们也不允许！"

1924 年

三、姑妈和米拉波

我的姨妈多有钱啊！

金银瓷器可以开展馆，

各式各样的摆件和红木家具，

路易，洛可可①——不胜枚举。

客厅中所有物件中间，

有尊贝多芬石膏像，立在一架可爱的钢琴上。

在姑妈家里，他觉得特别体面。

有一天我有幸到她家里做客，

这位孤芳自赏、刚愎自用的老太太，

在贝多芬面前闷声说：

"你瞧，宝贝儿，这是马拉②画的米拉波③！"

---

① 路易、洛可可，均指家具风格。
② 马拉（1743—1793），法国大革命时期政治家、革命家，学过绘画。
③ 米拉波（1749—1791），法国大革命时期的革命活动家。

"您说什么呢，姑妈，这不可能！"

但人一旦到了死硬的老年，就会对改错置若罔闻：

"你瞧，"她说，"这个可是大名鼎鼎的马拉肖像，

我有些想起来了，米拉波的大作。"

读者啊，同意吧，这是不可能的！

1925 年

四、"马车夫怀着老百姓的热忱……"

马车夫怀着老百姓的热忱

对但丁说——

关于什么？关于自由职业，

关于他与但丁血脉相同的东西：

"我也喜欢管风琴，

所有酒馆中我最中意'罗马'。

尽管我是佛罗伦萨人，

但我毕竟不是小偷和凶手；

要知道我的马，如果好生保养，

再跑个十年八年应该没问题，——

你去找贝阿特丽采也有年头了；

即便喝醉，我也不会说但丁坏话，

我敬重你，如同敬重亲生父亲和城防司令——

你下个令吧，秋天时别让他们把桥吊起来！"

1925 年

五、"有位公民，大概是牧师的儿子……"

有位公民，大概是牧师的儿子，

吃够了花钱的面包，

"谢谢，"他喊道，"卡冈诺维奇！"

他就是这样。

1920 年代末（？）

六、"有一次一个农民……"

有一次一个农民

从很远的村子来到合作社，

想给自己买一个避孕套。

不知从何处窜出一条毛拉狗，

厚颜无耻地突然冲到他前头，

买了一件商品，就是这样。岂有此理！

1930 年代（？）

七、"有位公民，没有醉糊涂……"

有位公民，没有醉糊涂，

但毕竟也是不太清醒，

在家里摆了一台管风琴。

乐器声太大。左邻右舍很生气。

派人去找房管员。房管员怒不可遏。

马上叫来看门人塞巴斯蒂安——

巴赫，巴赫——他砸烂风琴，将混蛋一顿暴打。

问题不是坏在塞巴斯蒂安莽撞，

而是坏在某个不知名的巴赫粗野。

1934 年（？）

八、"一位裁缝……"

一位裁缝

长了个漂亮脑瓜，

被判处极刑。

死又如何——他不失裁缝风度，

给自己量好尺寸——

他至今还活着。

1934 年 6 月 1 日

斯维尔德洛夫斯克

520. "泪泉结冰了，谢尔盖·卢达科夫……"

泪泉结冰了，谢尔盖·卢达科夫①

精心构思的谣曲有一普特重。

1936 年末或 1937 年初

---

① 谢尔盖·鲍里索维奇·卢达科夫（1909—1944），苏联诗人、文艺学家。

521. "娜塔莎睡着。和风绕着……"

娜塔莎睡着。和风绕着

她波涛般的头发盘旋。

对一位少女而言，尽人皆知，

清晨的梦——泪的源泉，

意味着洗头，

但烘干她头发的

是一种强大的吸尘器，

泪的源泉会持续枯竭——

也会重新沸腾。

1937 年 2 月 24 日

522. "这本小书是特罗沙从农研所偷来的……"

这本小书①是特罗沙从农研所偷来的，

瓦佳给娜塔莎的橡皮使它焕发了青春，

叔叔来访那天送给她的。

1937 年 3 月 1 日

---

① 指曼德尔施塔姆的一本诗集。

523. 决定

假如我能娶埃及女人为妻，

并化身为金字塔的法律，

我会为我妻子，为夫人，

一个外国女子，购买氨基比林，

在尼罗河沐浴或前往神殿时，

或者夏天在金字塔中晚餐时，

给金字塔的女主人奉上氨基比林。

1937 年 3 月（？）

524. "在爱琴海的边上……"

在爱琴海的边上，

住着阿尔戈斯人①。

一个相当古老的民族。

他们恶劣的职业

实在令人称奇：

出卖个人档案。

树叶神圣的颤抖，

纸张讨厌的沙沙，

他们以此为生——唉！——

十足的下作，不可救药……

---

① 希腊城市阿尔戈斯的居民。

集体之作

525. "一头母牛在吃草……"

一头母牛在吃草，
公爵夫人在吃果冻。
时间到了一点半——
伯爵在小别墅发呆。

约 1913 年，彼得堡

526. 牧歌①

日耳曼丛林中响起喇叭的嚎叫
和院系啄木鸟们恐怖的啄虫声。
一个大学生，还未梳理好一头乱发，
便匆忙赶去毒害神话般的动物种群。

可凶残的猎犬训练师拉德洛夫②
却对浪漫狗们高喊一声"蹲下！"
试看你的稚虫猎捕如何收场，
啊，彼得堡大学的骑士布朗③！

当阿尼奇科夫④把过多饼干塞进嘴巴，
他其实是拦截了思想的流动。
科冈⑤呼地从椅子上站起，拂袖而去。

---

① 此诗的灵感来源于彼得堡大学新语文学会举办的一次学术会议，是对会
  上某些发言的调侃。
② 埃尔涅斯特·利沃维奇·拉德洛夫（1854—1928），哲学家，在会上反驳
  布朗的发言。
③ 费奥多尔·亚历山德罗维奇·布朗（1862—1942），时任文史系罗曼语-
  日耳曼语科主任，新语文学会会长。在会上做了《浪漫主义理论的变迁》
  学术报告。
④ 叶甫盖尼·瓦西里耶维奇·阿尼奇科夫（1866—1937），西方文学教研室
  副教授。
⑤ 彼得·谢苗诺维奇·科冈（1872—1932），罗曼语-日耳曼语教研室副教授。

临走撂下一句："今天的报告荒谬之极！"

呜呼，那不是报告，而是给猫灌肠，

那猫有个雅号——大名鼎鼎的浪漫主义！

1912 年

527. 死去的军官

（谣曲）

献给诗人尼·敖祖普

每人送一只鸡蛋

给别拉文茨中校。

别拉文茨中校

吃了很多鸡蛋。

可怜可怜别拉文茨吧，

死于鸡蛋的中校。

1920 年—1921 年

528. 十四行诗

青苔街上的一家人，来自多林的低地①，

此时他们正在庆祝文学的工间休息：

在此，戈梅尔即罗马，肖莱姆·阿什②是教皇，

留着蓬松长鬃发的——是狗的脑袋。

用两份报纸——啊奇妙的平衡！——

为了方便祷告，方便文友小聚，

两个侏儒建起一间窝棚：

白俄罗斯和西班牙的立锥之地。

身高两尺，其貌不扬，胡子拉碴，

大卫·维果茨基出入国家出版社③，

活像犹太字母的花字尾；

而在理发店对面，那位跟他

---

① 指维果茨基一家。大卫·以撒科维奇·维果茨基（1893—1943），诗人、
  西班牙语翻译家、文艺学家，出生于白俄罗斯的戈梅尔，其妻爱玛也是
  作家。
② 肖莱姆·阿什（1880—1957），俄罗斯犹太作家、剧作家。
③ 维果茨基在"浪潮"出版社（后并入国家出版社）工作过。

一样不修边幅的矮子老弟，

图书贸易大王，正等着他。

1926 年—1927 年

529. "珐琅、钻石、镀金……"

珐琅、钻石、镀金

可作埃及人的装饰,

而要打扮我的姑娘

得用两尺针织或哔叽。

1934 年

530. "偶然的疏忽或听错……"

偶然的疏忽或听错

对智力有害，如哮喘之于胖子。

现在我们举个例子：

一位地理学家

跟一个文盲交谈时

提到一个地名"白池"。

结果双方大打出手。

究竟谁是罪魁祸首？

显然是那个

把"白池"听成"白痴"的人。

1935 年

531. "少年侏儒，小器的侏儒……"

少年侏儒，小器的侏儒①，

细细的眉毛，傲慢，凶恶……

他只吃叶洛莎，

只吃鸡蛋壳。

1936 年

---

① 指曼德尔施塔姆合租房的邻居，瓦西里·谢尔盖耶维奇·叶洛佐
（1899—1938），时任沃罗涅日《公社报》编辑。

列在诗人名下的诗

532. "在大理石柱子的身体上……"

在大理石柱子的身体上
路过的众人留下脚印。
路边的圣殿可以亵渎，
然而美却无法玷污。
恶之中也有我的理想，
生活中难以避免丑行。
所以我要亲吻美，
同时轻触无耻的言语。

1910 年

533. "一九一二年，圣穆斯塔米安……"

一九一二年，圣穆斯塔米安
被尊为圣者，面红似苹果。

妖怪一样的父母生下的孩子
如今体尝到享受不尽的万福。

银器抵押了，衣服卖掉了，
又向兑换商借了一千第纳里^①。

仆人们用棍棒驱赶这个穷鬼，
公民们仍在保护本区的善良。

有一次，他去圣地朝拜，听见人喊：
"奥·曼德尔施塔姆，快看，那里有朵铃兰!"

1912 年

---

① 古罗马金币或银币。

534. "普希金拥有一条大街，热烈的莱蒙托夫也是……"

普希金拥有一条大街，热烈的莱蒙托夫也是，

你将受到何等敬奉啊，如果说

你生前已经拥有十条圣诞路？

1921 年

535—537. 摘自谢佩连科①笔记

一、"诗人胆大包天……"

诗人胆大包天！

请看：在谢佩连科笔下

伯尼法提乌斯②不用拥抱

便与阿格拉伊达苟合。

二、"我们没有丝绸，只有羊皮……"

我们没有丝绸，只有羊皮，

我们是个不幸的民族。

笔记本里尽是妖魔鬼怪，

且我们总是时运不济。

三、"你的脑袋才华横溢……"

你的脑袋才华横溢，

---

① 德米特里·伊万诺维奇·谢佩连科（1897—1972），诗人。
② 伯尼法提乌斯（公元三世纪），罗马基督教殉道者，富家女阿格拉伊达的
　奴隶和情人。据圣徒传记载，阿格拉伊达想要购买殉道者的遗骸，便派
　伯尼法提乌斯到东方寻求，伯尼法提乌斯到达塔尔苏斯（在今土耳其）
　后，公开宣称自己是基督徒，因而被抓，饱受折磨后被斩首。290 年，同
　行者把他的遗体运回罗马，交给女主人。

心还活着，并没有死，

就像清洁工梅兰季耶芙娜……

不过，这没有什么。

1923 年

538. "维尔梅尔对康德造诣颇深……"

维尔梅尔对康德造诣颇深，

这样说吧，他绝对是

不折不扣的康德追随者，

对康德了如指掌。

穿上礼服，打上黑色蝴蝶结，

哇，他简直就是一名哲学家！

维尔梅尔吃掉了康德体内的狗，

而康德，狗，吃掉了他。

1932 年

539. "维尔梅尔刚到德米特洛夫……"

维尔梅尔刚到德米特洛夫①,

就买了一顶崭新的礼帽。

何止礼帽——简直是主教法冠。

维尔梅尔令德米特洛夫大吃一惊。

他戴上礼帽,这无异于

在祖先面前盛装出行,招摇过市。

礼帽可是苏维埃体制的缺口……

礼帽没了,他踉踉跄跄返回家中。

1932 年

---

① 莫斯科以北 50 公里处的一个城市。

540. "尤里·维尔梅尔……"

尤里·维尔梅尔

正在安眠。

八月。无雪。

其实，是四月。

在德米特洛夫，一位祖先

以特里兹纳形式得到敬奉。

而紧随其后的是

戴着礼帽的——小弥尔顿。

1932 年

541. "女人，跟猴子一样……"

女人，跟猴子一样，

胃里时不时会发生故障。

1930 年代初

542. "加百列喜欢抽烟……"

加百列喜欢抽烟，

加百列崇拜萨福，

加百列给埃夫罗斯打电话——

"亚伯拉罕，"他说，"马尔科维奇。"

1930 年代初

543. "一天，有人问一名士兵……"

一天，有人问一名士兵：

"希普卡①可都太平无事？"

"是的，"他回答，"在希普卡

全都承认了自己的错误。"

1930 年代初

---

① 希普卡，地名，在保加利亚。1877 年—1878 年俄土战争关键战役之一的希普卡保卫战在此发生，以俄军胜利告终。战前俄国守军麻痹大意，在呈送沙皇的军情报告中称"希普卡太平无事"，结果战事突发，一度陷入被动。俄军亡羊补牢，总算稳住阵脚，最后以少胜多。后来这句话成为一个成语，字面意思是报喜不报忧，隐含意思近似"亡羊补牢，犹未为晚"。

544. 出版社之诗①

在纳杰日津街上

住着一位

诗歌出版家，

人称

布洛赫②

先生。

人人觉得他好，——

只有一些人

觉得他坏：

布洛赫

很喜欢卷首插图。

也是那些插图害了他，

咳！

出版家的道路艰辛，充满荆棘，

还要操心书名、环衬和扉页。

一页页一本本，都要布洛赫签字发排。

一百本印出来，便开始无聊得要命。

① 此诗与古米廖夫合作。
② 雅科夫·诺耶维奇·布洛赫（1892—1968），记者、翻译家和出版家。

多布任斯基①和拉德洛夫②

没法让他笑逐颜开。

望着米特罗欣③，他心如死灰。

于是，等他上床时，魔鬼便对他说：

"雅科夫·诺耶维奇！要知道，还有弗鲁别利④、

维拉斯克斯⑤、谢罗夫⑥、拉斐尔⑦呢……"

布洛赫

整整一夜

没合眼，

整整一夜

在撕卷首插图。

一大清早

就提起电话——

召集诗人们过来聚餐。

而当诗人们

陆续赶到，

---

① 姆斯季斯拉夫·瓦列里安诺维奇·多布任斯基（1875—1957），画家。
② 尼古拉·埃尔涅斯托维奇·拉德洛夫（1889—1942），画家，艺术史家。
③ 德米特里·伊西多罗维奇·米特罗欣（1883—1973），线条画家，插图
　 画家。
④ 米哈伊尔·亚历山德罗维奇·弗鲁别利（1856—1910），俄罗斯画家、雕
　 塑家。
⑤ 迪戈·维拉斯克斯（1599—1660），西班牙画家。
⑥ 瓦连京·亚历山德罗维奇·谢罗夫（1865—1911），俄罗斯画家。
⑦ 拉斐尔（1483—1520），意大利画家。

正准备开席，

布洛赫举起手——

一刀刺进库兹明①胸口，

接着给曼德尔施塔姆一杯毒酒，

诗人一口喝下去，便倒在了沙发上。

古米廖夫的命卖了个好价钱。

死了都没说一个不字，这是乔治·伊万诺夫②。

当布洛赫把所有诗人一一了结，

他终于高兴地长舒一口气：

我的梦想现在实现了——

我要在天堂开创出版大业：

那里有弗鲁别利、谢罗夫、

还有伦勃朗③和比亚兹莱④，——

看谁还敢跟我的公司竞争！

约 1921 年，彼得堡

---

① 米哈伊尔·阿列克谢耶维奇·库兹明（1872—1936），诗人，小说家。
② 乔治·伊万诺夫，即格奥尔基·弗拉基米罗维奇·伊万诺夫（1894—
  1958），诗人，翻译家，评论家。
③ 伦勃朗（1606—1669），荷兰画家。善于使用"明暗"处理手法。
④ 奥伯利·比亚兹莱（1872—1898），英国画家。

未完成和散佚之作

545. "提起咯吱作响的……"

提起咯吱作响的

麦草篮子的顶端。

1908 年

546. "我记得那古老的海岸……"

我记得那古老的海岸，

礁岩上深深的裂痕，

您雄狮般的吼声传来，

盖过了大海的涛声。

您那憔悴的容颜，

拜占庭人锐利的目光，

精神之美的火焰——

将永存我的记忆和梦乡。

您感受到秘密的纽带，

您察觉到词语的诞生，

谁善于严肃地指责，

谁才会真正懂得赞颂。

1910 年

547. "有一天，一个结巴准尉……"

有一天，一个结巴准尉

来找自己的曾祖母。

1911 年

548."天使长走进圣像室……"

天使长走进圣像室,

夜静中散发出缬草味道。

天使长向我连连发问,

你的辫子对你有何用处?

你肩上的锦绣有何用处?

1921 年

549. "【……………】康杰拉基，在他那里……"

【…………】康杰拉基①，在他那里

布里赫尼切夫②取代了一条拴链子的狗

1921 年

---

① 大卫·弗拉基米罗维奇·康杰拉基（1895—1937），曾任格鲁吉亚教育人
民委员、苏联驻瑞典和德国贸易代表。
② 约安·潘捷莱莫诺维奇·布里赫尼切夫（1879—1968）。

550. "可我喜欢你，谢尔盖·鲍勃罗夫……"

可我喜欢你，谢尔盖·鲍勃罗夫，

那头邮局和电报局的银发。

1920 年代

551."马古利斯老人在林荫道……"

马古利斯老人在林荫道

为我们高唱贝多芬。

1920 年代（？）

552."炽烈的波兰人，钢琴的善妒者……"

炽烈的波兰人，钢琴的善妒者

…………

小小的拉摩①，木质的蚂蚱

…………

我害怕柴可夫斯基——他是一无所获的莫扎特。

1930 年代（？）

---

① 让-菲利普·拉摩（1683—1764），法国作曲家，巴洛克时期音乐理论家。

553.“凶手，犯罪的樱桃……”

凶手，犯罪的樱桃，

该死的娇弱女子，妈呀！

【……】你自身就是一份

温柔幸福的天赐礼物。

…………

…………

武士钢刀的凛凛寒光

和全部太初混沌的黑暗

合成一块浑金璞玉

当我的小玛丽

那迷人、狠毒的下巴

比石头更罪大恶极。

1934 年

554. "在镀锌的、湿润的巴统……"

在镀锌的、湿润的巴统，

在霍乱流行的罗斯托夫集市，

在黄连木的、狡黠的梯弗里斯，

在库拉河畔带阳台的峡谷

女裁缝们在缝制连衣裙。

1934 年

555. "我是沃罗涅日路轨旁边……"

我是沃罗涅日路轨旁边

断了一条手臂的信号旗。

1935 年

556. "不可战胜的坡顶……"

不可战胜的坡顶

扇状铺开的板条。

1937 年（？）

557. "像你们一样的人……"

像你们一样的人，眼睛深深陷入颅骨……

像你们一样的法官，剥夺了你们桑树果的清凉……

1937 年（？）

558. "巴黎有座广场——名叫星星……"

巴黎有座广场——名叫星星

【…………】汽车的畜群

1937 年（？）

559. "但年轻的迈锡尼雄狮们……"

但年轻的迈锡尼雄狮们

已经在用力摇晃大门……

1937 年

儿童诗

560—573. 煤油炉

一、"漂亮的母鸡来找目空一切的雌孔雀……"

漂亮的母鸡来找目空一切的雌孔雀：

"给我们哪怕一根羽毛吧，庆祝一下：咯咯哒！"

"得了吧！你们配吗？

好好想想：你们配吗？

我们跟你们不是一路人：自以为了不起！咯咯哒！"

二、"糖做的脑袋……"

糖做的脑袋

要死不活——

我们要沏一壶新茶：

茶里加点糖！

三、"为了治好和洗净……"

为了治好和洗净

这只金色的旧煤油炉，

要先拆下它的头

并用水冲洗。

铜匠，一位煤油炉医生，

将治好煤油炉的病：

他会加上新鲜的煤油，

用一根细针将污垢清理干净。

四、"我特别喜欢内衣……"

我特别喜欢内衣，

与白衬衫交情甚笃；

只要我一见到它——

抚摸，熨烫，滑过：

"要是您知道，站在火上

我有多疼，该有多好！"

五、"鲜牛奶我，没啥学问……"

"鲜牛奶我，没啥学问，

但变成酸奶还是很容易。"

鲜牛奶对

烧开的牛奶说。

而烧开的牛奶

哆哆地回答：

"我一点都不嫩：

我有一层凝皮！"

六、"在茶炊里和茶杯里……"

"在茶炊里和茶杯里

在水罐里和水瓶里

所有的水都来自龙头。"

"别打碎了杯子。"

"可水管

是从哪里

取的

水呢?"

七、"电话在住宅里哭……"

电话在住宅里哭,

两分钟、三分钟、四分钟,

不出声了,气急败坏:

哼,谁都不接。

"就是说,我完全无用,

我生气了,我寒心了:

那些上了年纪的电话,

它们会理解我的铃声!"

八、"如果愿意，你摸摸……"

"如果愿意，你摸摸——

手心还有点热：

我是电——冷的火。"

薄薄的一小块炭芯，

用一根头发丝缠着：

一盏小小的灯泡

不是在闪耀，而是在燃烧。

九、"一只山雀大发脾气……"

一只山雀大发脾气：

偌大的海，竟无处解渴——

浪头大大的，

水咸得要命；

可这水又不简单，

这水永远是湛蓝的……

"暂时先将就一下——

回家再喝个够！"

十、"一堆柴禾——白桦和松木……"

一堆柴禾——白桦和松木

被搬进了厨房，

好像一堆编织物

丢在地上，散乱开来，

为了把厨房烧热，

为了把炉子烧红。

十一、"学画画的小男孩……"

学画画的小男孩

脸红到了耳根，

因为他不会

削铅笔。

一桌子碎末。

总算勉强

削尖了。

瘦身了。

铅笔央求小男孩：

"放过我们吧，别削了！"

十二、"电话铃声……"

电话铃声

如豌豆撒了一地，

可熨斗和饭锅

在厨房里听不清。

煎锅也有些耳聋——

但不是他们的错：

错的是打开的龙头——

他的喧哗，好似击鼓。

十三、"你为何东躲西藏，摄影师……"

你为何东躲西藏，摄影师，

为何要用围巾蒙上脸？

快出来，把围巾摘下：

以后你再躲藏。

只有沙漠上的鸵鸟

才会把脑袋藏进翅膀。

哎，摄影师！日出三竿了

还睡觉，真丢人！

十四、"小提琴家们到市场上……"

小提琴家们到市场上

去买挂锁形白面包，

结果由于吵架只有

小号手们得到了面包圈。

1924 年

574. 两辆有轨电车

车场上停着两辆有轨电车：
克里克和特拉姆。
每天早晨他们
一起出车。

街道美人，是所有有轨电车的母亲，
喜欢快乐地用电眨动眼睛。
街道这个大美人，是所有有轨电车的母亲，
派出暴风雪来打扫铁轨。

每到接口，由于撞击和铃声
克里克的车厢台
在铁轨上都会感到疼痛。

傍晚时他的挂灯恹恹欲睡：
他忘了自己的号码；不是五路，不是三路……
马车夫和孩子们笑话他：
"这就是无轨瞌睡虫，看哪！"

"请问，售票员，请问，司机，

我的叔伯兄弟特拉姆在哪里？

我总是凭眼睛能认出他，

凭红色的车厢台和弯曲的脊背认出他。"

这条街的开端是五个街角，

而这条街的尽头是在大花园旁边。

它整个被马儿们踩得结结实实，

它整个被行人踩得颜色发黑。

将银光闪闪的铁轨送往前方。

谁在那里像路灯一样望着暗处？

这是克里克停在了桥上，

五颜六色的灯火闪着泪光：

"哎，司机，我认出来了，往家里开！"

而特拉姆一抛一扔——

一只礼花缤纷坠落：

而特拉姆不想回车场，

隆隆声比谁都响亮。

火车站的尖塔上

圆脸的时钟闪闪发光，

指针在刻度盘上走动，

好似黑色的唇髭。

这里的有轨电车就像一群鹅，
纷纷转弯。
特拉姆跟同事们一起，
并排停好。

"看啊，一辆载重卡车飞奔而来，
我不怕。我是有轨电车。我习惯了。
可是，请问，我的兄弟在哪儿，
我的克里克在哪儿?"
"我们什么都不知道，
我们没有见过他。"

"你告诉我，七层的石头
房子，长着大大的眼睛，
你通过所有的窗口
能将周围的三条街尽收眼底，
有没有听说过克里克，
我们年轻的有轨电车?"
房子恶狠狠地回答:
"打这里通过的电车，多着呢。
你们啊，这些汽车朋友，

都是些彬彬有礼的人，

从来，从来都是

让有轨电车先行。"

"给我讲讲克里克，

讲讲这辆苦命的有轨电车，

讲讲我这位挂着

一盏粉红色电灯的叔伯兄弟。"

"我们见过，见过，从没欺负过他。

他站在广场上——比谁都愚蠢：

一只眼睛粉红的，另一只暗一些。"

"握住我的手，司机，握住，

我们赶快去找他；

他在那里在跟别人的马讲话，

他年纪最小，也最笨。

我们去找他，肯定能找到。"

一辆有轨电车对另一辆说：

"克里克啊，我想你了，

我很高兴听见

你的铃铛那悦耳的声音。

你那只粉红色的眼睛哪儿去了？失明了。

我现在就带上你，挂到我后面：

你更年轻——还是你挂上来！"

1925 年

575. 气球

爱说闲话的气球们吹得鼓鼓的，

似一片彩云系在绳子上，

撒娇、漂浮，互相推搡，

把自己的小弟挤得动弹不得。

"真倒霉，我这只绿气球，碰到

一个捣蛋鬼，一只可怕的红色大头球。

我是个愚笨的气球，没有头脑，

我是别人丢弃的，又被人捡到。"

"而我的这根绳

比蛛丝还细，

我的皮肤上

没有一丝皱纹。"

一台沙哑的手摇风琴

看见了这只气球：

"我们去林荫大道吧，

去买一块白云①：
我会更快乐，
您也会更开心。"

复活节的集市上
各种玩乐应有尽有。
气球们散着步——
这些吹胀的雌孔雀们。
零钱不够
给所有的售货员：
五千只椋鸟，
五百只金丝雀。
一只大头的
走在各个行列中间。
一只捣蛋的
走在排排货摊中间。

"喂，白绳上的
那些鸽子球，
把你们都卖了，
我就不会赔钱了！"

---

① 喻指棉花糖。

浅紫色的气球们说：

"我们不是蜜糖饼干，

我们在绳子上发抖，

我们愿意就可以飞走。"

这时来了一个男孩，

买了一只口哨，

他吃着蜜糖饼干，

还给别人分点。

他来了，扫了一眼。

怎样的一个诱饵：

一群爱吵嘴的鸟儿

在绳子上打着哆嗦。

他自己就长了个

硕大的脑袋！

那些胖胖的气球开始膨胀、用力——

浅紫的、红的和蓝的：

"带我们走吧，只要舍得花钱，

我们不光会走路，还会蹦蹦跳跳。"

看吧，一只气球，

挂着一盏自豪的灯在漂浮，

看吧，那只气球在撒娇，

在玩孔雀开屏，

而这就是那个捡来的，

没有头脑的绿气球！

"把那只绿的拿下来，

连绳子给我。

你这个蠢货，

为啥要学蜗牛爬?"

"尽管飞吧，

拴着那根白绳!"

复活节的集市上，

各种玩乐应有尽有。

气球们在散步，

这些吹胀的雌孔雀。

一个大头的

走在各个行列中间，

一个捣蛋的

出没于各个货摊中间。

1926 年

576. 擦鞋匠

劳驾，离我近一点，
把脚放好，放稳，
你的皮鞋是棕色的，
不方便这样穿着出门。

我先用鞋油清理一下，
再用黑丝绒把它擦亮，
最后让它完全变成黄色，
就像清晨初升的太阳。

1926 年

577. 大汽车

"我，大汽车，还有什么没记住的？

清理了，冲洗了，汽油也加了。

想运袋装物品。还想噗噗喷气。

我的轮胎很厚——我是汽车中的大象。"

我已经急不可耐——

力气攒得足足了，

力气攒得足足了——

我是一辆大汽车。

得了，我要运送一批少先队员啦！

1926 年

578. 地板打蜡工

地板打蜡工挥动双手，
似乎是要蹲着跳舞。
他说，他是来
给地板打蜡的。

他要打磨，他要蹦跳，
刷漆，移动家具。
还始终要跳来跳去，
这些地板打蜡工。

1928 年

579. 一只套鞋

对一只套鞋来说，
真正的灾难是，
天气干燥、晴朗，
水都蒸发掉了。
感觉最糟糕的莫过
站在干净的房间里：
哪比得上脚踩着水坑，
大步流星地穿过马路！

1926 年

580. 钢琴

今天我们在钢琴里
发现一座小小的城市。
整个用骨头做成的城市，
琴槌鳞次栉比。

琴弦闪烁着太阳的炙热，
到处是柔软的呢绒，
一条街就是一根琴弦
在这座城市清晰可见。

1926 年

581. 合作社

我们的合作社

最美当属苹果：

不管什么苹果

都汁液饱满，

还有美味的黑李子干，

成桶的白色酸奶油，

透明又浓稠的蜂蜜，

清晨送来大桶的牛奶。

1926 年

582. 苍蝇

——你掉到哪里了，苍蝇？

——掉牛奶里了，掉牛奶里了。

——你感觉好吗，老太婆？

——不太好，不太好。

——你该稍微往上爬一爬。

——我不行，我不行。

——我用一把小调羹

帮助你，帮助你。

——你最好可怜一下

我这倒霉蛋，倒霉蛋，

把牛奶倒进

倒进另外一只碗。

1926 年

583. 厨房

粉红的、干燥的、白桦的

火焰在厨房、在厨房

劈啪作响和跳跃!

阳光明媚的清晨

厨房里在用葵花籽油

做油炸饼,油炸饼!

琥珀色的火焰在闪耀,

锃亮的饭锅、饭锅

好像灭火器!

架子上、架子上

是漏勺和咖啡壶,

研磨器和厚底煎锅!

一口巨大的锅里

在煮要洗的衣服,

仿佛白色的鱼儿

在汪洋大海之中:

桌布翘起来,

像一条大大的鲟鱼,

游起来像一条白鱼，

鼓起来像一只气球。

鱼冻该放哪儿?

窗台上，窗台上!

盛在一只白色的大盘子上——

跟果羹放在一起。

窗台上的麻雀、麻雀

生气了:

——看得见果羹，看得见鱼冻——

就是不给我们，不给我们!

切面包的、切菜和肉的、软的、钢的，

所有带锯齿的刀，所有的弯刀。

刀不是大头针:

它需要矫正和打磨!

磨刀石上还要抹上

润滑油。

倒可以对你亲热，也可以

像一条蠕虫盘绕。

你们这些刀啊，我的刀!

银光闪闪的游蛇!

磨刀人克里姆那儿，

有一块漂亮的夹板，

每按压一次

刀都会像江鳕一样弯曲。

很难跟厨房的刀具，

同不听话的劈柴刀打交道，

而小小的铅笔刀

我们以后再掌握！

你们这些刀具啊，我的刀具！

银光闪闪的游蛇！

季莫菲耶夫娜

有一双巧手——

乌黑乌黑的

咖啡豆——

溜进，挤进

狭窄的入口，

然后穿过

一道暗门。

每一粒咖啡豆都磨成了粉，

最后落入下面的抽屉！

桌子上摆着面包圈，

茶炊已经烧开。

干铁罐里的黑茶

像钉子一样作响：

——来吧，客人们，

快来喝茶。

再次把那芬芳的茶

丢到茶壶里！

我们是簌簌作响的茶叶，

好像钉子作响。

我们可以沏上一百遍，

搭配四百种食品：

——我们可不想干闲！

黄油站在对立面

快乐地发出咝咝声——

确实，该让白色的奶油

干一会儿了。

所有的蛋黄

全一起放进去，

我们做一个

四只眼的煎蛋。

钟摆大幅摆动——
一——二——三——四。
时钟上挂着
金色的摆锤。

为了让蓄胡须的钟摆
大步流星地来回奔跑,
需要将摆锤拉长——
就是这样——别忘了!

1926 年

584. 蚂蚁

不要招惹蚂蚁，
已经是第三天，
它们还在密林深处走着，
一万只蚂蚁无法通过。

仿佛一名真正的苦力，
扛着家庭的大箱子，
那只最黑最亮的蚂蚁，
那只力气最大的蚂蚁！

名副其实的火车站——
森林里的蚂蚁窝：
蚂蚁们将行李搬进
走廊、门内、大厅！

力气最大、最坚强的
蚂蚁已经来到
这幢四十八层楼的
漂亮建筑跟前。

585. 有轨电车上的男孩

一天早晨，一个一年级男孩
坐上一辆有轨电车。
他很会数数，从一
数到十，还能数更多。

他掏出一枚亮闪闪的硬币，
实实在在的十戈比。

女售票员、男售票员、
教授和博士们
纷纷开动脑筋解题：
怎么给男孩找零。

小男孩自己也在解，
他告诉大家：
十戈比减去七戈比
永远等于三戈比——

大家齐声说：重复一遍！
有轨电车继续行驶，
上面坐着个小男孩。

586. 字母

——我会写字：可为什么

都说我的字奇形怪状，

歪歪扭扭，颠三倒四，

尾巴长长，奇丑无比？

似乎我的"A"像个小蝌蚪，

而"Б"又像是多了个扣带：

你们真难搞啊，字母小黑人，

我的罗圈腿鸭仔们！

1924 年

587. 鸡蛋

鸡蛋教训母鸡：

"你孵我的方法欠妥，

把我放得东倒西斜，

而且太过粗心大意：

还没焐热就撒手不管了，——

你怎么不知道害臊？"

1924 年

588. 女裁缝

女裁缝疲惫不堪——
不声不响地干活。
她丢了一根针——
地上怎么也找不着。

针都跑到了云杉树上，
跑到了刺猬身上！

她弯下腰，找，
一边还哼着歌谣，
她丢了一根针——
地上怎么也找不着。

针都跑到了云杉树上，
都跑到了刺猬身上！

"既然针都不见了，
我又何必
这么爱惜这么在意

这多彩丝绸的刘海。"

针都跑到了云杉树上,

都跑到了刺猬身上!

589. 都在有轨电车上

傍晚，有轨电车行驶着，

眼睛红红，恹恹欲睡，

车上有一个男孩，

脑子里记着算术题；

一个女裁缝，带了一根针，

手上提着一只篮筐；

男孩拿着一个墨水瓶——

他买了几支新的蘸水笔；

一个擦鞋匠，拎着板凳，

一个地板工，提着地板蜡；

还有一只苍蝇，轻装出行，

它刚刚洗了个牛奶浴；

同行的还有别人，

一些不认识的陌生人。

就调音师没赶上车：

他光顾了弹钢琴。

590. 犯困的有轨电车

每一辆有轨电车
都有一对火眼
和前面的一个车厢台，
人不能站到上面。

它用一把餐叉
在大街上吃早饭。
笔直的电线擦出的火星
是它的开胃菜。

"我犯困了，眼睛红红，
就像一只年幼的兔子，
我想睡觉，司机：
快带我回家。"